grafit

Die spanische Originalausgabe »Gálvez en la frontera« erschien 2001 bei Alfaguara, Madrid

Deutsche Erstausgabe

Chemnitzer Str. 31, D-44139 Dortmund
Internet: http://www.grafit.de
E-Mail: info@grafit.de

Umschlagillustration: Peter Bucker
Druck und Bindearbeiten: Elsnerdruck GmbH, Berlin
ISBN 3-89425-521-8
1. 2. 3. 4. 5. / 2004 2003 2002

Jorge M. Reverte

Gálvez stößt an Grenzen

Kriminalroman

Aus dem Spanischen von
Sybille Martin

grafit

Der Autor

Jorge M. Reverte wurde 1948 in Madrid geboren. *Gálvez stößt an Grenzen* ist der vierte Kriminalroman mit dem liebenswerten Journalisten Julio Gálvez. Reverte arbeitet außerdem als Reporter für verschiedene spanische Zeitungen und einen Radiosender.

I

Ein Marokkaner und eine Japanerin

Ich heiße Julio Gálvez, bin Journalist und hatte es noch nie mit besonders aufregenden Themen zu tun. Ich habe viel erlebt, was auch heißt, dass ich in mich gesetztes Vertrauen enttäuscht habe und anderen als Instrument diente. Das kann einem in diesem Beruf schon mal passieren. Dennoch möchte ich glauben, niemandem willkürlich Schaden zugefügt zu haben, auch wenn ich mir nicht sicher bin, ob mir das immer gelungen ist.

Ahmid lernte ich zufällig kennen, an einem schönen Frühlingsnachmittag in Madrid in der Nähe des Museo del Prado. Ich arbeitete damals im Wirtschaftsressort einer großen Tageszeitung mit Hauptsitz in Barcelona und hatte den heiklen Auftrag, meiner japanischen Kollegin Takako Mishima, Redaktionschefin eines Wirtschaftsblattes in Osaka, das Thyssen Museum zu zeigen.

Takako blieben noch ein paar Stunden bis zu ihrem Interview mit der Direktion von Matador, einem dieser neuen Unternehmen der so genannten New Economy: ein Zusammenschluss von Firmen, die im Internet ein Netz von Portalen aufbauten und dann auf mehreren Märkten gleichzeitig an die Börse gehen wollten, unter anderem in Madrid und Tokio. Der zeitgleiche Börsengang eines japanischen Unternehmens in Madrid und Tokio fällt nicht in mein Ressort und deshalb fragte ich mich auch nicht nach dem Sinn dieser Aktion. Ich sollte lediglich eine Kollegin begleiten und ihr die freien Stunden so angenehm wie möglich machen.

Es war keine unangenehme Aufgabe, ganz im Gegenteil, wenn auch mit einem Wermutstropfen: Wir mussten auf Englisch miteinander kommunizieren und weder Takako noch ich beherrschten es sonderlich gut. Aber die schöne Thyssen-Sammlung und die warme Südbrise hatten unsere Laune entschieden gehoben und halfen uns, mithilfe von Händen und Füßen eine flüssige Unterhaltung zu führen.

Ich erzählte Takako gerade so etwas Originelles, wie dass Madrid immer wieder von Überschwemmungen heimgesucht werde, was sich gar nicht so einfach auf Englisch ausdrücken lässt, als ein junger Marokkaner, von dem ich später erfuhr, dass er Ahmid heißt, mit einer Zigarette im Mund auf uns zukam und auf Spanisch um Feuer bat. Ich beendete meinen englischen Satz und reagierte nicht gleich. Takako kam mir zuvor und erklärte ihm mit einem »Sorry« und einer Geste, dass sie kein Spanisch spreche. Der Junge verschwand, wir schlenderten unter Austausch freundlicher Gemeinplätze weiter und suchten eine Kneipe mit Terrasse, um ein Bier zu trinken.

Plötzlich spürte ich einen Schlag im Rücken und stürzte in einen Ligusterstrauch. Verwirrt drehte ich mich um und sah eine blasse Takako ohne Handtasche nach Luft schnappen. Ahmid und ein anderer Junge mit schwarzem Kraushaar rannten, als wären sie Mitglieder des Opus Dei auf der Flucht vor Sex. Instinktiv rappelte ich mich auf und lief ihnen nach. Als ich zwanzig Meter geschafft hatte, hatten sie schon vierzig Meter Vorsprung, und ich verfluchte meine Raucherlunge. Das Seitenstechen holte mich in die Realität zurück: Es war lächerlich, in meinem Alter zwei knapp zwanzigjährige Jungs einholen zu wollen. In meiner Hilflosigkeit rief ich mit lächerlicher Flötenstimme: »Haltet die Diebe!«, was einem jungen Mädchen, das auf einer Bank Zeitung las, ein Grinsen entlockte.

Um sie zu beeindrucken, rief ich mit tieferer Stimme erneut: »Haltet die Diebe!«, und sie war so freundlich, mir ein zustimmendes Zeichen zu machen, indem sie den rechten Daumen hochhielt.

Frustriert kehrte ich zu Takako zurück, die in ihrer Muttersprache auf zwei Polizisten einredete und dabei auf mich zeigte. Ein unerklärlicher Selbstschutzmechanismus ließ mich zum Zeichen meiner Unschuld die Arme heben, aber die Polizisten hatten klare Vorurteile. Einer lief, ohne mich zu beachten, den Jungen hinterher, der andere blieb bei Takako.

Ich ging auf sie zu und wir zuckten zum Ausdruck von »Was soll man da machen?« die Schultern. Der Polizist machte mir ein Zeichen, einen Augenblick zu warten. Nach der Erfahrung von vorhin beeilte ich mich, seine stumme Unterhaltung zu beenden.

»Ich bin Spanier, ich spreche Ihre Sprache.«

Das schien ihn wenig zu beeindrucken. Er wechselte einfach das Register und erläuterte mir meine Pflichten.

»Sie warten hier jetzt einen Augenblick und dann gehen wir auf die Wache. Das bringt zwar nichts, aber es muss sein«, sagte er übertrieben laut und jede Silbe betonend, so wie man eben mit Ausländern redet.

»Können Sie uns nicht einfach benachrichtigen, wenn Sie die Tasche der Señora gefunden haben, und uns damit den Aufwand ersparen?«, fragte ich ebenso laut und prononciert.

»Sie müssen mit auf die Wache kommen und Anzeige erstatten. Und vor dem Richter aussagen, falls wir die Diebe erwischen. Würden Sie die wieder erkennen?«

Ich antwortete, dass ich einen wieder erkennen würde,

und übersetzte die Frage für Takako, die mir mit beschämter Miene erklärte, dass für sie alle Weißen gleich aussähen.

Als guter Bürger, der ich war, gab ich dem Polizisten das weiter, worauf der empört ausrief: »Aber das sind keine Weißen, das sind Moros! Und überhaupt, wenn welche gleich aussehen, dann sind das diese Chinesen. Oder können Sie einen vom anderen unterscheiden?«

»Die Señora ist Japanerin«, klärte ich ihn auf, um weitere Missverständnisse zu vermeiden.

»Sag ich doch, Japanerin oder Chinesin. Sind doch alle gleich. Und dann können sie uns nicht unterscheiden. Finden Sie das normal, dass diese Chinesin – Verzeihung, ich hoffe, sie ist nicht Ihre Frau, ich will Sie ja nicht beleidigen – einen Marokkaner nicht von einem Spanier unterscheiden kann?«

Ich zog es vor, die anthropologische Diskussion auf einen späteren Zeitpunkt zu verschieben. Auch verzichtete ich darauf, der noch immer verlegenen Takako die Meinung dieses Vertreters der spanischen Behörden zu übersetzen. Ich bin immer ein Patriot gewesen, besonders wenn es darum geht, staatliche Institutionen zu verteidigen.

Der Polizist wusste meine Solidarität nicht zu schätzen, er nahm sein Funkgerät und ein paar Minuten später holte uns ein Polizeiwagen ab. Als ich unter den neugierigen Blicken der Passanten einstieg, schaute ich noch mal zu dem Mädchen auf der Bank hinüber, das mir mit erhobenem Daumen zulächelte. Ich konnte von ihren Lippen die Worte »Haltet die Diebe« ablesen, bevor aus der unhörbaren Botschaft ein offenes Lachen wurde, was ihr einen reizenden Ausdruck verlieh.

Soweit ich weiß, gehört in zivilisierten Städten eine Stadtrundfahrt in einem Polizeiwagen nicht zum Touristenprogramm. Es ist eine Erfahrung, die sich lohnt. Nicht nur der eigene Blickwinkel verändert sich einschneidend, man fühlt sich auch auf andere Art beobachtet. Nicht uniformierte Insassen dieses Wagens provozieren neugierige und missbilligende Blicke der Passanten, die von ihrer Schuld überzeugt sind. Kinder zeigen mit dem Finger auf sie und die Eltern legen barmherzig eine Hand auf ihre arglosen, neugierigen Augen.

Als wir in der Calle Luna vor der Wache eintrafen, sah ich Ahmid zum zweiten Mal am diesem Tag. Er stieg mit ebenso unschuldigem Gesicht wie wir aus einem ähnlichen Wagen. Nur dass er von den Polizisten geschubst wurde. Es gab kein Anzeichen von Wiedererkennen von seiner Seite, und ich muss gestehen, dass mich seine Kaltblütigkeit so beeindruckte, dass ich es ihm gleichtat. Takako hingegen strafte ihr Eingeständnis, Mauren nicht von Christen unterscheiden zu können, Lügen und zeigte energisch auf ihn. Der Polizist, der uns begleitete, vergaß sein unverhohlenes Misstrauen gegenüber Chinesinnen und Japanerinnen und rief mit aufrichtiger Bewunderung: »Diese Chinesin!«

Dann gab er einem Impuls nach, stürzte sich auf den Verhafteten und wollte ihn schon am Arm packen, beherrschte sich aber im letzten Moment. Sicher war ihm gerade noch rechtzeitig eingefallen, dass die Verhaftung eines Verhafteten nur in totalitären Staaten erlaubt ist. Er wurde rot und fragte Takako: »Der war's, sagen Sie?«

Und Takako, begeistert über ihr visuelles Unterscheidungsvermögen, redete wieder auf Japanisch auf ihn ein. Der Junge zeigte weniger Begeisterung, er senkte schweigend den Kopf und wurde von dem Polizisten, der ihn seiner Freiheit beraubt hatte, in die Wache geführt.

Ich meinte trotzdem, durch seinen ergebenen Gesichtsausdruck ein leicht ironisches Lächeln durchschimmern zu sehen, das ich damals nicht interpretieren konnte, weil ich Ahmids großes Talent, sich den Umständen anzupassen, noch nicht kannte.

Im Wartesaal machte ich eine neue polyglotte Erfahrung. Auf den unbequemen Plastikstühlen saßen Vertreter verschiedenster Nationen, mit deutlicher Überzahl der Japaner, wodurch sich sofort ein orientalisches Geplapper entwickelte, gekrönt von Verbeugungen und dem Austauschen von Visitenkarten. Offensichtlich waren die Überfälle auf Japaner nicht ganz zufällig und wurden zur Epidemie. Die Anwesenheit einer vereidigten Dolmetscherin der japanischen Botschaft bestätigte meine Vermutung. Mit beneidenswerter Fähigkeit zur Synthese erklärte sie mir: »Moros überfallen Japaner, weil sie nicht spanisch aussehen.«

Was mich auf den Gedanken brachte, dass sich das anthropologische Gespräch über das Nicht-unterscheiden-Können ergänzen ließ um die These, dass es zwar schwierig ist, einen Chinesen vom anderen zu unterscheiden, hingegen aber ganz einfach, einen Chinesen von einem Christenmenschen zu unterscheiden. Das war banal, aber mehr geben Polizeiwachen eben nicht her.

Takako machte ihre Aussage mit Unterstützung der Dolmetscherin und wurde zu einer Gegenüberstellung gebeten. Ahmid stand neben einem großen blonden Jungen. Takako zögerte keinen Augenblick und zeigte auf den Marokkaner, der sie überfallen hatte. Ich hatte auch keine Zweifel, obwohl ich beim Allerheiligsten schwöre, dass ich Ahmid, auch ohne dass sie ihn mir auf dem Silbertablett präsentierten, von einem seiner dunkelhäutigen Kollegen hätte unterscheiden können.

Von Takakos Tasche gab es keine Spur. Laut Polizei

würde es schwierig sein, sie wieder zu finden, weil die Diebesbanden ein sehr ausgeklügeltes System des Weiterreichens entwickelt hatten, bei dem die Beute im Handumdrehen verschwand. Takako beschwerte sich: In ihrer Heimatstadt Osaka löste die Polizei 99,6% aller Fälle und spürte das Diebesgut in der Regel auch wieder auf. Die Konsulatsdolmetscherin war so freundlich und übersetzte dies dem Polizisten, der die Anzeige aufnahm. Er war nicht sonderlich beeindruckt.

»Hier lösen wir mit viel Glück zehn Prozent, aber das liegt daran, dass wir in Spanien seit vielen Jahren demokratische Methoden anwenden müssen, Sie verstehen schon.«

Ich glaube, ich verstand, aber um die Situation nicht zu verschärfen, unterdrückte ich den Impuls, meine Meinung preiszugeben. In dem Moment gab es für mich nichts Wichtigeres, als aus der Wache herauszukommen und in mein normales Leben zurückzukehren, weit weg von dem Mief, der stets in Polizeiwachen herrscht. Wenn ich gelegentlich dieses eigenwillige Aroma wieder belebe, spüre ich eine Welle des Mitleids für die Polizisten in mir aufsteigen. Tag für Tag müssen sie in diesem Geruch leben, der ebenso hartnäckig in der Nase hängen bleibt wie der von Kindergärten.

Die Konsulatsdolmetscherin versicherte Takako, dass sie trotz des Verlusts ihres Reisepasses abreisen könne. In der japanischen Botschaft waren sie im Umgang mit solchen Situationen offensichtlich sehr effektiv. Takako und ich bekamen für den nächsten Tag eine reizende Vorladung zum Gericht an der Plaza de Castilla, wo sich ein Richter der Sache mit dem jugendlichen Dieb annehmen würde. Darüber hinaus hatte ich die Bewegungsfreiheit, die mein Beruf erfordert, denn der Spaziergang mit der

Japanerin hatte mich nicht von all meinen Verpflichtungen befreit, die wir Journalisten in unserer selbstlosen Arbeit für die Bevölkerung leisten: von dem zu berichten, wovon wir glauben, es sei interessant ... Na ja, oder was uns so einfällt, um eine Seite zu füllen.

Ich verabschiedete mich von Takako, die nach der ermüdenden Anzeigenerstattung auf das Abendessen verzichten und sich von all den Aufregungen erholen wollte, die sich zu ihrem Jetlag nach einem neunzehnstündigen Flug gesellt hatten. Ich begleitete sie im Taxi zu ihrem Hotel und kehrte in die Madrider Redaktion zurück, wo mich mein cholerischer Ressortchef Josep Martínez erwartete. Er stammte aus Valladolid, war in Barcelona aufgewachsen und zu seinem Leidwesen in Madrid hängen geblieben. Er war Fan des Fußballclubs Espanyol und Hockeyspieler an den Wochenenden, mit anderen Worten, auf allen Ebenen ein Außenseiter.

»Hat der Herr seinen Kulturnachmittag genossen oder hat ihn das üppige Madrider Angebot überfordert?«

Ich berichtete ihm verstimmt, was passiert war. Er blieb ungerührt. Seine einzige verständnisvolle Regung bestand darin, zu akzeptieren, dass ich am nächsten Tag zum Richter musste. Und er bürdete mir eine große Verantwortung auf: »Wenn du deine Bürgerpflicht erfüllt und erreicht hast, dass durch deine Aussage ein Jugendlicher einer benachteiligten Minderheit ins Gefängnis wandert, wirst du einen reizenden Artikel für die Sonntagsbeilage schreiben.«

Aus seinem Mund klang das Wort »reizend« schrecklich. Auch war die Platzierung des Artikels nicht sehr viel versprechend, denn wenn er Sonntagsbeilage sagte, handelte es sich nicht um ein buntes Heft, sondern um ein paar lachsfarbene Seiten, die auf der Basis eines sachlichen

Tonfalls und frei von jeglicher Lebendigkeit oder Freude am Schreiben auf dem Markt der Wirtschaftsnachrichten zu konkurrieren beabsichtigten. War es schon schwierig genug, einen einigermaßen lesbaren Wirtschaftsartikel zu schreiben, so macht sich doch niemand eine Vorstellung davon, wie schwierig das ist, wenn man dabei zu Einfallslosigkeit verpflichtet ist. Diesen Stil hatte Martínez eingeführt und er beabsichtigte damit, den Respekt von Unternehmern und Bankern zu gewinnen.

Josep wartete einen Augenblick, um sicherzugehen, dass ich im Stande war, seine Anweisungen aufzunehmen. Da ich, sehr geschickt im Verhehlen von Gefühlen gegenüber meinem Ressortchef, keine Reaktion zeigte, musste er deutlicher werden: »Das ist eine Sache mit Tiefgang. Du sollst den Börsengang eines Unternehmens der New Economy verfolgen. Du weißt schon. Von der Idee bis zur Platzierung auf dem Markt. Der Pulitzer wartet schon ungeduldig auf dich, Gálvez.«

Und er warf mir einen Folder des Unternehmens auf den Tisch. Lediglich einen Folder. Ein Pamphlet in DIN-A5-Format, einmal in der Mitte gefaltet.

Die Vorderseite war sehr bunt. Die Allegorie einer perfekten Welt, in der die Technologie – dargestellt als eine Ansammlung von Bildschirmen, kosmischen Strahlen und Mäusen – vollkommen mit der Natur harmoniert, die ihrerseits in Form von Wäldern, Bergen und glasklaren Bächen symbolisiert wurde. Kinder in bunten Pullovern fütterten Raben, Vögelchen tummelten sich am Himmel und im klaren Wasser sprangen ausgelassen Forellen. Kein Löwe, der einen Büffel reißt, und auch kein ausgehungerter Äthiopier. Ein Genuss. Wer auch immer die Grafik entworfen hatte, musste ein Genie sein, denn auf das Altargemälde passten mehr Geschichten als ins Alte

Testament, und alle waren hinreißend, nicht wie diese Schauergeschichten, mit denen jüdische Propheten hunderte von Generationen in Angst und Schrecken versetzt hatten. Moderne Götter wie Bill Gates sind freundlicher als Jahwe.

Auf dem oberen Rand stach auf blassblauem Hintergrund, der ein Stückchen Himmel darstellen sollte, das Firmenlogo durch seine Schlichtheit hervor. Trotzdem stimmte etwas nicht und passte nicht zu der Idylle, nämlich der Firmenname selbst: Matador. Besonders weil es sich um das Unternehmen handelte, über das Takako in Spanien recherchierte. Das bedeutete, Josep Martínez wollte aus dem Besuch der Japanerin Profit schlagen, und ich sollte ihr Wissen nutzen, um unserem Ressort einen Hauch von Internationalität zu verleihen.

»Mehr hast du nicht?«, fragte ich naiv.

Martínez lächelte zufrieden. Ich hatte einen Schnitzer gemacht. Er änderte den Tonfall und wurde didaktisch: »Was willst du denn noch? Du bist Journalist. Da steht das Telefon.«

Ich habe es immer gesagt und ich wiederhole es ständig, auch wenn meine Gesprächspartner mich in der Regel falsch verstehen und denken, dass es sich um eine Grille handelt: Ein Vollblutjournalist wie ich ist mit dem Telefonbuch in der Hand eine Maschine, die Informationen ausspuckt. Und in diesem Fall musste ich nicht mal das Telefonbuch bemühen. Die Nummer stand auf dem Folder. Martínez hatte meinen hämischen Kommentar mit dem Telefonbuch satt und sein Fußballclub Espanyol hatte am vergangenen Sonntag eine ordentliche Zahl von Toren einstecken müssen. In diesem Moment hasste er die ganze Menschheit. Und ich war ein Vertreter dieser Spezies.

Mir blieb nichts anderes übrig, als die Achseln zu zucken und zu vermeiden, dass meine Stimme brüchig klang. »Schon erledigt, Josep. Bis wann brauchst du es?«

»Du hast ein paar Wochen.«

Eine Ewigkeit, wenn man schon die Telefonnummer hat. Es gab da nur ein paar Hindernisse: Ich hatte keine Ahnung von Börsengängen, und wenn ich das Wort Technologie höre, fällt mir sofort ein, dass ich es noch immer nicht geschafft habe, meinen Videorekorder zu programmieren. Andererseits bin ich höchst geschickt im Senden und Empfangen von E-Mails oder im Stellen eines Weckers. Anders ausgedrückt: Das ließ sich regeln. Dann war da noch die Sache mit Takako. Meine japanische Kollegin gefiel mir zwar, aber die Vorstellung einer Beziehung, die sich unvermeidlich auf Englisch abspielen würde, erschien mir ermüdend. Aber auch das ließ sich regeln.

Aber wie sollte ich es schaffen, diese Reportage zu schreiben und drei Tage später einen engagierten Artikel über Frauen in Führungspositionen abzuliefern? Einen dieser Artikel, der beim Lesen des eigenen Namens darunter für einen kurzen und flüchtigen Moment das Gefühl vermittelt, zur Riege der Vollblutjournalisten zu gehören.

Martínez kam meinen Einwänden zuvor. Als mein Chef wusste er genau, was ich der Zeitung schuldete.

»Das mit den Weibern lässt du erst mal«, sagte er und nutzte es aus, dass gerade eine junge Volontärin an uns vorbeiging. »Diese Art Reportage wird sowieso bald überholt sein, weil die umgekehrte Diskriminierung uns keinen Spielraum mehr lassen wird. Wenn du das über Matador fertig hast«, beim Aussprechen des Namens knirschte er mit den Zähnen, »lass ich dich vielleicht über das entgegengesetzte Thema arbeiten: Was wird aus dem

Mann, wie sieht die Zukunft des männlichen Geschlechts aus? Das wird dir bestimmt gefallen, Gálvez. Und gegen die Arbeitslosigkeit des Mannes gibt's kein Viagra. Stell dir mal folgende Zeitungsanzeige vor: *Arbeitslos? Nehmen Sie Viagra!* Viagra, um in einer Welt der Frauen Arbeit zu finden.

Martínez hatte keinen guten Tag. Er war nicht witzig, aber das war er ehrlich gesagt nie. Ich ließ ihn einfach stehen, denn sein stumpfes Wiederkäuen konnte nur in einem sinnlosen Streit oder der widerlichsten Kumpanei enden. So verzog ich mich mit einem lustlosen Gruß, der nicht erwidert wurde.

Ich fuhr entspannt nach Hause. Martínez wusste, dass man Takako wichtige Fakten entlocken konnte. Ein paar Interviews in Madrid würden ausreichen, um zu ergänzen, was ich von ihr erfahren würde. Wirklich eine Arbeit, die des Pulitzers würdig war. Takako würde bestimmt nichts dagegen haben. Und ich konnte ihr helfen, Kontakte herzustellen und an Informationen über spanische Unternehmen zu gelangen. Meine Zeitung, die fast ausschließlich in Katalonien vertrieben wurde, war keine Bedrohung für die Exklusivität ihrer eigenen Geschichte.

Eine bequeme Routinearbeit, die – darin stimmten Zeitungsdirektion und ich überein – einem so wenig aggressiven und ehrgeizigen Mann wie mir gerade angemessen war. Ich wusste, dass ich mich glücklich schätzen konnte, in meinem Alter auf diesem verfluchten Arbeitsmarkt voller zwanzigjähriger Jungs, die bereitstanden, sich für viel Zaster, dessen Wert in Euro ich nicht einschätzen konnte, die Welt einzuverleiben, noch einen Job zu haben. Meine Vorgesetzten wussten das auch. Unbegreiflich war nur, dass sie mich unter diesen Bedingungen weiter beschäftigten. Ich wollte die Antwort gar nicht wissen.

Meine Wohnung in der Calle San Bernardo bestand aus einem winzigen Schlafzimmer, einem zum Arbeitszimmer umfunktionierten Raum, Wohn- und Esszimmer und einer Küche, die von einem koketten Tresen abgetrennt war, der als Bar diente: ein winziges Zuhause von knapp vierzig Quadratmetern, das bei den männlichen Besuchern stets Mitleid und bei den wenigen Vertreterinnen des weiblichen Geschlechts, die mich zu besuchen geneigt waren, ein ermutigendes »Wie schnuckelig« hervorrief. Aber die Terrasse von zwanzig Quadratmetern bot einen eindrucksvollen Blick über die Dächer des Malasaña-Viertels.

Als ich heimkam, klingelte das Telefon. Ich zögerte lange genug und beglückwünschte mich zu meiner Kaltblütigkeit: Niemand sollte mich nötigen können, die Wohnung wieder zu verlassen. Eigentlich hatte ich keinen Grund zu solch einer Annahme, denn seit zwei Monaten hatte das niemand mehr versucht, seit Maribel, meine ewige rückfällige Exfreundin, Exfrau, Exgeschiedene oder was auch immer sie war, zu einem Kurs für Entspannung und Selbstkontrolle gefahren war. Aber ich war stolz auf mich, weil mir einfach danach war.

Trotzdem sah ich ein paar Minuten später nach, ob es eine Nachricht gab. Die elektronische Stimme der Telefongesellschaft informierte mich darüber, dass dem tatsächlich so war.

»Sie haben eine Nachricht«, verkündete sie, bevor sie sie bezifferte, um Irrtümer auszuschließen und zu verhindern, dass ich glaubte, sie lese mir eine zweite vor. »Nachricht Nummer eins ... am ...«

Und ich ging der Neugier in die Falle: Ich wartete und war nicht einmal empört darüber, dass die Stimme mich wie einen Idioten behandelte. Takakos sanfte, zittrige

Stimme entschuldigte sich dafür, so spät noch zu stören, aber sie bat mich inständig, sie so schnell wie möglich zurückzurufen.

Das tat ich. Ich rief sie im Hotel an. Sie wollte mir am Telefon nichts sagen. Aber sie war nervös, sehr nervös. Und mir blieb nichts anderes übrig, als mir die Schuhe wieder anzuziehen und mich auf den Weg zu einer spannenden Verabredung zu machen. Allein zu leben hat seine Vorteile: Ich musste niemandem Erklärungen abgeben und konnte laut zu mir selbst sagen: »Gálvez, die Frau braucht dich.« Ich vernahm keine hämische Bemerkung. Konnte man mehr verlangen? Na schön, das ist eine rein rhetorische Frage.

Eine halbe Stunde später stand ich Takako in ihrem Hotelzimmer in der Castellana gegenüber.

Japanerinnen tragen nicht immer Kimonos in Hotelzimmern.

Ich weiß, das ist wenig, um darauf ein komplexes logisches System aufzubauen. Aber mehr Material, das ich hätte ordnen können, gab es nicht in der ersten Stunde, in der eine ausgesprochen nervöse Takako mir erzählte, was passiert war. In ihrer Schilderung tauchten Moros und Christen auf und verschwanden wie ihre Tasche, ihr Reisepass, der Zimmerschlüssel und jede Menge Unterlagen über den *Mörder*. Es waren die Nerven und ihr Englisch, und es lag an meinem Englisch und meiner Müdigkeit. Nach einer Stunde nutzte ich eine kleine Pause, um die Sache zu rekapitulieren und so zu überprüfen, ob das, was sie mir erzählte, einen Sinn ergab.

»Der Moro, der dir die Tasche geklaut hat, hat sie an einen anderen weitergegeben und der ist mit deinem Zimmerschlüssel hier eingedrungen und hat deine Unterlagen über den Mörder gestohlen. Ist es so?«

Sie nickte heftig. Das war die Botschaft. Die nächste Frage war banal.

»Und von welchem Mörder sprichst du, Takako?«

»Dem spanischen Mörder«, antwortete sie ganz unbefangen.

»Und was hast du mit einem spanischen Mörder zu tun?«, fragte ich möglichst gelassen und bereit, alles zu verstehen.

Sie sah mich mit einer Mischung aus Mitleid und Ungeduld an und ging zur Minibar, öffnete eine kleine Whiskeyflasche und trank einen Schluck, der einem Viehzüchter in den Bergen von Gredos alle Ehre gemacht hätte. Dann sagte sie in dem verhassten Tonfall, in dem man Kindern gegenüber spricht: »Ich habe dir gleich bei meiner Ankunft in Madrid gesagt, dass ich an einer Reportage über den Mörder arbeite«, und sie sagte, *the killer* … »Hast du das schon vergessen? Du wolltest mir dabei helfen.«

Licht drang durch den Nebel in meinem Hirn. Takako hatte den spanischen Namen Matador ins Englische übersetzt, in einen Begriff, den angelsächsische Finanzbosse manchmal verwendeten, seit ein paar revolutionäre Transaktionen seinerzeit den einen oder anderen Finanzverlust provoziert hatten. Der *killer* war Matador, das Technologieunternehmen, über das wir schreiben sollten. Besser gesagt, über das Takako recherchierte, was ich dann nutzen würde, um daraus auf Anordnung von Josep Martínez eine mittelmäßige kosmopolitische Geschichte zu machen.

Ich sprang von meinem Sessel auf und stürzte zu Takakos Minibar, wo ich mir unaufgefordert ebenfalls ein Fläschchen Whiskey genehmigte, um mit meiner Kollegin auf die enorme Nützlichkeit von Wissen und logischen

Gedankenketten anzustoßen, dank derer das Missverständnis ausgeräumt werden konnte. Meine anfängliche Unterstellung, dass japanische Frauen im Hotelzimmer Kimonos tragen, verlor an Bedeutung. Ich war so euphorisch, dass ich Takako auf die Wangen küssen wollte. Aber ich kam nicht weit. Sie wich so angewidert zurück, dass in mir die dunkelsten Vorahnungen aufstiegen. Ich hatte sie natürlich nicht verführen wollen, ich hatte nicht mal die Absicht gehabt, mit ihr zu flirten. Ich stürzte in ein tiefes Loch der Verwirrung. Sie schien es bemerkt zu haben: »In Japan küssen wir Frauen nicht. In Japan küsst man sich überhaupt nicht. Die Leute ekeln sich davor. Warum bist du so vergnügt?«

Ich schwöre, es ist nicht einfach, einer Japanerin, die im Hotelzimmer keinen Kimono trägt und nur Englisch spricht, den Unterschied zwischen einem *Killer* und einem *Killer* zu beschreiben. Ich verlief mich in einem Irrgarten aus Stieren, Toreros und Matadoren. Takako übernahm die Rolle der Ariadne und führte mich aus dem Labyrinth.

»Jemand in der Zeitung hat das spanische Wort ins Englische übersetzt und damit den Irrtum provoziert.«

»Ein Monster!«, sagte ich auf Spanisch und setzte die Whiskeyflasche wieder an.

Diesmal lächelte Takako und prostete mir zu. Aber sie kam unerbittlich zur Sache zurück.

»Was bringt uns das? Was können wir jetzt tun?«

Ich habe ja schon erwähnt, dass ich ein einfallsreicher Mann bin. Ich hatte eine Lösung für Takako: »Ruf bei deiner Zeitung an, sie sollen dir Kopien schicken. Und außerdem melden wir den Diebstahl der Hoteldirektion und der Polizei. Das ist nicht mehr witzig.«

Sie lächelte mich traurig an und schüttelte den Kopf:

»Es gibt keine Kopien. Es ist Material, das ich auf unsaubere Weise erhalten habe, ich habe dafür bezahlt. Ich muss es wieder finden. Und ich will heute Nacht nicht noch mehr Ärger mit der Polizei …«

»Na schön, dann erstattest du morgen beim Richter Anzeige und sie werden deine Tasche wieder finden …«

Ich erwartete nicht, dass Takako diesen Vorschlag ablehnte. Die spanische Polizeistatistik war zwar niederschmetternd, aber wir konnten nichts anderes tun. Ich ließ keine Einwände zu, sondern stieß noch einmal mit ihr an, worauf sie freundlicherweise mit einem süßen Lächeln und einer übertriebenen Kopfneigung antwortete, um danach in einem Zug das Fläschchen auszutrinken.

Dann senkte sie bescheiden den Kopf und verabschiedete mich ausgesprochen elegant: »Wir Japanerinnen tun so was nicht, zumindest nicht in Japan. Du warst sehr freundlich. Morgen werde ich mich sehr geehrt fühlen, mit dir zum Richter zu gehen. Vielen Dank, *Gálvez-san*.«

Und sie neigte wieder den Kopf, stand da und wartete auf eine Antwort. Meine universelle Erziehung erlaubte mir, auf der Höhe der Umstände zu sein. Ich verneigte mich meinerseits und verabschiedete mich: »*Arigato,* Takako«, sagte ich und versuchte diesmal nicht, sie auf die Wangen zu küssen.

Es ertönten keine Trompeten, als ich ihr Zimmer verließ, aber in meinem Innern loderte die Flamme des Stolzes, den ein Mann verspürt, dem es gelungen ist, einer Dame aus einer Notlage zu helfen, einer Frau, die tausende von Kilometern von ihrer Kultur und ihrer effizienten Polizei entfernt ist.

II

Richter und Anzeigen

Es gibt wenig Würdevolleres als einen Untersuchungsrichter. Und wenig Unangemesseneres als die Zeremonien in einem Untersuchungsgericht.

Takako war in Begleitung der Konsulatsdolmetscherin Punkt elf Uhr da, diesen Termin hatte uns der Justizbeamte gegeben. Die Flure des Gerichtsgebäudes an der Plaza de Castilla waren ein wunderbarer Beweis für Theorien über die Ungleichheit, auch wenn jeder halbseidene Faschist andere Schlussfolgerungen daraus hätte ziehen können: Außer den Anwälten waren drei Viertel der Anwesenden Zigeuner, Marokkaner oder Lateinamerikaner, die erfahren wollten, welches Schicksal die Richter ihren Angehörigen zudachten.

Um Viertel nach zwölf wurde Takako zur Aussage gerufen. Ich erinnerte sie daran, das Verschwinden ihrer Unterlagen unbedingt zu erwähnen. Nach einer halben Stunde kam sie wieder heraus und ich war dran.

Der Richter versuchte inmitten des Chaos unordentlich gestapelter Akten seine Würde zu bewahren. Neben ihm saßen ein Justizbeamter, ein mit einer elektrischen Schreibmaschine und Kohlepapier ausgestatteter Protokollführer – eine Spezies, von der ich dachte, sie sei wie die Dinosaurier ausgestorben –, sowie Ahmids Anwalt.

Es war eine nüchterne Routinebefragung. Der Fall gab nicht viel her. Die Frage lautete: Konnte Ahmid identifiziert werden, und wenn ja, wurde bei dem Diebstahl Gewalt angewandt oder nicht? Die Gewalt hatte in dem

Schubs bestanden, den ich abgekriegt hatte. Und ich wusste, dass dieser feine Unterschied mehrere Jahre Gefängnis bedeutete. Deshalb übertrieb ich meine Aussage nicht. Der Anwalt spürte das und versuchte nicht, meine Version zu demontieren. Die Art der Fragen verriet mir, dass Takako den Diebstahl in ihrem Hotelzimmer nicht angezeigt hatte. Ich musste schnell eine Entscheidung treffen und beschloss, die Dinge nicht noch verworrener zu machen. Die Angelegenheit so stehen zu lassen gefiel mir nicht sonderlich, aber eine Auseinandersetzung mit meiner Kollegin reizte mich noch weniger. Takakos Argumente vom Vortag waren wenig überzeugend gewesen. Aber in einem Punkt hatte sie Recht: Die Anzeige würde nicht dazu verhelfen, die Unterlagen wieder zu finden, sondern nur Ahmids Situation verschärfen. Warum mich das überhaupt interessierte? Ich wusste es damals nicht, aber irgendetwas störte mich an der Vorstellung, ihn noch zusätzlich zu belasten. Möglich, dass es sich um das schlechte Gewissen eines Bürgers aus einem reichen Land handelte, ein schlechtes Gewissen, das nicht so richtig mit dem Schrecken zusammenpasste, den die unsicheren Straßen hervorriefen. Ich verdrängte meine Widersprüche und dachte nur an die Bequemlichkeit. Es war noch genug Zeit, mit Takako über ihr Verhalten zu sprechen. Und wenn es sich nicht klären ließ, was dann?

Der Richter bat mich, draußen zu warten, weil er die Gegenüberstellung auf Bitte der japanischen Botschaft vorziehen wollte. Eine Aufmerksamkeit, die weder vom Verteidiger noch vom Staatsanwalt beanstandet wurde.

Takako und ich warteten also darauf, zur Identifikation zu den Zellen geführt zu werden. Ahmids Anwalt kam kurz vorher heraus, um mir lustlos mitzuteilen: »Sie werden acht Jahre verlangen für den Schubs …«

Ich gestehe, dass mir ein Schauer über den Rücken lief, als ich meine Befürchtungen bezüglich des Strafmaßes bestätigt fand. Acht Jahre, weil er mich geschubst hatte. Ich hatte keinen einzigen Kratzer abbekommen. Also tappte ich in die Falle.

»Kann ich was tun? Ich kann den Richter oder den Staatsanwalt bitten milde zu sein. Geschubst hat er mich schließlich.«

»Du kannst gar nichts tun. Das ist eine objektive Einschätzung. Die Richter haben diese Kids satt. Sie verbringen ihr Leben hier drinnen, immer wegen Diebstahl. Aber wenn deine Kollegin oder du ihn wieder erkennst ... dann erwischt's ihn diesmal wirklich. Er wandert in den Knast, und dort wird er zum echten Kriminellen. Wenn er es wirklich war, kannst du gar nichts für ihn tun.«

Ich wusste, dass er mich einwickelte, dass er mich beeinflussen wollte. Aber es war mir egal. Er hatte mit seinen acht Jahren ins Schwarze getroffen. Meine geringen Erfahrungen in Untersuchungsgefängnissen reichten aus, um die stabilen Fundamente meines Bürgergewissens zu erschüttern. Wenn es sich um einen Mörder gehandelt hätte ... aber ein kleiner Dieb, fast noch ein Kind ... Trotzdem wusste ich, dass es mir schwer fallen würde, bei der Gegenüberstellung zu lügen.

Der Richter und nach ihm der Justizbeamte sowie der Protokollführer mit der Schreibmaschine unterm Arm, als wäre sie Stückgut aus dem Hafen, kamen heraus und Ersterer gab uns ein Zeichen ihnen zu folgen. Der Anwalt schloss sich mit einem Pokerface an, als hätte er nie versucht, an mein Gewissen zu appellieren.

Die Gittertüren zu den Zellen öffneten und schlossen sich mit feierlichem Getöse, eine Mischung aus schmerzhaftem Stöhnen und Wutschreien. Als wir, besser gesagt der Richter, vorbeigingen, standen die Wachen stramm, aber es wirkte, als täten sie es für uns alle. In solchen Situationen verspürte ich ein unzeitgemäßes Gefühl der Genugtuung: Die Guardia Civil stand vor mir stramm.

Der Richter verfügte über eine Tugend: Er zog die Zeremonie nicht unnötig in die Länge. Der Ort lud auch nicht dazu ein. Die Wände benötigten dringend einen neuen Anstrich und die Böden flehten förmlich nach Reinigung. Die Luft war stickig, weil es kaum Belüftungsmöglichkeiten gab. Auf dem Weg kamen wir an leeren Zellen, die offen standen vorbei: Vier nackte Wände und Metallpritschen ohne Matratzen erwarteten die Pechvögel, die hier ein paar Stunden zubringen mussten, bis sie erfuhren, ob sie wieder frei waren oder im Gefängnis landeten. Kurz darauf betrat Takako den Raum für die Gegenüberstellungen. Zehn Minuten später kam sie verwirrt wieder heraus. Sie hatte Ahmid nicht von den anderen unterscheiden können. Ihre Gewissheit vom Vortag war verflogen.

Dann war ich dran. Hinter der Scheibe standen vier Burschen aufgereiht. Der zweite von links war Ahmid, der jetzt einen schillernden blauen Jogginganzug, eine Schirmmütze und die Turnschuhe vom Vortag anhatte. Geschickt wie ein ausgedienter Schauspieler zog er eine Schnute. Seine unergründlichen schwarzen Augen glänzten feucht und drückten Angst aus. Neben ihm stand jetzt kein blonder Junge mehr. Hier hatte man sich mehr Mühe als auf der Wache gegeben. Aber die drei anderen waren mit Sicherheit Lateinamerikaner. Dunkelhäutig wie Ahmid, aber mit deutlich anderen Gesichtszügen, außer vielleicht für eine japanische Journalistin. Ich stand noch immer unter dem Eindruck der düsteren Prophezeiung des Anwalts, dass Ahmid acht Jahre kriegen könnte. Takako hatte ihn nicht identifizieren können. Aber ich konnte es, daran gab's keinen Zweifel. Ahmids Schicksal lag also in meinen Händen. Ich wollte nicht, dass er für einen Schubs acht Jahre im Gefängnis schmorte. Aber ich wollte auch nicht lügen.

Die Lösung für meinen Gewissenskonflikt ergab sich von selbst. Der Richter fragte mich, ob ich mit absoluter Gewissheit denjenigen, der uns überfallen hatte, identifizieren könnte. Ich sagte »Ja«. Und er insistierte noch einmal, dass ich keinen Zweifel hegen dürfte. Ich zeigte mich fest: »Der Zweite von links, der Marokkaner.«

Es waren gleichzeitig zwei Seufzer zu vernehmen. Der Justizbeamte war enttäuscht. Der Anwalt entspannte sich und wandte sich sogleich an den Richter.

»Euer Gnaden, die Gegenüberstellung weist deutliche Unregelmäßigkeiten auf.«

Der Richter reagierte nicht, aber mir war klar, dass er den Nagel auf den Kopf getroffen hatte, um dem Jungen die acht Jahre zu ersparen. Takako hatte ihn nicht wieder erkannt, und ich hatte es getan, indem ich auf den versteckten Rassismus der Prozedur aufmerksam gemacht hatte. Er hatte die Gerechtigkeit auf seiner Seite.

Auf dem Weg zurück ins Richterzimmer, wo wir unsere Aussage unterschreiben mussten, bedeutete mir der Anwalt seine Dankbarkeit.

Ich hörte auch, wie sich der Justizbeamte einem anderen gegenüber bitter beklagte: »Keiner kriegt eine vernünftige Gegenüberstellung hin. Heute war nur ein Moro in den Zellen. Und du stellst die Latinos dazu, da hast du wirklich einen Bock geschossen.«

Als die Formalitäten erledigt waren, verabschiedete ich mich von Takako und ihrer Dolmetscherin, wir verabredeten uns aber für den Nachmittag. Wir mussten endlich mit der Arbeit über Matador anfangen. Ich ging den Anwalt suchen und stellte mich vor.

»Ich heiße Julio Gálvez und bin Journalist.«

Er stellte sich ebenfalls vor. Sein Name lautete Manuel Fonseca.

»Du willst doch nicht etwa darüber schreiben. Das lohnt sich nicht. Du siehst ja selbst, billige Dutzendware, was zur Folge hat, dass junge Burschen in wirklichen Gefängnissen landen. Das ist ein Witz, das interessiert niemanden.«

Mit anderen Worten, ein gewissenhafter Anwalt, nicht einer von denen, die sich den Lebensunterhalt notdürftig mit schlecht bezahlten Pflichtverteidigungen verdienen. Ein harter Brocken. Wenn er auf hart machte, musste ich versuchen, auf seiner Höhe zu bleiben.

»Ich habe dir geholfen, um zu sehen, ob du mir auch hilfst.«

Auf seinem Gesicht breitete sich ein Lächeln aus. Es war ein ironisches, trauriges Lächeln.

»Spuck's aus. Wenn du nicht jemanden überfallen willst, taugen meine Kontakte wenig.«

»So was Ähnliches. Dein Mandant hat die Tasche der Japanerin an einen anderen weitergegeben. Und dieser andere war in ihrem Hotelzimmer und hat Unterlagen mitgehen lassen, die ich wiederhaben will. Natürlich kann außer meiner Kollegin niemand etwas damit anfangen. Wer auch immer sie gestohlen hat, muss gedacht haben, es handle sich um was anderes. Es wäre schade, wenn sie im Müll landen würden.«

»Und warum hast du das nicht angezeigt?«

»Warum sollte ich? Der Junge kann sie mir wiederbeschaffen. So wie ich das sehe, wird die Polizei es nicht tun. Du hast doch einen fähigen Mandanten, oder?«

»Den fähigsten. Er ist zweimal die Woche hier, und sie haben es noch kein einziges Mal geschafft, ihm was wirklich Großes anzuhängen. Na gut, ich sag's ihm und ruf dich dann an. Gib mir deine Telefonnummer, und wenn sie ihn rauslassen, versuche ich ihn zu überreden, dir zu helfen. Aber mach dich darauf gefasst, dass er Geld haben will. Und mach dir keine Hoffnungen, er ist kein sehr dankbarer Mensch. Wieder auf freiem Fuß vergisst er sogar seine Mutter.«

Ich gab ihm meine Telefonnummer und fragte ihn nicht, warum er solche Leute vertrat, Leute, die hinterher nicht mal dankbar waren. Nach Geld roch das nicht. Das roch nach Edelmut. Das stank nach Edelmut.

Maribel hatte mir auf den Anrufbeantworter gesprochen. Sie war in Madrid, das bedeutete, dass wir uns sehen würden, und unsere Wiedersehen waren immer gut. Zudem steckte hinter ihrem Anruf nicht die Bitte, ihre Gas- oder Stromrechnung zu bezahlen.

Es gab auch eine Nachricht von Takako, die mich daran erinnerte, dass sie am Nachmittag meinen Anruf erwartete.

Josep Martínez belauschte vom Nebentisch aus meine Telefonate. Er war ein Mann ohne Privatleben, ein einsamer Schreibtischtäter mit langen Arbeitstagen, an denen er statt der Sonne nur das diffuse Licht der hässlichen Gebäude von gegenüber sah, die gewisse Architekten ›intelligent‹ nennen. Gut möglich, dass gerade sein Mangel an Privatleben ihn dazu veranlasste, sich in das der anderen einzumischen.

»Dich rufen ständig irgendwelche Weiber an, was?«

Die Besessenheit dieses Mannes von Frauen war pathologisch, wobei das Krankhafte nicht in der Besessenheit an sich lag, sondern in seinem Frauenbild und in der Art und Weise, wie er sie behandelte. Ich ersparte mir eine

Antwort auf seine Bemerkung. Das schien ihm nicht zu gefallen, denn sein Ton wurde noch schriller und er insistierte: »Ich sagte, dich rufen dauernd irgendwelche Weiber an.«

»Ist gut, Josep, ich hab's gehört. Aber ich weiß nicht, was ich dazu sagen soll, außer: Ja, mich rufen dauernd irgendwelche Weiber an.«

»Hat die Japanerin angebissen?«

»Die Japanerin hat nicht angebissen, außerdem hab ich keinen Köder ausgelegt.«

»Und die andere?«

»Die andere ist meine Exfrau, Josep. Und die hat auch nicht angebissen.«

»Es nervt dich, wenn ich frage, oder?«

»Es nervt mich, wenn du fragst. Gibt es noch was?«

Ich hatte bis an die gefährliche Grenze zum Ungehorsam gegenüber einem Vorgesetzten die Stimme erhoben. Genau das wollte Josep erreichen, Grenzen austesten, um hinterher nachdrücklich seine Autorität geltend zu machen. Er war ein Genie im Ausdenken von systematischen Erniedrigungen.

»Ja, es gibt noch was.« Jetzt kam das Gewitter. »Ich will, dass du dich endlich an die Arbeit machst, die ich dir übertragen habe. Und ich will, dass du sie gut machst, stichhaltig. Hörst du, was ich sage? Stichhaltig. Vergiss die Frauen und beschäftige dich mit deiner Arbeit.«

Es war so willkürlich, wie es klingt. Und ich war so feige, wie es scheint. Ich habe ihm weder die Fresse poliert noch seine Familie verflucht. Ich habe einfach geschwiegen und auf den Folder von Matador gestarrt. Die Vögelchen auf der Titelseite sangen für mich ihre heiteren Weisen von Investitionen in ein Geschäft, das die Welt der Kleinanleger revolutionieren würde.

Danach verlor ich ein wenig Zeit mit dem Nachdenken über Arbeitsstrategien und erinnerte mich wieder an eine goldene Regel der Publizistik: Um eine gute Story zu schreiben, musst du die Fragen der normalen Sterblichen zu deinen Fragen machen. Martínez hatte angeordnet, den Börsengang einer Gesellschaft der so genannten New Economy zu verfolgen. Aus welchem Blickwinkel sollte ich das tun? Ganz einfach: aus dem Blickwinkel des hypothetischen Kleinanlegers, anders ausgedrückt des Kleinaktionärs, der sein Geld in die Aktien dieser Gesellschaft investiert, um entweder Dividendenrenditen zu erlangen oder auf Kursgewinne zu spekulieren, wobei er mit dem schwankenden Unternehmenswert spielt.

Sehr schlau soweit. Weiter: Was hat der Kleinaktionär damit zu tun, wie der Börsengang realisiert wird? Gar nichts. Also musste ich es anders angehen. Zum Glück hat die moderne Publizistik auf fast alles eine Antwort: Man beschreibt den Prozess aus dem subjektiven Blickwinkel, hat dabei aber immer den Investor im Auge. Noch schlimmer. Warum sollte sich ein Kleininvestor, der nicht Journalist ist, für die Entscheidungsprozesse des Unternehmens interessieren?

Ich musste die Sensibilität des ›kleinen Mannes‹ treffen, der in politischen Zusammenhängen die ›spanische Bevölkerung‹ genannt wird. Mit anderen Worten, ein diffuses, stumpfsinniges, dummes und uninteressantes Wesen. Wegen seines Mangels an edlen Werten, an Bildung und Witz, ein verachtenswürdiger Archetyp, von dem politische Analytiker im Allgemeinen reden, als handle es sich um den Hüter irgendwelcher Werte. Wenn ein Journalist dazu genötigt ist, sich an solch gräuliche Personen zu wenden, dann betreibt er nichts anderes als den schlimmsten Populismus. Der ›kleine Mann‹ ist Objekt der Bewunderung und gleichzeitig all das, was niemand sein möchte: nicht einmal ein Antiheld, einfach nur ein Nicht-Held.

Und wenn ich diesen Futzi vergesse und den Artikel aus dem Blickwinkel des Unternehmens schreibe? Captain Haddock hätte gerufen: »Blitz und Donner!« Aber das konnte ich mir mitten in der Redaktion nicht erlauben, sonst wäre mein ohnehin schon schwaches Prestige noch mehr gesunken.

Ich musste mit jemandem darüber reden. Aber mit wem, verdammt noch mal?

Die Lösung lautete Maribel. Abgesehen von ihren sporadischen metaphysischen Anwandlungen war sie eine Frau, die mit beiden Beinen fest auf dem Boden stand und wie niemand sonst in der Lage war, das Verrückte in meinen Ideen zu erkennen. Meine Lust, sie wieder zu sehen, nahm zu. Mit einem schlichten Anruf erreichte ich mein Ziel: Wir verabredeten uns zum Essen.

Maribel suchte das Lokal aus. Ein nettes makrobiotisches Restaurant. Einer dieser verdammten Orte, wo es kein einziges Lebensmittel gibt, das von einem Tier stammt. Aber das erfuhr ich erst, als ich schon ein Glas Wein und ein paar Würstchen oder so was Ähnliches bestellt hatte.

»Tut mir Leid, Señor, aber wir haben keine Gerichte mit Fleisch von toten Tieren. Und der Wein ist aus biologischem Anbau.«

Er fand es gar nicht witzig, als ich ihn nach lebenden Muscheln oder Austern fragte und ihn wissen ließ, dass mir nur chemisch versetzter Wein schmecke. Absolut gar nicht witzig. Ich fand mich damit ab.

Maribel kam nur zwanzig Minuten zu spät. Sie legte einen majestätischen Auftritt hin, blieb im Türrahmen stehen und ließ einen einstudierten gelassenen Blick durchs Lokal schweifen, bis sie davon überzeugt war, dass alle sie gesehen hatten. Dann erst erkannte sie mich. Ihre Lippen formten ein süßes Lächeln und sie kam wie eine Prinzessin an meinen Tisch. Sie war hübscher denn je. Oder zumindest kam es mir so vor. Sie gab mir einen flüchtigen Kuss auf den Mund und verhinderte damit den langen Kuss, den ich ihr zurückzugeben beabsichtigte. Ich störte mich nicht daran, denn das gehörte zu unserem Spiel, ein Spiel, das wir schon seit Jahren spielten.

»Du bist schöner denn je.« Das war nicht gelogen.

»Du lügst«, erwiderte sie. »Aber ich höre es gerne.«

»Ich lüge nicht, Maribel. Ich finde, du strahlst regelrecht.«

»Weil ich schon so lange nicht mehr gevögelt habe. Seit wann hast du nichts mehr mit einer richtigen Frau gehabt?«

»Ich weiß nicht, zwei Monate oder das ganze Leben. Ich hab den Überblick verloren.«

Warum sollte ich sie anlügen? Es stimmte, dass ich schon seit einiger Zeit mit keiner Frau mehr geschlafen hatte, und es stimmte auch, dass bei ihrem Anblick alle Alarmglocken meiner Libido anschlugen. Ihr Lächeln war etwas verruchter geworden. Und ich wusste warum: Sie genoss es, dass ich ihr treu geblieben war, denn sie vertrat die Ansicht, dass ich immer nur dann treu war, wenn ich es nicht sein musste. Meine Theorie war eine andere und lautete, dass ich viel zu bequem war, um Beziehungen mit ungewissem Ausgang einzugehen; ich verspürte immer weniger Neigung, mir für welches Vergnügen auch immer eine Frau zu suchen. Ich wusste nicht einmal mehr, wie man das machte.

Maribel war schöner denn je, weil sie ihren inneren

Frieden gefunden hatte, wie sie behauptete. Sie versuchte es genauer zu erklären, und ich erwachte aus meiner Trance und witzelte über die Vorteile des Naturismus und über die geistige Energie der Erde. Wir kannten uns gut genug, sodass sie sich nicht allzu sehr bemühte, mich von ihren Theorien zu überzeugen.

Da ich keine Auberginenschnitzel in Korianderessig mag, konnte ich ihr, die ihre mit genussvollen Seufzern verschlang, meine, je nach Blickwinkel relativen, Sorgen darlegen.

Maribel hatte mich vermisst. Sie hatte mich so sehr vermisst, dass sie mir eine Viertelstunde lang sehr aufmerksam zuhörte und rundweg kommentierte: »Das Problem ist, dass mich das überhaupt nicht interessiert, was du erzählst. Mich interessiert weder die New Economy noch die Technologie noch der kleine Mann. Ich interessiere mich für mich, mich interessiert mein innerer Frieden. Und hin und wieder interessierst du mich.«

Das war eine leidenschaftliche Erklärung, denn ich glaubte schon seit Jahren, dass sich Maribel ausschließlich für sich selbst interessierte. Und ich war nichts weiter als ein schaler Abglanz, der sie an eine Vergangenheit erinnerte, von der sie vielleicht glaubte, sich besser nicht im Einzelnen daran zu erinnern. Ich sah sie wieder voller Bewunderung für ihre Schönheit an. Möglicherweise ist das eine zivilisierte Variante des Selbsterhaltungstriebes, aber die wenigen Male, die ich ernsthaft über mich nachgedacht habe, entdeckte ich, dass die Frauen, die mir gefielen, mit den Jahren gewannen, während ich nur an Jahren gewann. Maribel war in diesem wunderbaren Alter der Vierziger, in dem die Frauen echte Gelassenheit erlangen können und den großen Vorteil haben, dass sie uns Männer offensichtlich weniger begehren als wir sie.

Es ist ein gesegnetes Alter, in dem die Falten im Gesicht etwas Erregendes haben können: Der Verlust der Glätte wird durch den Gewinn von Erfahrung kompensiert.

Maribels Gesicht trug wenig Falten, aber große Erfahrung zur Schau. Und ich schlug ihr vor, das Wiedersehen und unsere Leidenschaft füreinander angemessen zu feiern. Ihre Leidenschaft war so groß, dass sie versprach, am Abend oder am nächsten Tag anzurufen, denn sie hatte viel zu tun. Sie bezahlte und ich traute mich nicht, ihr zu sagen, dass das Eierkonfekt in Honigmelasse nach Spinat schmeckte.

Die andere Frau in meinem Leben, Takako, wartete ungeduldig auf meinen Anruf. Sie hatte keine Zeit verloren und schon eine Verabredung mit dem Außenhandelschef von Matador getroffen. Takako nahm unsere kollegiale Beziehung so ernst, dass sie das Interview für uns beide gemacht hatte, was gegen die Regeln war. Es irritierte mich, dass sie mich vorher nicht konsultiert hatte. Das war keine Zusammenarbeit, sie stülpte mir einfach ihre Interessen über. Und das gesellte sich zu einer anderen Regelwidrigkeit: Sie hatte dem Richter nichts von den gestohlenen Unterlagen erzählt, obwohl wir das ausgemacht hatten. Es spielte keine Rolle, ob es die bessere Lösung gewesen war. Sie hätte trotzdem vorher mit mir reden müssen.

Als ich sie in der Hotelhalle traf, konnte ich mich nicht beherrschen und schleuderte ihr meinen Zorn über die Erniedrigung ins Gesicht. Sie hörte mir ungerührt und ernst zu. Dann sagte sie nach einem Augenblick des Schweigens übertrieben ruhig: »Der Artikel über Matador ist eine Idee meiner Zeitung und ich habe die Leitung. Du kannst ohne das Material, das ich gefunden habe, gar nichts tun.«

Sie hatte mich unterschätzt. Ich hatte eine Trumpfkarte in der Hand: »Der Artikel über Matador basiert auf Unterlagen, die du nicht mehr hast, und du hast mich diesbezüglich belogen. Wenn das deine Vorstellung von Zusammenarbeit ist, wird es wohl besser sein, wir gehen getrennter Wege.«

Sie bewahrte Haltung. Ich konnte lediglich feststellen, dass sie den Kopf etwas mehr reckte, als es die Höflichkeit in ihrem Land erforderte. Einen Augenblick lang ertrug ich den eisigen Blick, den sie mir zuwarf, bevor sie mir die abschließende Bemerkung hinknallte: »Dann geht eben jeder seiner eigenen Wege.«

Nach einer leichten Verbeugung, die wie ein Tritt in den Hintern wirkte, drehte sie sich um und ging.

Hervorragend. Sie hatte es geschafft, alles in einem einzigen Augenblick zu erledigen. Ich verfluchte meinen Sinn für Würde. Denn eines war klar: Wenn Takako nicht mit mir zusammenarbeiten wollte, konnte ich sie nicht dazu zwingen. Und sie hatte Recht, die Initiative war von ihrer Zeitung ausgegangen. In einem Handstreich war das Problem, die Geschichte von Matador mit der Sensibilität des kleinen Mannes zu verknüpfen, verschwunden. Fall abgeschlossen. Die Verantwortlichen von Matador konnten aufatmen: Julio Gálvez, Wirtschaftsreporter, würde weder in ihrer schmutzigen Wäsche wühlen noch die Stabilität des Unternehmens gefährden.

Josep Martínez nahm die Nachricht von meinem Misserfolg mit der für ihn typischen Schadenfreude auf.

»Du kannst eben mit den Weibern nicht umgehen, auch wenn du ständig eine hast. Du hast auch keine Ahnung von deinem Job. Das ist eine Arbeit für jemanden, der das Wesen der modernen Publizistik begriffen hat. Journalismus der Fakten, die Fähigkeit, Informationen als

Rohstoff zu behandeln, Wege aufzuzeigen. Du willst dich mit jedem Artikel identifizieren, ihm deinen Stempel aufdrücken. Du bist nichts weiter als ein Relikt der Vergangenheit, eines unwissenschaftlichen Journalismus. Für die moderne Berichterstattung braucht es einen jungen Menschen, der Publizistik wirklich studiert hat und ihre Regeln respektiert. Gálvez, du bist am Ende.«

Ein regelrechter Vortrag, den er mir mit zugewandtem Rücken und auf seinem Schreibtisch herumhantierend hielt. Dann drehte er sich plötzlich um und warf mir einen Stapel Papier hin. Agenturmeldungen.

»Vielleicht kannst du damit was anfangen. Für heute.«

Die Meldungen handelten von dem Akquisitionsprozess eines großen argentinischen Elektrizitätswerks durch eine spanische Bank im Kampf gegen eine nordamerikanische Versicherungsanstalt. Die Zahlen waren astronomisch, konnten mich aber nicht mehr überraschen. In den vergangenen Jahren enthielten die Wirtschaftsseiten der Zeitungen mehr Nachrichten über Konzerne als vor zehn Jahren. Jeden Tag war der Markt mit unternehmerischen Bewegungen konfrontiert, die das Kräfteverhältnis der Weltwirtschaft durcheinander brachten. In dem mir aufgetragenen Fall sollte ein Konzern entstehen, der nach Umsatz weltweit an zehnter Stelle auf dem Energiesektor stehen würde. Eine Dummheit, an die wir uns schon gewöhnt hatten.

Ich widmete mich der Arbeit, las alle Informationen und schrieb in drei Stunden einen Artikel, den ich unter Einsatz meiner ganzen Weisheit folgendermaßen betitelte: *HQC kauft ECBH, um mit GBMC in AL zu konkurrieren.* Ich gab ihn Martínez, der den Titel, die Zusammenfassung und die Einleitung las: Er verdiente seine Zustimmung.

»Du lernst dazu, Gálvez.«

»Er soll ja auch vom kleinen Unternehmer verstanden werden«, antwortete ich wohl wissend, dass Martínez keinerlei Ironie aus dem Satz heraushören würde.

Als Belohnung für meinen Fleiß erhielt ich den Auftrag, sechs oder sieben Kurzporträts aus der ausländischen Presse zu extrahieren. Alle bezogen sich auf Großunternehmen. In Anbetracht meines geringen Glaubens in die politische Wirtschaft der letzten Jahre mein Lieblingsthema. Die Generation, die im Schatten des Marxismus der Sechziger- und Siebzigerjahre aufgewachsen war, konnte nicht mehr von Camdessus, Greenspan oder Rojo sprechen. Das taten jetzt die schlauen Jungs, die einen Master in Vermont gemacht hatten. Sie waren es, die den magischen Marktmechanismus verstanden. Aber so sehr sie ihn auch verstehen mochten, sie taten es auch erst im Nachhinein. Obwohl man auch gerecht sein muss: Anders scheint es nicht zu gehen.

Nach vierundzwanzig aufregenden Stunden war ich wieder ein Schreibtischjournalist. Stundenlang ›auf dem Arsch arbeiten‹, nach Martínez' zart fühlender Definition. Objektiv betrachtet hatte meine Rückkehr an den Schreibtisch seine Vorteile: Freizeit war wieder Freizeit, nach der Arbeit war der Kopf frei. Das Geheimnis bestand darin, den ganzen Tag in der Redaktion zuzubringen, ohne sich das Hirn zu beschmutzen, und entweder etwas von einem Kollegen Vorbereitetes umzuschreiben oder einen Aufguss der ausländischen Wirtschaftspresse zu erstellen. Immer im Gedanken an den ›kleinen Mann‹, der einzige sexistische Ausdruck, der keine empörten Reaktionen bei den Kolleginnen hervorrief: Ich habe noch keine Journalistin kennen gelernt, die über die ›kleine Frau‹ schreiben wollte. Geheimnisse der Sprache.

Ich fuhr nach Hause und dachte an Musil und Pessoa und ihre mutlosen, verwirrten Figuren. Ich war so vertieft in meine literarischen Erinnerungen, dass ich dem Kühlschrank eine leidenschaftliche Rede hielt. In seiner Zweitfunktion als Speisekammer versagte dieser Gegenstand allerdings total. Was heißen soll, dass ich mir aus zwei Eiern, die keinen Stempel mit Verfallsdatum trugen, Rühreier zubereitete und dazu zwei unverwüstliche, nicht dick machende Toastbrotscheiben mit hohem Kohlehydratanteil aß.

Das Telefon klingelte, aber ich ignorierte es, gefesselt von einer Fernsehsendung, in der ein Typ mit dämlichem Gesicht und eine Señorita mit einem absurden Brustumfang sich abwechselnd Witze zuwarfen, die für jemanden wie mich, der sich hartnäckig weigert, ein ›kleiner Mann‹ zu sein, unverständlich waren. Das Telefon klingelte erneut und ich überhörte es auch diesmal. Eine Viertelstunde später klingelte es ein drittes Mal und ich ergab mich meinem Schicksal. Es könnte Takako sein, die mich in Tränen aufgelöst und im Namen des Reiches der aufgehenden Sonne um Verzeihung bitten wollte. Ich stellte mich selbst als Mac Arthur vor, der die Nachricht von der Kapitulation des Kaisers nach der Explosion der beiden Atombomben 1945 entgegennimmt.

Aber es war nicht Takako, sondern Ahmids Anwalt.

»Hör mal, das ist ein ziemlich dickes Ding, Ahmid will dich treffen.«

»Wann immer er möchte. Morgen Vormittag bin ich frei. Sag mir wo und wann.«

»Es muss noch heute Nacht sein. Er ist ziemlich nervös und will nicht warten.«

Die Nerven meiner Mitmenschen schienen sich gegen mich und meine Nachtruhe verschworen zu haben. In der

Nacht zuvor Takako. Heute Nacht Ahmid. Können Ausländer nicht tagsüber nervös werden?

»Ich habe mit der Sache eigentlich nichts mehr zu tun«, sagte ich abwehrend und müde, getrieben vom Selbsterhaltungstrieb und dem sehr vertrauten Gefühl, mich in das passive Objekt meines Schicksals zu verwandeln.

»Ich glaube, das wird dich interessieren. Er hat mir nicht alles erzählt, aber was da läuft, ist wirklich dicke«, insistierte er.

»Ich kann dir die Telefonnummer der japanischen Journalistin geben.«

»Mit der Japanerin kann ich nichts anfangen. Sie kann ihm nicht geben, was er will. Kommst du nun oder nicht?«

Die Antwort war klar, ich sagte Ja.

Ein marokkanisches Café in Lavapiés um ein Uhr nachts war der Ort, wo ich mich einfinden sollte. In der Calle Mesón de Paredes, die ich seit zwanzig Jahren nicht mehr betreten hatte.

III

Mauren und Christen

Die Madrider haben ein merkwürdiges Verständnis von Patriotismus: Sie verachten ihre Stadt, kümmern sich nicht um sie, hassen den Lärm, den sie selbst zum Hauptdarsteller ihres Alltagslebens machen, und gleichzeitig bilden sie sich ein, die Herren einer Art universellen Zusammenlebens zu sein. Beide Einstellungen sind extrem narzisstisch und jeder Außenstehende findet sich mit Leichtigkeit in eine Diskussion verwickelt, in der ausnahmslos jeder Madrider Gesprächspartner felsenfest überzeugt behauptet, dass es keine Stadt gebe, in der es sich schlechter lebe ließe, als wäre das ein großes Verdienst, dass es aber auch keinen besseren Ort für die Integration Zugewanderter gebe. Das mündet selbstverständlich, wie in vielen anderen Provinzstädten auf der Welt, in einen Vergleich mit New York.

Lavapiés ist einer dieser New Yorker Fälle.

Ich hatte seit zwanzig Jahren keinen Fuß mehr in den Stadtteil gesetzt, und kaum hatte ich die Grenze überschritten, die von der Plaza Progreso markiert wird, fühlte ich mich wie an einem anderen Ort, in einer fremden Stadt, im schlimmsten Londoner Vorort oder – tut mir Leid, das sagen zu müssen – in New York. Vor jeder Haustür hing ein Junkie in friedlich wirkender Apathie. Von den Zigeunern, die hier früher einträchtig mit den Einheimischen zusammengelebt hatten, war nichts zu sehen, auch keine übrig gebliebenen kalifornischen Hippies, die in den Kneipen auf der Gitarre Flamencos spielten. Stattdessen bevölkerten dunkelhäutige Zentralafrikaner, hellhäutige Marokkaner, Chinesen von sonst woher und ein paar Spanier unterschiedlicher Hauttönungen die Straßen.

An der Straßenmündung standen großkotzig ein paar Polizisten und beobachteten mit der im Dienst erworbenen Nonchalance das Treiben der Menschen, das der Untätigkeit oder, in einigen Fällen, dem Kleinhandel unterworfen zu sein schien.

Ich verspürte ein paar Minuten lang Angst, wie man sie empfindet, wenn man sich in einem Stadtteil nicht auskennt, ganz gleich, ob das in Lille, in der Bronx, in Soho oder im Hamburger Hafen ist.

In der Calle Mesón de Paredes gab es zwei Cafés nebeneinander. In einem davon saßen Ahmid und sein Anwalt an einem Fenstertisch und tranken Tee. Sie unterhielten sich nicht, sahen nur gleichgültig zum Fenster hinaus. Ich ging zu ihnen. Beide gaben mir die Hand, und das war schon alles an Höflichkeit. Fonseca kam sofort zur Sache.

»Mohamed wird dir erzählen.«

»Heißt er denn nicht Ahmid?«

Der Junge mit den eindringlichen Augen zuckte die Schultern und lachte.

»Wenn du willst, bin ich Ahmid.«

»Sie ändern täglich ihre Namen, um zu verhindern, dass die Polizei sie identifiziert und ausweist. Wenn sie erwischt werden, behaupten sie, Algerier zu sein und geben falsche Namen an. Die Botschaft erkennt sie nicht an, und sie können nirgendwohin abgeschoben werden.«

Fonseca erzählte das mit müdem Ausdruck, als wäre er das Spiel, das ihn so viel Energie kostete, leid. Dann ließ er Ahmid reden.

»Ich kann dir die Unterlagen besorgen, wenn du mir Ausweispapiere und fünfhunderttausend Peseten verschaffst.«

Ich traute meinen Ohren nicht. Das war eine Unverschämtheit, typisch für ein Kind, das keine Ahnung von der Realität hatte. Fonseca zuckte angesichts meiner Ungläubigkeit nur die Schultern.

»Ich weiß nicht, was das für Unterlagen sind, aber man muss ja nicht gleich auf stur schalten. Er meint, ein anderes Geschäft gibt's nicht.«

Ich tat so, als hätte ich alles unter Kontrolle, und verriet ihnen nicht, dass ich keinen Schimmer vom Inhalt der verflixten Unterlagen hatte. Es konnte sich um eine Spinnerei oder auch um etwas Wichtiges handeln. Jedenfalls redete ich mir ein, dass ich nichts zu verlieren hätte, wenn ich dranbliebe.

»Du kannst nicht in das Hotelzimmer eingebrochen sein, weil du in Haft warst. Wie bist du also an die Unterlagen gekommen?«

»Ich habe sie nicht, aber ich weiß, wer sie hat, und kann sie jederzeit kriegen.«

»Aber diese Unterlagen sind nicht so viel wert. Außerdem, wie sollte ich dir spanische Ausweispapiere verschaffen? Das ist unmöglich, Ahmid.«

»In Marokko ist nichts unmöglich. In Spanien auch nicht. Du weißt, dass die Unterlagen viel wert sind. Sonst würdest du sie nicht so dringend haben wollen und hättest den Diebstahl beim Richter angezeigt. Wenn du nicht zum Richter gehst, dann sind diese Unterlagen sehr wertvoll. Denk nach.«

Er stand auf, um seinen Worten einen theatralischen Effekt zu verleihen und mir ein Glas Tee zu holen. Fonseca zuckte wieder die Achseln und schwieg, um mich in

Ruhe nachdenken zu lassen. Um uns herum saßen mehrere Grüppchen junger Marokkaner zwischen fünfzehn und zwanzig Jahren an den Tischen, tranken Tee und lachten. Fast alle trugen Sportklamotten, es gab viele verkehrt herum aufgesetzte Baseballkappen, und viele von ihnen protzten mit Goldkettchen an Armen und Hälsen. Die vom Geld bestimmte Hierarchie war leicht zu erkennen. Die besser Gekleideten behandelten die anderen mit einer gewissen Überheblichkeit. Die schlechter Angezogenen standen am weitesten unten auf der sozialen Leiter und bewunderten diejenigen, die sich aufplusterten. Es war eine merkwürdige Mischung von Jungen offenbar bescheidener oder sogar elender Herkunft, die wie in einer amerikanischen Fernsehserie angezogen waren.

Ahmid zögerte seine Rückkehr an unseren Tisch hinaus. Er blieb bei einer der Gruppen stehen und es folgte ein ausgiebiger formeller Austausch von Schulterklopfen im Stil der amerikanischen Baseballspieler. Ich konnte meine Augen nicht von Ahmid und seinem Umfeld abwenden und merkte, dass Fonseca mich spöttisch beobachtete.

»So was hast du noch nie gesehen, was?«

»Nein. Sie wirken wie die verlorenen Kinder aus *Peter Pan.*«

»So was Ähnliches. Sie kommen her, lernen zu stehlen und leben in den Tag hinein. Wir beobachten sie ängstlich, stecken sie ins Gefängnis und lassen sie wieder laufen. Wir tun nichts für sie. Wenn wir so weitermachen, werden wir in ein paar Jahren wirklich Angst vor ihnen haben müssen.«

»Warum in ein paar Jahren?«, fragte ich neugierig.

»Siehst du das nicht? Sie können nicht lesen und schreiben, sie können nicht mal einen Ziegelstein setzen.

Sie leben vom Straßenhandel oder überfallen Japaner. Einige, die Besten, verdienen in manchen Monaten bis zu zwei Millionen Peseten, und die geben sie für Klamotten, für Essen und in Diskotheken aus. Andere verhungern. Was wird passieren, wenn das mit den Japanern nicht mehr rentabel ist?«

Ich wunderte mich über diese Spezialisierung auf Japaner. Aber ich konnte Fonseca nicht weiter ausfragen, denn Ahmid beendete schließlich seine Begrüßungsrituale und setzte sich wieder zu uns. Ich versuchte die Initiative zu ergreifen.

»Was weißt du über die Unterlagen, Ahmid?«

Er lehnte sich zurück, legte die Beine auf einen anderen Stuhl und sagte etwas angeberisch zu mir: »Dass sie dir sehr wichtig sind und dass sie anderen Leuten sehr wichtig sind. Ich kann diese Unterlagen nicht lesen, aber ich kann in euren Augen lesen.«

»Und darf man erfahren, wen sie noch interessieren? Wenn es andere gibt, warum hast du sie nicht denen verkauft?«

»Weil die mir keine spanischen Papiere besorgen können, du schon. Aber wenn du sie nicht willst, werde ich sie für ein paar Millionen an die verkaufen. Und davon kaufe ich mir dann die Papiere.«

Diesmal wurde Fonseca ungeduldig.

»Ahmid, das geht in Spanien nicht. Du wirst niemanden kaufen können, damit er dir Papiere besorgt.«

»Ihr habt doch keine Ahnung. Spanien ist wie Marokko, wie alle Länder. Ich habe einem Lastwagenfahrer Geld gegeben und er hat mich mitgenommen. Sind nur Lastwagenfahrer käuflich?«

Seine Logik war einleuchtend. Er musste nur noch herausfinden, wie er zu seinen ersehnten Papieren kam.

Und es war klar, dass es selbst für einen so aufgeweckten Jungen wie ihn unmöglich war, bis ins Innenministerium vorzudringen. Also wandte er sich an mich. Ich war Journalist, Spanier und hatte aller Voraussicht nach gute Verbindungen. Nach seiner Logik und den Erfahrungen in seinem Land sollten meine Möglichkeiten also nicht so gering sein. Ahmid hatte sein Angebot gemacht, und es war an mir, es zu akzeptieren oder nicht.

Um bei einer Erpressung zu zahlen, muss man wissen, wofür man bezahlt. Und ich wusste es nicht. Unter dem Einfluss der Logik eines kleinen Taschendiebes glaubte ich langsam selbst, dass die Unterlagen wirklich wichtig waren, aber das war auch schon alles. Na schön, fast alles. Ahmid hatte mir, absichtlich oder nicht, einen Hinweis gegeben, den ich berücksichtigen sollte: Wenn diejenigen, die sich für die Unterlagen interessierten, ihm die Papiere nicht beschaffen konnten, dann handelte es sich um Ausländer. Ich spielte diese Karte aus.

»Und du glaubst, dass die Japaner so viel für diese Unterlagen bezahlen würden?«

Ich hatte ins Schwarze getroffen, und das passte ihm gar nicht.

»Die Japaner zahlen das, was ich verlange. Sie werden zahlen, weil sie die Papiere dringend brauchen. Und wenn du sie nicht willst, brauchen wir gar nicht weiter zu reden. Wir bleiben Freunde und Schluss.«

Er reichte mir zum Abschied die Hand. Aber Fonseca hielt ihn zurück.

»Ahmid, lass den Blödsinn. Niemand kann dir so einfach spanische Papiere besorgen. Und dein Freund hier hat dir einen großen Gefallen getan, indem er dich nicht angezeigt hat. Dank ihm bist du auf freiem Fuß. Wenn du so weitermachst, werde auch ich dir nicht mehr helfen.«

»Dann fahr ich nach Tanger mit dem, was ich rausschlage. Mit fünf Millionen bin ich der Boss, und niemand wird mir je wieder sagen, was ich zu tun habe. Ich werde den Laden von meinem Onkel kaufen und keinem Spanier was verkaufen. Ihr Spanier seid schlecht. Ich habe Herz.«

Dabei klopfte er sich auf die Brust. Er war ein geborener Schauspieler. Es klang, als käme ihm jeder Satz aus der Seele. Aber weder ich noch sein Anwalt waren in der Stimmung, uns beeindrucken zu lassen. Ich versuchte zu vermitteln, aber Fonseca unterbrach mich mit einer sanften Handbewegung.

»Lass ihn. Er wird zurückkommen. Ich glaube nicht, dass es noch jemanden gibt, dem er die Unterlagen verkaufen kann. Gib mir vierundzwanzig Stunden Zeit und unternimm so lange nichts. Ich begleite dich.«

Ich erwiderte, das sei nicht nötig, aber er zeigte um sich und machte eine Andeutung, dass er schon wüsste, warum er mich nicht allein gehen lassen wollte. Wir verließen das Café und gingen Richtung Plaza del Progreso, wo die Zivilisation begann. Ich wollte etwas mehr über Fonseca herausfinden.

»Und du, was hast du davon?«

»Nichts. Ist eine lange Geschichte. Ich bin es auch leid, sie zu verteidigen, mir die Nächte auf Wachen oder in Gerichten um die Ohren zu schlagen. Aber du hast es ja selbst gesehen. Irgendjemand muss etwas für sie tun. Sie sind Futter fürs Gefängnis oder den Friedhof. Am Ende fixen sie an den Straßenecken. Schau dir die da drüben an.«

Er zeigte auf die Plaza de Cabestreros auf halber Höhe der Straße. Ein quadratischer Platz mit vier Bäumen und einer Art Fußballfeld aus Beton. Eine Gruppe Jugendlicher drängte sich um etwas, das ich nicht erkennen konnte. War auch nicht nötig, Fonseca wusste es.

»Sie schnüffeln Klebstoff. Sie dröhnen sich damit den Kopf voll und fühlen sich dann wie die Kings. Das Zeug macht sie verrückt, gewalttätig und gefährlich. Und es zerstört ihr zentrales Nervensystem. Sie ziehen sich alles rein. Und wenn's nichts anderes gibt, eben Benzin. Was auch immer. Die, die ein bisschen Geld haben, sind schon auf Heroin. Sie kommen aus den Diskotheken, in die man sie hineinlässt, und taumeln die ganze Nacht durch die Stadt. Am frühen Morgen überfallen sie dann Japaner.«

»Und warum Japaner?«

»Weil sie sich von den Spaniern unterscheiden und viel Geld haben. Sie rauben sie aus, und wenn sie erwischt werden, sagen nur wenige Japaner aus, weil sie Touristen auf der Durchreise sind. Und dann sind da noch die Reisepässe. Weißt du, was sie mit den Reisepässen machen?« Er erwartete gar nicht erst eine Antwort und fuhr fort: »Die verkaufen sie an die chinesische Mafia, und so kommen die Chinesen ins Viertel. Ist nicht schlecht, eh?«

Nein, das war nicht schlecht. Eine komplette Recycling-Industrie. Das Geschäft mit den Reisepässen blühte wegen der Unfähigkeit der Polizei, Chinesen von Japanern zu unterscheiden.

Wir näherten uns langsam dem Ende der Straße. Ein Polizist, der mit den Händen in die Hüften gestemmt mitten auf der Fahrbahn stand, starrte uns neugierig an, als würde er abwarten, ob wir hier lebend rauskämen. Als wir an ihm vorbeikamen, ging er ein paar Schritte neben mir her und ergriff meinen Ellbogen. Ich warf ihm einen wütenden Blick zu, den er geflissentlich überging.

Am Eingang zur Metro verabschiedete ich mich von Fonseca und dankte ihm. Der Schalter war geschlossen, nur der Fahrkartenautomat funktionierte, aber ich hatte kein Kleingeld. Ich ging wieder hoch. Der Platz war wie ausgestorben. Nur der Polizist stand noch wie vorhin an der Straßenmündung. Und Fonsecas Schatten auf dem Rückweg ins Café. Dieser Typ interessierte mich über Gebühr. Entweder war er ein Gauner oder er war ein Entwicklungshilfewerk auf zwei Beinen. Meine Intuition sagte mir, dass es sich eher um Letzteres handelte. Aber auch so konnte ich mir nicht erklären, warum er mir helfen wollte. Aber vielleicht half er damit auch seinem Schützling Ahmid.

Aus der Straße drangen plötzlich Geräusche. Eine Gruppe junger Marokkaner, vermutlich die mit dem Klebstoff von der Plaza, tauchte aus der Dunkelheit auf. Sie überquerten die Grenze, als gäbe es den Polizisten gar nicht, alberten laut herum und taumelten wie um eine Laterne um ihn herum, was ihn nicht erschütterte. Auch ich rührte mich nicht von der Stelle und ließ sie vorbeiziehen. Sie kamen nur langsam voran und hatten alle einen verlorenen Blick. Aber sie wussten, wohin sie gingen. Einer von ihnen war so freundlich, mich wahrzunehmen, und machte eine Geste, als würde er sich die Kehle durchschneiden, worauf er in Gelächter ausbrach. Ohne weiter auf mich zu achten, hüpfte er wie ein Affe herum und brüllte: »Gefährlicher Moro. Schwarzer Verräter tötet mit Messer.«

Als die Vorstellung beendet war, drehte er sich noch einmal um und grinste noch breiter, wobei er sich auf die Schenkel schlug. Ich hob die Hand wie zu einem Abschiedsgruß, damit ihn meine voyeuristische Haltung nicht provozierte. Denn manche von uns haben das Pech, ständig in Straßenkeilereien zu geraten.

Als ich nach Hause kam, hatte Maribel mein Revier in

Beschlag genommen. Sie musste schon eine Weile da sein, denn die Begrüßung bestand aus einer Reihe von Schnarchern aus dem Sessel, in dem ich immer zu lesen pflege. Ihr Mund stand weit offen und ihr Kopf hing unnatürlich verrenkt zur Seite. Es ist vielleicht schwer zu glauben, aber auch so noch regte sich in mir ein Gefühl der Zärtlichkeit für sie, trotz meines Ärgers darüber, dass sie immer noch meinen Schlüssel benutzte und ich nicht dasselbe in ihrer Wohnung tun konnte.

Ich wollte sie nicht gleich wecken. Ich zog mich aus, putzte mir die Zähne und schaltete das Licht aus. Ich begann sie zu streicheln, damit sie gerade so weit aufwachte, dass sie mit mir ins Schlafzimmer gehen konnte. Für solche Aktionen ist Erfahrung grundlegend. Das ist einer der großen Vorteile, wenn man nicht jede Nacht eine andere Frau hat.

Wie ich geahnt hatte, richtete sich Maribel auf, ohne ganz wach zu werden, und ließ sich ins Schlafzimmer führen. Ich zog sie aus wie eine Puppe, legte sie auf die linke Seite des Bettes, wobei ich ihren Zustand ausnutzte, denn normalerweise machte sie mir die rechte Seite streitig, und küsste sie auf die Stirn. Dann legte ich mich neben sie und versuchte, bei einer Zigarette meinen Besuch in Lavapiés zu verdauen.

Ahmids wütender Gesichtsausdruck beim Verlassen des Cafés, die aneinander gereihten Gesichter der Jungs, die den Platz überquerten, die bewundernden Blicke der am ärmlichsten Gekleideten auf ihren Boss. Die Bilderfolge wiederholte sich in meinem Kopf ohne Unterlass. Die verlorenen Kinder. Zu meinem Bedauern hatten sie etwas mehr als Neugier in mir geweckt. Ich war gleichermaßen erschüttert wie fasziniert von dem kurzen Erlebnis in dieser Gesellschaft. Die Nacht brach mit der schrecklichen Vorahnung über mich herein, dass ich sie schlaflos verbringen würde.

Maribel drehte sich im Schlaf und umarmte mich. Und dann geschah alles ganz zärtlich und mit der Leichtigkeit, die sich in so langjährigen Beziehungen entwickelt.

Am Ende bahnte sich der Schlaf doch seinen Weg. Ich küsste Maribel auf den Mund und pries ihre Anwesenheit.

IV

Die Straßenschlacht von Lavapiés

Maribel war gegangen, ohne mich zu wecken. Ich war ihr dankbar dafür, trotzdem fluchte ich, weil ich verschlafen hatte. In meiner Situation zu spät in die Redaktion zu kommen war die schlimmste Art, den Tag zu beginnen. Ich stellte mir Martínez vor, wie er die Zeitung schwingend seinen Lieblingssatz für Zuspätkommer schrie: »Glaubst du, das hier macht sich von selbst?« Aber ich verdrängte ihn erst einmal, denn ich hatte andere Sorgen. Beispielsweise einen Kaffee zu trinken, eines der wenigen Dinge, die in meinen Vorräten nie fehlen, und mir anschließend eine Zigarette anzuzünden. Eine filterlose Zigarette, ein nicht entkoffeinierter Kaffee. Ich war ein Junkie.

Als ich in der Redaktion eintraf und einen Anfall von Aktivität vortäuschte, beachtete mich Martínez gar nicht. Er war mit wichtigeren Dingen beschäftigt und sah nicht mal auf die Uhr, sondern zeigte lediglich auf einen Stapel Papier, den er mir auf den Schreibtisch gelegt hatte. Besagter Stapel enthielt Informationen über europäische Elektrizitätswerke und Martínez hatte mir etwas auf einen Zettel gekritzelt. Meine Aufgabe für heute: die Energiekosten der Haushalte in den europäischen Ländern zu vergleichen. Ich sollte bestätigen, dass die Strompreise in Spanien zu den höchsten in Europa zählten, denn meine Zeitung war kritisch gegenüber der Regierung und ihrer Privatisierungspolitik eingestellt, die von den Freunden des Präsidenten oder denen seiner Adlaten unterstützt wurde. Kinderleicht, wenn auch arbeitsintensiv. Eine dieser Aufgaben, die den Inhalt des Wortes Langeweile füllen. Ohne Zeit zu verlieren machte ich mich daran und zeichnete viele Häuschen auf ein Blatt, das in einer halben Stunde voll sein würde, wie ich wusste.

Nach zwei Stunden Arbeit, die meinen kometenhaften Aufstieg zum Star der Tageszeitung markierten, ging ich zu Miguel Díaz, einem blonden Kollegen der jüngeren Generation, einer von denen, die modernen Journalismus zu machen verstehen. Díaz hatte einen Magisterabschluss in Wirtschaft und zwei Master, einen in Publizistik und einen in Marketing, und war schon ein paar Jahre in der Redaktion, wo er sich ohne aufzumucken mit den schlimmsten der täglichen Aufgaben herumschlagen musste. Er machte immer noch die Arbeiten, mit denen er damals angefangen hatte, obwohl sein Stern langsam am Firmenhimmel aufstieg. Er erklärte mir aufrichtig und ohne Umschweife, dass er mit der geerbten Matador-Geschichte das große Los gezogen hätte. Trotz unseres großen Bildungsunterschieds war mir Díaz sympathisch. Er kam in der Redaktion auch ohne systematische Dolchstöße gegen seine Kollegen voran. Deshalb ergriff ich auch keine Vorsichtsmaßnahmen, als er mich um meine Meinung über den Auftrag bat, den er mit Takakos Hilfe erledigen sollte.

»Ich glaube, es handelt sich um eine dieser opportunistischen Firmen. Was ich über die gelesen habe, hinterlässt den Eindruck, dass sie keine Inhalte haben. Und du weißt ja, ohne Inhalte hält man sich nicht auf dem Markt.«

Ich sagte das mit großer Selbstsicherheit. Obwohl es auch stimmt, dass ich nicht viel mehr über die Sache sagen konnte. Ich hatte schon alles oder fast alles preisgegeben, was ich den Wirtschaftsseiten im Internet hatte entnehmen können. Aber Díaz war anderer Meinung.

»Red keinen Blödsinn, Julio. Wenn sie Datenbanken aufkaufen und es ihnen gelingt, einen halbwegs durchschaubaren E-Commerce in strategisch günstigen Sektoren auf den zu Weg bringen, können sie mit Garantie an die Börse. Sie haben es nur nicht sonderlich eilig und warten den geeigneten Zeitpunkt ab.«

»Und was dann?«, fragte ich. »Amerikanische Analysten sind sich einig, dass Internetunternehmen, die keine solide Grundlage haben, in ein paar Jahren den Bach runtergehen.«

»Später ist zu spät für dieses Geschäft, Gálvez. Wenn es an der Börse klappt, werden sie genügend Geld haben, um sich mit einer stabilen Infrastruktur auszustatten. Jetzt müssen sie erst mal angeben. Soll heißen, ihre Marketingabteilung muss funktionieren.«

»Was ist Marketing, Miguel?«

Er wollte mir schon antworten und hatte sogar schon den Mund aufgemacht, hielt aber inne, weil seine Intuition ihm sagte, dass ich auch ohne Master wie viele andere an der Bedeutung einer so flüchtigen wie effizienten Wissenschaft zweifelte. Er zuckte die Achseln und lächelte mich wieder an. »Und deine kleine japanische Freundin … hat sie angebissen?«

Er konnte nicht wissen, dass mir Martínez am Vortag genau dieselbe Frage gestellt hatte.

Das war es, was ihn wirklich interessierte, nicht meine Meinung über Matador, sondern meine Erfahrungen mit Takako. Das Schwein wollte, dass ich ihm den Weg ebnete. Mir schoss durch den Kopf, dass in diesem Punkt der Generationenwechsel keinerlei Verbesserung hervorgebracht hatte. Ich überging seine Frage einfach und zog eine weitere vertikale Linie auf meinem Vergleichsblatt. Immer vergaß ich Luxemburg. Warum vergaß ich es bloß immer? Bestimmt, weil ich über kein Schwarzgeld verfüge, zumindest soweit mir bekannt ist.

Ein paar Stunden später wurde ich bei meiner spannenden Arbeit von aufgeregten Stimmen gestört. Sie kamen aus der Nachrichtenredaktion, etwa zehn Meter hinter mir. Ein Fotograf, einer von denen, die jetzt Fotoreporter genannt werden, drängte einen Redakteur, sich zu sputen.

»Beeil dich, Mensch, bis wir loskommen, gibt's Lavapiés nicht mehr!«

»Ich muss zur Pressekonferenz ins Innenministerium. Mich kannst du vergessen.«

Unsere Redaktion war relativ klein. Und alles, was nichts mit Politik oder Wirtschaft zu tun hatte, wurde mit spitzen Fingern angefasst. Weil die Verbreitung der Zeitung nicht bis nach Madrid reichte, konnte man viele lokale Ereignisse vergessen, so sehr sich die Redakteure auch dafür interessieren mochten. Wen in Barcelona interessierte es schon, dass es in einem Madrider Stadtteil eine Schlägerei gegeben hatte? Der Fotograf, Pedro Gómez, war ein Veteran, ein in hunderten von Schlachten abgehärteter Typ, der gute Fotos schoss, selbst bei der Taufe der Enkelin irgendeines Folkloresängers. Die Erwähnung des Viertels ließ mich aufhorchen und ich ging neugierig zu ihm.

»Was ist in Lavapiés los?«

»Mensch, da gibt's 'ne heftige Schlägerei. Ein Haufen Chinesen und ein Haufen Moros geben sich eine Messerstecherei auf der Straße. Eine Freundin, die dort wohnt, hat mich angerufen und gesagt, es sei wie in Vietnam.«

»Ich komme mit«, sagte ich, neugierig geworden und weil mich das Produzieren von Nachrichten in Serie langweilte.

Ich gab dem Text noch den letzten Schliff und setzte

eine explosive Schlagzeile darüber: *Spanischer Strom ist der teuerste in Europa.* Ich schicke Martínez den Artikel per E-Mail und zog meine Jacke an. Ich bat gar nicht erst um Erlaubnis, die Redaktion verlassen zu dürfen, ich würde sie sowieso nicht erhalten. Ich lief hinter Gómez her, der sich mit meiner Begleitung zufrieden gab.

Gómez fuhr, wie man es von einem Fachmann in Straßenschlachten erwartete. Er achtete weder sonderlich auf rote Ampeln noch auf Geschwindigkeitsbegrenzungen, und fuhr ein paarmal gegen die Richtung in Einbahnstraßen. In einer knappen Viertelstunde waren wir an der Plaza del Progreso. Wir stiegen aus. Der Wagen versperrte einem Lieferwagen die Ausfahrt, Gómez hatte als einzige Vorsichtsmaßnahme ein Schild mit dem Aufdruck *Presse* und unserem Zeitungslogo gut sichtbar hinter die Windschutzscheibe gelegt. Dann liefen wir zur Calle Mesón de Paredes. Zwei Polizisten hielten die Leute zurück, die sich an der Straßenecke drängten, um das Spektakel nicht zu verpassen. In einem Notarztwagen wurde ein anderer Polizist versorgt, er hatte eine Platzwunde auf der Stirn. Und ein vierter forderte über Funk verzweifelt Verstärkung an, die gleich da sein musste, denn das Sirenengeheul kam immer näher.

Einer der Polizisten hielt uns mit der Pistole in der Hand zurück. Wir zeigten unsere Presseausweise und er zuckte die Schultern.

»Sie werden schon wissen, was Sie tun. Aber ich an Ihrer Stelle würde ein paar Minuten warten. Die Verstärkung ist gleich da.«

Gómez und ich wechselten einen Blick. Ich war geneigt, dem Rat des Polizisten zu folgen, aber Gómez nicht. Ein Reporter kann eine Geschichte mithilfe von Augenzeugenberichten erzählen, aber Fotografen brauchen die Action live. Ich folgte ihm, tröstete mich mit Gedanken an unseren Schutzheiligen San Ildefonso und vertraute auf Gómez' ausgezeichnete körperliche Verfassung: Seine mächtige Gestalt hätte jeden Angreifer abgeschreckt. Wir begaben uns in das, was die Hölle zu sein schien.

Fünfhundert Meter weiter unten wirkte die Straße wie ein Kriegsschauplatz. Eine große Anzahl Chinesen aller Altersgruppen lauschte den Worten eines jungen Mannes um die dreißig, der beim Reden eine Axt schwang. Wir verstanden natürlich nichts. Gómez schoss unauffällig ein paar Bilder aus der Hüfte. Mir kam es vor, als seien wir unsichtbar. Die Versammelten waren höchst aufgebracht und aus ihren zusammengekniffenen Augen leuchtete der Hass. Alle waren mit Äxten, Stöcken oder großen Küchenmessern bewaffnet. Einer hielt sogar eine Pistole in der Hand. Das hier war ernst.

Der Anführer setzte sich in Bewegung. Entschlossen marschierte der Trupp Richtung Plaza de Cabestreros, von wo eine dichte Rauchwolke aufstieg. Wir folgten ihnen im Abstand von wenigen Metern. Auf dem Weg sahen wir, dass in den Nebenstraßen die Fensterscheiben mehrerer Geschäfte und Restaurants zerstört waren. Hinter Gardinen oder halb offenen Jalousien versteckt schauten ein paar Anwohner erschrocken aus den Fenstern.

Auf der Plaza de Cabestreros hatte sich der Feind verschanzt. Der Qualm rührte von brennenden Autoreifen her. Mitten in der Rauchwolke bereiteten sich ein paar Dutzend vermummter junger Marokkaner auf den Kampf vor. Sie zertrümmerten Steine auf dem Boden, die sie als Wurfgeschosse benutzen würden, und fuchtelten mit Stöcken und Taschenmessern herum. Die Angreifertruppe blieb einen Augenblick stehen, um das Terrain abzuschätzen. Auf einen Alarmschrei hin fingen alle zu schreien an und rannten Waffen schwingend los. Seitens der Marokkaner hagelte es Steine, die dumpf auf den Asphalt aufschlugen. Ich sah einen der Jungs von einem Stein getroffen stürzen. Ein weiterer knickte ein und vollführte einen makabren Tanz auf einem Bein, weil sein anderes Knie getroffen war. Gómez blieb kurz stehen, um die Kamera zu wechseln. Einen Moment lang fragte ich mich, was ich hier verloren hatte, aber ein dicht an uns vorbeisausender Steinbrocken ließ mich meine Konzentration wieder auf die Ereignisse richten.

Der Kampf war eröffnet. Ich zögerte, ob ich über die Barrikade aus Autoreifen steigen sollte oder nicht, aber Gómez war schon dabei, und trotz der panischen Angst, die sich meiner Beine bemächtigte, blieb mir nichts anderes übrig, als ihm zu folgen. Auf der anderen Seite drängten sich die jungen Marokkaner im Halbkreis vor einer Mauer und schützten sich gegenseitig, während die Chinesen mit ihren Stöcken vorrückten. Dann wurde zugeschlagen. Die Kühnsten beider Banden wagten sich weiter vor und schlugen aufeinander ein. Die dicht gedrängten Reihen schwankten, das heizte die Gegner aber nur noch mehr auf. Aus den Kehlen der Angreifer erklang ein entsetzlicher Schrei und die Situation erreichte ihren Kulminationspunkt: Die chinesische Truppe stürzte los und überrollte die Marokkaner.

In dem Geschrei ließ sich das Geräusch von aufeinander schlagendem Holz ausmachen. Ich glaubte auch die Köpfe zweier Verletzter zu erkennen. Es gab immer mehr Verluste. Nach kurzer Zeit kehrten mehrere Angreifer mit Kopfwunden zurück. Der mit der Pistole prüfte das Magazin und stieg auf eine Bank. Er zielte auf die Gruppe und drückte zweimal ab, dann klemmte die Waffe. Ich machte Gómez auf ihn aufmerksam. Und plötzlich war die Angst verschwunden. Ich war fasziniert von dem Schauspiel, ich konnte meinen Blick nicht von dieser absurden Schlacht abwenden, die in eine Katastrophe münden konnte. Und ich fühlte mich einen Augenblick lang wie ein unbeteiligter Zeuge, wenn auch nur einen Augenblick.

Die Sirenen der Polizeiwagen übertönten das Kampfgeschrei. Ich drehte mich um und sah einen Haufen Polizisten in Kampfanzügen aus den Wagen springen.

Den Kämpfenden war das Eintreffen der Polizisten nicht entgangen. Die Chinesen setzten zu einer wahnwitzigen Flucht zurück in die Calle Mesón de Paredes an und prallten gegen die Polizeikette. Sie versuchten die neue Barrikade zu überwinden und brachen haufenweise unter Knüppelschlägen, Kolbenstößen und Fanggriffen zusammen, die dem American Football alle Ehre machten. Andere ließen ihre Waffen fallen und schlüpften zwischen den Polizisten durch. Ein Trupp Nachzügler zerrte eine beträchtliche Zahl Verletzter hinter sich her.

Die zweite Hundertschaft der Polizei lief zu den Marokkanern und trieb sie auseinander. Sie hatten ihre Stellung gehalten und leisteten keinen Widerstand, ließen Stöcke und Taschenmesser fallen und hoben zum Zeichen der Kapitulation die Arme. Ein paar von ihnen lagen auf dem Boden und leckten sich ihre Wunden. Einer lag mit dem Gesicht nach unten. Er bewegte sich nicht; Blut tropfte aus seinem Kopf und bildete ein Rinnsal auf dem Boden.

Die Polizei agierte höchst effektiv. In wenigen Minuten waren die beiden Gruppen gesprengt und wurden von den Polizisten bis zum Eintreffen der Gefangenenwagen in Schach gehalten.

Der Platz sah wüst aus. Ungläubig liefen die Polizisten zwischen den unzähligen Knüppeln, Taschenmessern und Äxten umher. Der dichte schwarze Rauch schien immer stärker herabzusinken. Mitten in diesem Desaster blieben Gómez und ich einen Augenblick keuchend stehen. Das Scharmützel hatte kaum fünf oder sechs Minuten gedauert und wies eine auf den ersten Blick erkennbare schreckliche Bilanz auf: zertrümmerte Schädel und verletzte Gesichter. Und Blut, viel Blut.

Wir gingen zu den Marokkanern hinüber. Die Polizisten ließen uns aus Respekt vor der Meinungsfreiheit gewähren. Zwei von ihnen kümmerten sich um einen auf dem Boden Liegenden. Kurz darauf stand einer von ihnen wieder auf und ich fragte ihn, ob der Mann am Boden schwer verletzt sei. Er antwortete mir lakonisch: »Der ist nicht verletzt, der ist tot. Er hat ein Einschussloch im Kopf, zumindest sieht das da an seinem Schädel so aus.«

Instinktiv sah ich zu der Stelle, wo ich den Chinesen mit der Pistole gesehen hatte. Dort lag die Waffe, harmlos wie alle Waffen, solange sie sich nicht in Menschenhand befinden. Ich machte den Polizisten darauf aufmerksam und suchte mit den Augen die andere Gruppe nach dem Schützen ab, aber die bloße Vorstellung, ihn wieder zu erkennen, erschreckte mich, denn ich wusste, dann müsste ich mich entscheiden, ob ich ihn anzeigen sollte oder nicht. Und ich wollte gar nicht wissen, wie die Entscheidung ausfallen würde. Ich notierte eine Feigheit mehr auf meiner persönlichen Liste.

Gómez hatte schon die Filme seiner Kameras gewechselt und wir beschlossen, das Viertel zu durchstreifen, um herauszufinden, was passiert war. Die wenigen Zeugen waren sehr verängstigt. Von den Chinesen wollte keiner mit uns reden und die Marokkaner ließen sich nicht blicken. Ein Senegalese Mitte dreißig, groß und kräftig, mit der unvermeidlichen Goldkette um den Hals, meinte:

»Die Moros sind schuld. Wegen denen werden wir alle rausfliegen. Sie machen immer Stunk. Heute haben sie ein chinesisches Mädchen überfallen, und als ihre Familie loszog, um ihnen eine reinzuhauen, haben sie sich zusammengerottet und die Schaufenster von Läden und Restaurants eingeschlagen. Und sie haben die Polizisten verprügelt. Sie sind ein Übel, die müssen hier weg.«

Gómez' Freundin, die uns den Wink gegeben hatte, wusste auch nicht mehr. Sie war um die vierzig, schön, aber etwas schlampig. Sie trug aus der Mode gekommene Kleidung mit einem Anflug von Hippie, wie man sie nur noch in Kalifornien und auf Ibiza findet. Sie rauchte gerade einen Joint und bot uns Tee an, den wir ablehnten, weil wir keine Zeit verlieren wollten.

»Ich weiß nicht, wie es angefangen hat. Es ist immer dasselbe. Es gibt einen Streit und der endet im Rassenkrieg. Es stimmt, dass fast alle Streits von den Moritos angezettelt werden, aber es wird auch nichts für sie getan. Sie verbringen ihre Tage im Knast oder stehlen. Wenn man die Hälfte des Geldes, das in die Polizei gesteckt wird, in deren Erziehung investieren würde, gäbe es das Problem nicht. Das Viertel ist unerträglich. Überfälle auf der einen Seite und Polizei auf der anderen. Und Journalisten, die den Staat aufhetzen, noch mehr Polizei herzuschicken. Ihr seid auch nicht besser. Ich werde von hier wegziehen.«

Das war alles, was sie wusste. Ich verstand ihre Philosophie sehr gut, aber Theorien waren nicht unsere Sache, sondern Informationen. Wir verabschiedeten uns und drehten eine letzte Runde über die Plaza de Cabestreros. Die Polizei hatte den Platz schon geräumt, ließ aber niemanden an den Kampfschauplatz heran, damit vor Eintreffen des Haftrichters nicht noch mehr Spuren verwischt wurden.

Wir fuhren in die Redaktion zurück. Diesmal siegte dank des Toten und Gómez' beeindruckenden Fotos die Lokalseite. Martínez sagte mir zu seinem eigenen großen Bedauern, dass die Story der Aufmacher würde. In seinen Augen blitzte Groll, als er mir die Anweisungen aus Barcelona über den Umfang des Artikels weitergab. Ich berichtete mit so wenigen Adjektiven wie möglich von der Schlacht und schrieb die Fakten ohne Interpretation nieder, nur das, was die wenigen Anwohner gesagt hatten. Und ich titelte: *Ein Toter bei einer Straßenschlacht zwischen Ausländern im Zentrum Madrids.* Trotz des Schreckens verspürte ich beim Schreiben eine gewisse Befriedigung. Seit Jahren hatte ich nichts dergleichen mehr erlebt. Ich war ein Reporter der Straße. Ein Wort gab das nächste, kühle Beschreibung der Tatsachen und der Umstände. Wörtliches Zitieren der Zeugenaussagen, wobei ich die Fehler der gesprochenen Sprache korrigierte. Und alles in chronologischer Reihenfolge. Um die Dinge im Kontext darzustellen, nutzte ich alles, was mir Miguel Fonseca am Vortag über die Marokkaner und ihre Vorgehensweisen erzählte hatte.

Martínez lobte mich für die Reportage, und ich verkündete ihm, dass ich die Sache in den Gerichten, auf den Wachen und im Viertel weiterverfolgen würde. Er schüttelte den Kopf.

»Dein Platz ist im Wirtschaftsressort. Du hast deine Portion Straßenjournalismus gehabt. Gib den Schrott an Almudena weiter.«

Almudena war unsere knapp zwanzigjährige Volontärin. Ein zurückhaltendes, aufgewecktes Mädchen, das für vierzigtausend Peseten im Monat in dieser machistischen, schwerfälligen Radaktion ihr Leben ließ. Aber in dem Moment empfand ich nicht einen Funken Mitleid mit ihr und ihrer Situation. Ich reagierte aus dem Bauch heraus.

»Der Schrott steht hier schwarz auf weiß. Da hast du den Schrott. Mehr gibt's nicht. Wenn du mehr Infos willst, brauchst du nur nach Lavapiés zu fahren.«

Ich zog ab und bedauerte, keine Tür zuschlagen zu können, denn die Redaktion hatte keine Türen, die man zuschlagen konnte. Ich mied den Fahrstuhl, damit ich niemanden grüßen musste, und nahm die Treppe. Als ich unten ankam, hatte ich mich schon etwas beruhigt. Ich fühlte mich erniedrigt, weil ich in zwei Tagen zwei Storys verloren hatte. Das mit Matador hatte beruflich einen schlechten Geschmack im Mund hinterlassen, aber das in Lavapiés berührte mich persönlich. Ich wollte mehr über diese gewalttätigen Kinderdiebe erfahren, mehr über das Viertel, in dem sich so viele Hautfarben nach einem Schema mischten, das ein Naziwissenschaftler hätte entwerfen können, der die Ursachen von Gewalt untersuchen wollte, indem er Menschen Extrembedingungen aussetzte.

Aber meine Gefühle hatten sich noch in eine andere Richtung verändert, ich dachte an die arme Almudena, die jetzt meine Arbeit machen musste, und an die Probleme, die sie haben würde, wenn niemand sie instruierte. Also traf ich zwei Entscheidungen auf einmal, ein Verhalten, das nur Tieren eigen ist, die höher stehen als Käfer: zum Gericht und dann auf die Wache zu gehen, um mit den Anwälten der Festgenommenen zu sprechen, und Almudena mitzunehmen. Ich rief sie von der Rezeption aus an. Sie zeigte sich keineswegs überrascht und nahm mein Angebot mit fast beleidigender Selbstverständlichkeit an.

War dieser Rotznase nicht klar, dass ich ihr einen Gefallen tat?

Im Taxi wechselten wir kaum ein Wort. Aber ich spürte, dass Almudena nervös war. Möglich, dass sie zum ersten Mal zum Gericht ging, das erste Mal, dass sie mit menschlichem Elend in Berührung kam. Um sie zu beruhigen, sagte ich: »Was du sehen wirst, ist hart, Almudena. Du wirst mit den schlimmsten menschlichen Abgründen konfrontiert sein.«

»Mach dir keine Sorgen, es wird mich schon nicht umhauen, mein Bruder hängt an der Nadel. Ich habe ihn aus den widerlichsten Schuppen rausgeholt«, erwiderte sie mit einem Gesichtsausdruck, der besagen sollte, sie wäre mit allen Wassern gewaschen. »Danke, dass du mich angerufen hast, aber du musst mich nicht beschützen, ich weiß, was Sache ist.«

Das Mädchen hatte mit einem Wimpernschlag die Angelegenheit zurechtgerückt. Gut möglich, dass ihr das nicht klar war, aber sie hatte einen ungünstigen Zeitpunkt erwischt, denn ich war auf der untersten Stufe meines beruflichen Selbstwertgefühls angelangt. Ich hatte mich zu dem, was ich tat, entschlossen, um mich nicht so erbärmlich wie die anderen zu fühlen, und Almudena gab mir das Gefühl, noch erbärmlicher als alle anderen zu sein. Sie hatte die Karten gnadenlos auf den Tisch gelegt. Es stimmte, ich wollte sie beschützen, aber das musste sie mir ja nicht so direkt ins Gesicht sagen. Ich hätte eine andere Form der Dankbarkeit bevorzugt, eine etwas weiblichere. Mit den wenigen Sätzen hatte sie mich an die Wand gedrängt: Ich durfte sie zur Informationsquelle führen, zog daraus aber nicht einmal die minimalste Entschädigung, nämlich das Gefühl, großzügig gewesen zu sein. Na schön, dann würde ich sie eben nicht beschützen. Jetzt musste ich nur noch rauskriegen, wie ich das schaffen konnte, wenn ich sie schon im Schlepptau hatte.

Ich war etwas voreilig gewesen. Die Verhafteten waren noch nicht im Gericht, wir mussten wieder ein Taxi nehmen und zur Wache in der Calle de la Luna fahren. Dort war die Sache komplizierter. Die Verhafteten saßen zusammengepfercht in den Zellen, wie mir ein alter Bekannter erklärte, ein Reporter der Sektion Vermischtes, einer dieser Typen, den der Beruf fertig gemacht hatte, der schon nach Wache roch. Es war unmöglich, von jemandem etwas zu erfahren. Die herumschwirrenden Anwälte trauten nicht mal ihrem Vater über den Weg, und wir Journalisten sind auf Polizeiwachen auch nicht gerade beliebt, es sei denn, einer schnüffelt schon jahrelang dort herum und genießt das Vertrauen eines ranghohen Polizisten. Bevor die Männer nicht dem Gericht überstellt wurden, konnten wir nichts tun.

Almudena und ich gingen in eine dieser Altstadtkneipen, wo die Schinken von der Decke hängen und drohen, jeden Moment den Schädel eines Gasts zu zertrümmern, und bestellten Bier und ein paar Schinken- und Käsetapas. Wir redeten wenig. Ihr schien es nichts auszumachen, aber ich wusste nicht, wie ich das Schweigen brechen sollte, und so sagte ich: »Na, morgen sieht alles ganz anders aus.«

Einer dieser dämlichen Sätze, die einem Jahre später jemand unter die Nase reibt: »Wie sagte Gálvez damals ...« Aber Almudena musste einen Funken Barmherzigkeit im Herzen tragen, denn sie ließ sich nichts anmerken und sagte mit der ihr typischen Selbstverständlichkeit nur: »Bestell mir bitte noch ein Bier. Und lass mich bitte bezahlen. Ich weiß, du bist ein Kavalier.«

Das Kompliment der jungen Frau ließ mich erröten,

ich konnte ihr die Bitte nicht abschlagen. Ich ließ sie die Biere bezahlen und mein Gehirn suchte fieberhaft einen Ausweg, damit meine Bemühungen nicht ganz umsonst gewesen waren. Als mir das Grüppchen auf der Plaza de Cabestreros von vergangener Nacht einfiel, hatte ich eine brillante Idee.

»Kennst du einen Laden, der *Suristán* heißt?«

»Na klar. Ich hatte mal einen Freund aus dem Senegal. Aber ich hab keine große Lust zum Ausgehen. Ein andermal.«

Das Mädchen war mit allen Wassern gewaschen, aber diesmal war sie zu weit gegangen. Ich hatte keineswegs vorgehabt, mit ihr auszugehen, sondern einen Überlebenden der Straßenschlacht zu finden. Und das mit ihrem senegalesischen Freund interessierte mich überhaupt nicht. Als sie es sagte, hatte sie eine keine Abwehrhaltung eingenommen und ihre vorherige Überheblichkeit war verflogen. Na schön, damit war sie zum menschlichen Wesen geworden und ich konnte mich normal verhalten. Es bestand sogar die Möglichkeit, uns wie Kollegen zu benehmen, was unter diesen Umständen immer leichter ist. Ich war stolz auf meine beneidenswerte Selbstkontrolle, etwas, das einem die Jahre schenken, wenn man nichts mehr von den anderen erwartet und sich nicht wundert, wenn eine junge Kollegin mit einem Senegalesen liiert war. Aber wie konnte sie in ihrem zarten Alter schon mit einem Senegalesen zusammen gewesen sein? Wie konnte diese Rotznase schon so viele Erfahrungen gesammelt haben? Und was ging mich das an? Ich würde es nicht mehr erwähnen, sie sollte sich bloß keine Illusionen machen. Ich war keiner dieser typischen Männer, das sagen wir zwar alle zu den Frauen, aber in meinem Fall stimmte es.

»Ein Senegalese also, wie?«

Ich sagte es ohne Nachdruck, als wäre es die natürlichste Sache der Welt. Als wäre mir das egal, denn es war mir tatsächlich egal.

»Kaum mehr als ein Flirt. Dreimal herumwälzen«, sagte sie lustlos und flapsig.

»Ich will dich da nicht hinschleppen, um einen senegalesischen Freund zu finden. Ich dachte, vielleicht ließe sich dort einer der entwischten Moros aufspüren. Ich glaube, wenn sie ein paar Peseten haben, gehen die öfter ins *Suristán.* Willst du mit deiner Reportage nicht weiterkommen?«

»Und du, was hast du davon?«, fragte sie mich unvermittelt.

Man muss wissen, wann Schluss ist. Ich hatte das schon oft erlebt und wusste ganz genau, dass das hier in diesem Moment zu Ende war. Das Mädchen war nicht die geringste Mühe wert. Ich lächelte so ironisch, wie ich nur konnte, und ließ sie stehen. Ich erinnere mich nicht mal mehr, ob ich noch »Adios« gesagt habe.

Als ich nach Hause kam, erwartete mich Maribel, diesmal wach. Als ich sie erblickte, fühlte ich wieder Zärtlichkeit für sie aufsteigen. Aber aus irgendeinem unerfindlichen Grund war sie schlecht gelaunt und meinte, wir müssten jetzt unsere Beziehung klären.

»Ganz schön spät. Warst wohl mit einer jungen Frau zusammen. Das ist bei Männern in deinem Alter jetzt Mode. Ihr seid doch alle gleich.«

Ich muss gestehen, dass ich mich etwas im Ton vergriff. »*Wir* sind alle gleich. *Wir* denken an nichts anderes als ans Vögeln. Aber ihr Frauen seid unterschiedlich. Es gibt zwei Sorten von Frauen: die, die ständig nur ans Vögeln denken, und die, die denken, dass wir Männer ständig nur ans Vögeln denken. Ich ziehe Erstere vor, die sind wie wir.«

Ein Thema und zwei versaute Beziehungen an einem Tag. Bingo, Gálvez!

V

Der verlorene Moro

Am nächsten Morgen rief mich ein aufgeregter Manuel Fonseca an. Wunderte mich nicht, denn er musste in Arbeit ersticken. Er hatte mindestens zwanzig Mandanten in Schwierigkeiten, denen mehrere Jahre Gefängnis oder die Abschiebung drohte. Eine Herkulesaufgabe für einen Anwalt, der, soweit ich wusste, allein arbeitete. Wir verabredeten uns im Gerichtsgebäude. Mir war sehr daran gelegen, mit ihm zu sprechen, aber sein Interesse verstand ich nicht ganz, zumal er bis zum Hals in Arbeit steckte.

Bis der Kaffee kochte, warf ich via Internet einen Blick in meine Zeitung, weil ich sie an keinem normalen Kiosk finden konnte. In Madrid bekam man sie nur an bestimmten Stellen. Der Aufmacher war, wie erwartet, leicht verändert worden, was die Wichtigkeit des Themas aber nicht schmälerte: *Ein Toter und fünfzehn Verletzte in Madrid. Junge Marokkaner verwüsten die Innenstadt.* Ich holte tief Luft und unterdrückte den aufsteigenden Ärger. In meinem Artikel hatte ich keinerlei Partei ergriffen, auch nicht gesagt, dass die Marokkaner schuld wären, obwohl alles darauf hinwies, dass sie die Tragödie provoziert hatten. Aber der Tote stammte aus ihren Reihen und das milderte die Umstände.

Fonseca wirbelte durch die Flure des Gerichtsgebäudes. Um ihn herum schwirrten andere Anwälte und jede Menge Chinesen mit den ihren. Es waren Angestellte der chinesischen Botschaft da, aber niemand aus der marokkanischen. Den Grund kannte ich bereits: Um die Abschiebung zu verhindern, logen die Jungs bei der Festnahme über ihre wahre Identität, was eine Vertretung durch die Botschaft unmöglich machte. Sie vertrauten ihrem Anwalt oder ihrem Glück.

Fonseca musste sehr besorgt sein, denn er ließ alle anderen stehen und zog mich in eine Ecke.

»Gálvez, du hast dich in deinem Artikel geirrt.« Ich war überrascht, dass er ihn gelesen hatte. »Das war keine typische Auseinandersetzung, sondern eine Provokation. Sie haben Ahmid gesucht, sie wollten ihn wahrscheinlich umbringen. Er konnte entwischen und alles ist außer Kontrolle geraten. Das mit dem Überfall auf das chinesische Mädchen ist erfunden.«

»Mach mir nichts vor, Fonseca, ich habe alles gesehen und du hast eine Bande hinter dir, die einem Angst macht. Der ganze Stadtteil hat Angst vor ihnen.«

»Ich mach dir nichts vor. Ich entschuldige sie nicht, sie sind schrecklich. Ich vertrete sie, weil sie Kinder sind. Aber das hier ist wirklich ernst. Was ich dir sagen will, ist Folgendes: Ich glaube, dass der Mordversuch an Ahmid etwas mit deinem Artikel oder der Japanerin zu tun hat. Irgendwer hat die Chinesen gegen die Marokkaner aufgehetzt. Und das schafft nur ein Chinese. Sie haben Ahmid aufgelauert, und als er entwischen konnte, verbreiteten sie diese Lüge mit der Chinesin, weil Ahmids Freunde auf sie losgingen. So etwas ist noch nie passiert. Zwar gab es auch früher schon Zusammenstöße, aber bedenke, dass sie diesmal ein gemeinsames Interesse haben.«

Das klang logisch, aber mir war nicht ganz klar, worauf Fonseca hinauswollte. Was hatte ich davon, zu wissen, dass Ahmid angegriffen worden war? Warum erzählte er mir das? Die Antwort ließ nicht lange auf sich warten.

»Wir kennen uns kaum, Gálvez, aber ich vertraue dir. Ich habe keine Zeit, aber Ahmid muss gefunden werden, bevor sie ihn umbringen.«

Der Vorschlag hatte einen Haken: Ich wusste nicht, wo ich mit der Suche anfangen sollte. Und ich hatte den Eindruck, dass Fonseca es auch nicht wusste, obwohl sein Sinn für Logik auf eine Möglichkeit hindeutete.

»Ahmid kann sich nur bei Freunden verstecken. Kein Marokkaner, der Arbeit und Familie hat, gibt einer latenten Gefahr wie Ahmid Unterschlupf. Er könnte in den Hütten bei den Neuen sein. Sie bewundern ihn als einen der besten Diebe und er kann sie entschädigen. Du könntest an der Puente de Segovia anfangen. Eine bessere Idee habe ich nicht.«

Ich versprach ihm nichts. Die Suche nach Ahmid könnte schwierig werden und laut dem, was Fonseca sagte, sogar gefährlich. Ich sah auch keine Möglichkeit, in der Sache weiter zu recherchieren, sie war jetzt Almudenas Angelegenheit. Und die beobachtete uns mürrisch vom anderen Ende des Flurs aus.

Fonseca fragte mich nach ihr. »Kennst du das Mädchen? Sie ist von deiner Zeitung. Sie will mit mir reden.«

Ich steckte meinen Groll gegen sie weg, oder vielleicht tat ich es auch aus Solidarität mit meiner Zeitung. »Du kannst ihr vertrauen.«

Dann folgte Routinearbeit. Weitere einfallsreiche Aufmacher voller Abkürzungen und unterhaltsame Kommentare zu Firmenfusionen, gestützt auf Daten von nordamerikanischen Agenturen und Zeitungen aus dem Internet. Diese Wunder, die im Fachjargon *Personalien* genannt werden. Beim Verfassen der Dreizeiler beruhigte ich mich mit dem Gedanken, dass mir zumindest nicht die reizende Aufgabe zufiel, die Biografien der neuen

Marketingdirektoren von Haushaltsgeräteherstellern oder von Gemüseversandhäusern zu schreiben.

Martínez' triumphierender Blick, als er mich beim Verfassen einer Notiz nach der anderen sah, ließ mich eine einschneidende Veränderung in meinem Leben ahnen. Endlich konnte ich jemanden glücklich machen, wenn auch auf Kosten meines eigenen Glücks. Ich war in gewisser Weise die Mutter Theresa unserer Zeitung. In dieser karitativen Rolle nutzte ich eine Pause, um eine Zigarette zu rauchen und mein gutes Werk an Martínez mit einem Vortrag abzurunden, der – ich schwöre es – improvisiert war.

»Josep, ich muss einräumen, dass man in diesem Job nie auslernt. Diese Notizen über die Marktkonzentration von Eisenwalzfirmen haben mir eine neue Welt der Möglichkeiten eröffnet. Ich glaube, ich würde mich sehr gut als Pressechef eines solchen Unternehmens machen.«

Er verstand meine philanthropischen Absichten nicht. Oder er wollte nicht begreifen, dass ich ihm einen Gefallen tat, dass ich eine Lösung gefunden hatte, damit er den mir auferlegten Arrest aufheben konnte. Er aber gab meiner Ansprache sofort eine andere Wendung und verschärfte die Strafe. Er versetzte mich in die schlimmste aller möglichen Situation.

»Nimm die Mappe mit den Personalmeldungen und mach eine Liste mit den Beförderungen. Das wird für dich als zukünftiger Pressechef sehr hilfreich sein. Obwohl du dich mit dem Gedanken anfreunden solltest, dass du wahrscheinlich nicht als Chef anfängst. Auch das will gelernt sein. Ist schwer, die Berufsleiter hochzuklettern, Gálvez. Schau zurück und denk an die Jahre, die du schon in dem Job bist. Und du bist Wirtschaftsredakteur einer Filiale.«

Das also war Heiligkeit: nicht innezuhalten beim Fall in den Abgrund menschlichen Elends. Ein Elend, das man aushalten, in das man sich fügen musste. Resigniert zu erkennen, dass man keine Alternative hat, nicht mal als Vizepressechef in einer Spannbetonfabrik. Mit der meinem neuen Rang innewohnenden Bescheidenheit schnappte ich mir die Mappe und stürzte mich auf die Zuschriften. Eine beeindruckende Ansammlung von Fotos. Frauen und Männer, die zu neunzig Prozent im Alter zwischen fünfundzwanzig und fünfunddreißig Jahren waren. Hin und wieder eine Glatze oder ein grau melierter Bart, Störenfriede, Überlebende oder wer weiß was für dreiste Kerle. Fasziniert begann ich diese Gesichter psychosoziologisch zu deuten und verglich ihren Ausdruck mit meinem. Warum konnte ich nicht wie sie sein? Sie sahen aus, als könnten sie Englisch, aber da hatten sie mir nichts voraus, denn ich bewegte mich in Shakespeares Sprache wie ein Fisch im Wasser. Aber in ihren Blicken lag eine Entschlossenheit, von der ich nicht wusste, ob sie auch in meinen Augen zu sehen war. Diese Frauen und Männer schienen zu wissen, was sie wollten. Mit den Frauen konnte ich mich überhaupt nicht identifizieren. Bei den Männern brachten mich die Krawatten auf eine Idee. Sie waren unterschiedlich, ja, aber es gab etwas Verbindendes: Sie waren alle kühn, ausgesprochen gewagt. Und ich, was für Krawatten trug ich? Wie drückte ich Entschlossenheit aus? Wenn ich mein Leben ändern, mein Selbstwertgefühl verbessern und erreichen wollte, dass die anderen mich mehr schätzten, sollte ich mit den Krawatten und dem Blick anfangen. Der Rest war Nebensache. So dachte ich.

Da ich nicht viele Krawatten zur Auswahl hatte, änderte ich meine Haltung und ersetzte sie durch eine, die ich für entschlossen hielt. Das Schicksal wollte es, dass sich in dem Moment eine zerknirschte Almudena vor meinem Schreibtisch aufpflanzte und stotterte: »Ich wollte mich bei dir entschuldigen, Julio. Ich habe mit dem Anwalt der Moros gesprochen und er hat gesagt, dass er mir nur deshalb Informationen gibt, weil du ihm meine Vertrauenswürdigkeit versichert hast. Ich hab mich in dir getäuscht, verzeih mir. Du weißt ja, dass wir Frauen schnell in Abwehrhaltung gehen, und in diesem Beruf ganz besonders.«

Ich behielt meinen entschlossenen Ausdruck bei und suchte nach einer Antwort, die meiner neuen Haltung entsprach, aber das Klingeln des Telefons hielt mich davon ab.

Ich mache Almudena ein Zeichen zu warten und nahm ab. Es war Maribel, ebenfalls mit einem Anflug von Betroffenheit in der Stimme.

»Julio, entschuldige. Ich bin gestern zu weit gegangen. Ich weiß nicht, warum. Du weißt ja, dass wir Frauen bei jeder Kleinigkeit immer gleich in Abwehrhaltung gehen ...«

»Ja, ich weiß, das hat mir gerade eine junge Kollegin erklärt.«

Ich wollte sie nicht beleidigen, ganz ehrlich. Aber sie wurde fuchsteufelswild.

»Wenn ich mich entschuldige, dann hast du kein Recht, mir weiter zu grollen. Du hast nur das Recht, mir zu verzeihen. Hast du verstanden?«

Und sie legte auf. Ich war verblüfft, aber in einer übermenschlichen Anstrengung fing ich mich wieder, denn vor mir stand noch immer Almudena. Ich war wirklich kein Glückspilz.

»Eine Frau in Abwehrhaltung.«

»Aha. Ich hab's gehört, du warst richtig gut. ›Die junge Kollegin‹, ich nehme an, das bezog sich auf mich, und du hast das jemandem erzählt, der dir sehr nahe steht. Na schön, ich habe mich entschuldigt. Wir sind quitt.«

»Quitt?«, fragte ich, als sie sich schon umdrehen wollte.

»Na gut, wenn ich über einen anderen Anwalt stolpere, werde ich nur Gutes über dich erzählen, okay?«

»Okay«, antwortete ich und trug meine enorme dialektische Fähigkeit zur Schau.

Zwei Minuten lang hatte ich die ganze Welt in Händen gehalten. Zwei Frauen hatten mich gleichzeitig um Verzeihung gebeten. Und in weiteren zwei Minuten hatte ich alles wieder verloren. Wenn es ein Schicksal gibt – dachte ich –, dann ist es ein bösartiges Wesen. Der doppelte Zwischenfall hatte allerdings den großen Vorteil, dass ich meine anderen Sorgen vergaß, wie die Sache mit Ahmid, der mir nicht hatte aus dem Kopf gehen wollen. Aber wieder wollte es das Schicksal, dass die Strafe auf dem Fuß folgte. Vor meinem Schreibtisch stand jetzt Miguel Díaz, mein Nachfolger in der Sache Matador, und verkündete mir: »Deine japanische Freundin reist ab.«

Ich tat, als wäre mir das egal. Ich zuckte die Schultern und wandte mich meinem Computer zu. Aber Díaz rührte sich nicht vom Fleck.

»Sie reist mit aufgeplatzten Lippen, einem geschwollenen Auge und voller blauer Flecken ab. Nun ja, Letzteres ist eine Unterstellung. Ich glaube, dass ihr jemand an die Wäsche wollte, das ist mir zu hart. Ich habe es noch nie gemocht, Frauen zu schlagen.«

Ein ganzer Mann. Er mochte keine Frauen schlagen. Einen Augenblick war ich versucht, ihn zu fragen, was er täte, wenn er dazu gezwungen würde, aber das wäre mir nicht gut bekommen. Er war eben ein Stoffel, nichts weiter. Ich war wütend auf mich selbst, doch das musste Díaz ja nicht ausbaden.

Natürlich gab es noch etwas Wichtigeres als eine Antwort. Takako war erneut überfallen worden und reiste ab. Ahmid war verschwunden. Alles, was in diesen Tagen passierte, geschah mit Schwindel erregender Geschwindigkeit.

»Und wie kommst du darauf, dass man sie aus erotischen Gründen verprügelt hat?«

»Weil sie nichts sagt. Ich war in ihrem Hotel, um sie zu einem Interview bei Matador abzuholen, aber sie sah völlig fertig aus und packte gerade ihre Koffer. Wenn sich eine Frau so verhält und nichts sagen will, dann geht es doch um Sex, oder?«

Ich verzichtete darauf, Díaz die zwölftausend Gründe aufzulisten, die mir einfielen, warum eine Frau einem Reporter nicht erzählt, warum sie verprügelt wurde. Ich machte eine Handbewegung, die heißen sollte, dass ich zu tun hätte, und konzentrierte mich wieder auf die Zuschriften. Im Geiste verfluchte ich Takako und Ahmid, weil sie mich in eine so unangenehme Geschichte hineingezogen hatten. Diese beiden Ausländer hatten mein ruhiges, routiniertes Leben auf den Kopf gestellt. Ich war keinem der beiden etwas schuldig und hatte auch nichts zu gewinnen, wenn ich mich um sie kümmerte. Zu erfahren, wer Takako verprügelt hatte, oder Ahmid zu finden und herauszufinden, wer ihn umbringen wollte, würde mir nicht gerade ein friedliches Leben bescheren. Und Frieden ist für manche Menschen etwas Grundlegendes: Es bedeutet Langeweile, Zeitverschwendung, Verschmelzung mit dem Nichts, Verträumtheit, die Zeit vergehen lassen und beobachten, wie sich das Licht verändert. Und im Übrigen war mir der Artikel über Matador weggenommen worden und in der Sparte Vermischtes stand der Name einer jungen Reporterin unter der Geschichte mit den Marokkanern, den verlorenen Kindern, die es fertig brachten, einen ganzen Stadtteil in die Katastrophe zu stürzen. Es gab keinen Grund, Ahmid zu suchen. Es gab keinerlei Anlass, dem Anwalt Fonseca einen Gefallen zu tun. Wenn er sein Leben der Rettung von Kindern und der Bekehrung von Ungläubigen widmen wollte, war das seine Entscheidung, nicht meine.

Mit einer in vielen Jahren erworbenen Geschicklichkeit beendete ich in kürzester Zeit die Personalien über den kometenhaften Aufstieg von einem Dutzend Jungmanagern und konnte mit der Billigung eines Chefs, der sich wünschte, dass ich aus seinem Blickfeld verschwand, endlich gehen. Ein anderer an meiner Stelle hätte um seinen Arbeitsplatz gefürchtet, aber mit den Jahren übt man sich nicht nur in Geschicklichkeit, sondern gewöhnt sich auch an Instabilität.

So hatte ich ein ruhiges Gewissen, konnte die Maloche ein paar Stunden früher beenden und Ahmid mit seinen verflixten Unterlagen seinem Schicksal überlassen. Entspannt entwarf ich einen reizvollen Plan: früh nach Hause kommen, eine Platte von Bob Dylan auflegen, ein paar Erzählungen von Faulkner lesen, dazu eine Portion Käse, mit einem ordentlichen Schluck Rotwein nachspülen und anschließend einschlafen. Ein großartiger Freitagabend. Ich hatte ein paar Tage Ruhe und Einsamkeit vor mir.

Man muss nicht gleich neurotisch sein, wenn man in seinem Leben gewisse Gewohnheiten pflegt. Zum Beispiel, die Tür zweimal zuzuschließen. Als ich heimkam, ging die Tür nach einmaliger Schlüsseldrehung auf. Das hätte mich stutzig machen müssen, aber ich war so naiv, dass ich gar nicht auf die Idee kam, irgendwer könnte ausgerechnet in meine Wohnung eindringen. Plötzlich packte mich jemand von hinten und hielt mir ein Messer an die Kehle, dann befahl eine Stimme mit ausländischem Akzent: »Ganz ruhig und schrei nicht, oder ich schlitz dich auf.«

Natürlich befolgte ich den Rat. Ich war noch nie ein Held gewesen, und ganz besonders nicht, wenn ich mit einem Messer bedroht wurde. Meine Folgsamkeit musste den Besitzer der Stimme beruhigt haben, und ich drehte mich langsam um.

Es war Ahmid. Ich erinnerte mich an meinen Entschluss, ihn nicht zu suchen, und grinste eher unfreiwillig, was der Situation die Spannung nahm. Ahmid grinste auch, wohl in dem Glauben, das sei ein Zeichen der Sympathie. Er entspannte sich und ließ das Messer zuschnappen. Ohne auf eine Aufforderung zu warten, wählte er den besten Platz im Wohnzimmer, den Sessel, in dem ich gewöhnlich las.

Beim Zuschnappen des Messers war mein Adrenalinpegel schlagartig gesunken und ich entspannte mich. Aber nicht genug, um Ahmid einen Wutanfall zu ersparen, zu dem ich allen Grund hatte.

»Du bist ein Arschloch! Mit welchem Recht dringst du in meine Wohnung ein und bedrohst mich auch noch mit einem Messer? Du hättest es verdient, dass ich dich der Polizei ausliefere, und diesmal könnte dich da niemand rausholen. Glaubst du, nur weil wir über ein paar Dokumente gesprochen haben, hast du ein Recht, dich so zu verhalten? Scheißkerl!«

Er sagte nichts. Die Mühe machte er sich erst gar nicht. Er wusste ganz genau, wie er einen Europäer mit schlechtem Gewissen behandeln musste. Er setzte sein Engelsgesichtchen auf und ließ ein paar theatralische Tränen über seine Wangen kullern. An ihm war wirklich ein Schauspieler verloren gegangen.

Ahmid war so schmutzig, als wäre er gerade von einem Kohlenzug abgesprungen. Sein Gesicht und seine Hände waren schwarz, und seine Klamotten sahen erbärmlich aus. Die Turnschuhe, sein Markenzeichen als Dieb, waren längst nicht mehr weiß. Sogar die verkehrt herum aufgesetzte Schirmmütze sah aus, als hätte sie in einer Werkstatt im Schmieröl gelegen. Ich dachte einen Augenblick an meinen Sessel, aber ich musste mich um das kümmern, was wirklich wichtig war: Ahmids Anwesenheit, nicht sein Aussehen.

»Schau, Reporter, als sie mich haben laufen lassen, bin ich auf dem Heimweg verfolgt worden. Ich musste mit dem Messer in der Hand abhauen. Und ich weiß nicht, wohin, weil ich überall gesucht werde. Siehst du, in was ich wegen dir geraten bin?«

»Wegen mir? Spinnst du?«, verteidigte ich mich.

Er lachte erfreut über meine Empörung, wie ein schelmisches Kind. Sein Lachen war hell, seinem Alter entsprechend, dem der Besitz eines Klappmessers, mit dem er ständig herumspielte, nicht angemessen war, obwohl schon klar war, dass er mich damit nicht mehr bedrohen würde.

»Natürlich wegen dir. Wenn du nicht gegen mich aussagst, lassen sie mich raus aus dem Knast und dann werde ich umgebracht. Wegen dir, verstehst du das?«

Und er lachte wieder hemmungslos auf, es klang schon fast hysterisch. Möglich, dass er sich gerade wegen seines zarten Alters der Gefahr nicht bewusst war, in der er schwebte, aber hinter diesem Anfall von Nervosität steckte noch etwas anderes, wahrscheinlich eine ordentliche Portion eines Aufputschmittels, denn er stand auf und ging in der winzigen Wohnung hektisch auf und ab. Ich ließ ihn in Ruhe, um ihm noch mehr zu entlocken und um mich mit der Situation anzufreunden, die nicht nur meine Pläne zunichte machte, sondern auch meinen Frieden störte. Ich zählte sieben ganze Runden, bis er weiterreden konnte.

»Reporter, ich brauche deine Hilfe. Du musst mir saubere Klamotten geben, du musst mich hier schlafen lassen und dann bringst du mich nach Tanger. Dort kann ich mich vor diesen chinesischen Schweinehunden schützen.«

»Und wer schützt mich vor dir, Ahmid?«

Soweit reichte seine Auffassungsgabe nicht. Er sah mich befremdet an, als ergäben meine Worte überhaupt keinen Sinn. Ahmids Vorstellung von der Welt, von der Realität stimmte mit keinem meiner kontrollierbaren Parameter überein. Er zögerte ein paar Sekunden und spielte dabei mit seinem Messer. Dann breitete sich ein Lächeln von täuschender Milde auf seinem Gesicht aus und er steckte mit großem Getue das Messer weg.

»Siehst du? Jetzt bist du vor Ahmid sicher. Ich werde dir nichts tun, denn du bist sehr fair zu mir gewesen und hast mich aus dem Gefängnis geholt. Und wenn dich jemand belästigt, zieh ich es wieder.« Er machte eine Kopfbewegung Richtung Hosentasche.

Was sollte ich bloß mit dem Jungen machen? Ich erwog die Möglichkeit, ihn hinauszuwerfen, ihn endlich für immer loszuwerden. Aber sein Ausdruck eines verlorenen Kindes zwang mich, eine andere Entscheidung zu treffen.

»In Ordnung, Ahmid. Ich gebe dir was zum Anziehen und du kannst hier schlafen, aber erklär mir, warum dich die Chinesen umbringen wollen.«

Er sah mich an, als wäre ich ein Außerirdischer, so ungläubig, dass ich mich fast beleidigt fühlte.

»Wegen der Unterlagen, Reporter. Das hab ich dir doch schon gesagt. Sie wollen die Papiere. Sie haben mich dafür bezahlt, diese Papiere zu besorgen, aber ich habe sie ausgetrickst, denn die Chinesen im Viertel bescheißen uns auch immer. Jetzt habe ich die Papiere und fühl mich stark und mächtig.«

Der Junge schien zu spinnen. Die Unterlagen, die er Takako gestohlen hatte, mochten für eine Firma der New Economy gefährlich sein. Aber ich konnte mir nicht vorstellen, dass eine Gruppe von Händlern aus Lavapiés bereit wäre, ein Bürschchen wie Ahmid umzulegen, um an Informationen über Matador zu kommen. Das war schlichtweg lächerlich.

»Was ist mit diesen Papieren?«, fragte ich ihn mürrisch.

»Ich kann nicht lesen, Mann. Ich weiß nur, dass die Chinesen sie wollen«, und er ließ wieder dieses süße Lächeln erblühen, das seine Gesprächspartner irritierte. »Aber wenn du mir hilfst, kriegst du sie.«

»Ich habe kein Geld, Ahmid. Ich kann sie dir nicht bezahlen.«

»Ich will kein Geld. Ich habe genug Geld von den Chinesen. Ich will, dass du mir hilfst, nach Tanger zu kommen. Dort gebe ich dir die Unterlagen.«

»Deine Unterlagen interessieren mich nicht, Ahmid, ich habe nichts mit ihnen zu tun. Und ich will auch gar nichts über die Chinesen und deine Probleme wissen. Es wäre am besten, du würdest verschwinden und mich in Ruhe lassen.«

»Aber ich werde dir die Unterlagen geben, ohne dass du mich dafür bezahlst. Du wirst bestimmt reich. Alle Welt will diese Unterlagen, Reporter. Du hilfst mir, aus Spanien zu verschwinden, und ich mach dich reich. Ist das kein Geschäft?«

Es war ein verrückter Vorschlag. Wie sollte ich jemandem helfen, nach Tanger zu kommen? Meine Erfahrungen als Grenzgänger waren eher die eines jeden Seniorentouristen. Ein Ausweis und ein Flugticket. Wenn Ahmid Geld hatte, konnte er sich ein Flugticket kaufen. Aber da fehlte noch eine Kleinigkeit: die Ausweispapiere. Soweit ich wusste, hatte Ahmid keinen Reisepass. Dachte er etwa, ich könnte ihm einen beschaffen? Ich beeilte mich, das klarzustellen. So wenig ich einen Richter kaufen konnte, so wenig wusste ich, wie man eine Identität verschleiert. Hingegen schien für ihn alles ganz einfach zu sein.

»Ich brauche keinen Reisepass. Ich muss raus aus Madrid in einem Auto, das ein Spanier fährt, den hält die Polizei nicht an. Ich kann weder im Zug noch im Flugzeug raus, weil die Chinesen die Bahnhöfe und den Flughafen überwachen. Du bringst mich nach Algeciras, dann komme ich schon irgendwie nach Tanger.«

Ich überging die Bemerkung über die Chinesen, die Flughafen und Bahnhöfe überwachten, was mir absolut übertrieben vorkam. Aber das war nicht der richtige Zeitpunkt, um Ahmids Meinung richtig zu stellen. Denn in einem Punkt hatte er Recht: Ein junger Marokkaner wie er würde überall die Aufmerksamkeit der Polizei erregen. Auf dem Flughafen, auf dem Bahnhof und besonders als Fahrer eines Wagens. Das wäre ein gefundenes Fressen für die.

»Und wie willst du ohne Reisepass rüberkommen?«

»Es ist einfacher rauszukommen als rein. Wenn ich es geschafft habe, ins Land zu kommen, kann ich es auch wieder verlassen. Wir Moros sind sehr geschickt und haben vor nichts Angst. Aber ohne deine Hilfe komme ich nicht weg. Verstehst du das, Reporter?«

Er hatte großes Selbstvertrauen. Ein einfacher Fluchtplan, es fehlte ihm nur ein Chauffeur für die sechshundert Kilometer. Der Rest wäre seine Angelegenheit. Grenzen schreckten ihn nicht. Ich gab ihm keine definitive Antwort. Plötzliche Müdigkeit löste Ahmids vorherige Überdrehtheit ab, dadurch gewann ich Zeit. Ich konnte ihn sogar zum Duschen überreden, bevor er sich in mein Bett legte. Ich hatte im Laufe meines Lebens schon auf so vielen Sofas übernachtet, dass es mir schnurzegal war, es auch in meiner eigenen Wohnung zu tun. Und ich zog es vor, mich frei bewegen zu können, statt meine Privatsphäre zu wahren.

Ahmid schlief wie ein Unschuldsengel. Er dürfte nicht mal das Telefonklingeln gehört haben, das Maribels Besuch ankündigte. Ich blockte sie nicht sehr geschickt ab.

»Maribel, heute kannst du nicht kommen, ich habe Besuch.«

»Eine junge Frau?«

»Nein. Einen Jugendlichen. Ich erklär's dir morgen!«

»Natürlich wirst du es mir erklären. Aber nur, wenn du es auch willst. Ich habe für alles Verständnis. Obwohl es mir bei manchen Dingen schwer fällt.«

»Maribel«, sagte ich und holte Luft, um nicht einen neuerlichen Wutanfall zu kriegen, der nur schwer zu bereinigen wäre. »Es ist ein junger Marokkaner …«

»Aha«, unterbrach sie mich. »Der Einfluss von Paul Bowles …«

»Der Einfluss deines Vaters«, das kam mir aus der Seele angesichts ihres Tones.

Und es musste getroffen haben, denn sie hängte zum zweiten Mal wortlos auf. Aber ich konnte ihr schließlich nichts von der heiklen Situation erzählen, in der ich mich befand, und außerdem hatte sie erreicht, dass ich es auch gar nicht wollte. Das war Maribels immer gleiche Leier, die Konstante unserer Beziehung. Wir gelangten nie an den Punkt, an dem einer sich einfach erklären oder etwas erzählen konnte, ohne sofort auf Abwehr zu stoßen.

Aber man konnte nicht alle Missverständnisse uns oder unserem Charakter zuschreiben, denn jeder wird einsehen, dass es schwierig ist, einer Exfrau zu erklären, dass es da eine junge Kollegin gab, und noch viel schwieriger, ihr zu erklären, dass man einen jungen Marokkaner im Bett liegen hat. Ich zumindest kann das nicht so einfach.

VI

Zwei auf der Landstraße

Manche Leute behaupten, der Journalist sei ein Anwalt der Realität. Das mit dem Anwalt kann man beiseite lassen, denn die öffentliche Meinung ist für meine ungeschickten Hände eine sehr heikle Angelegenheit. Man darf aber nicht das oberste Gebot vergessen: Ein Journalist darf sich keinesfalls persönlich auf die Arbeit einlassen. Einverstanden, aber was soll einer tun, wenn ihn die Arbeit einwickelt?

Solange Ahmid schlief wie ein Murmeltier, musste ich seine Flucht vorbereiten. Es war nicht meine Entscheidung, die Entwicklung der Dinge ließ mir keine andere Wahl. Und am Vorabend hatte ich mich gegenüber der einzigen Person auf dieser Welt, die mir meines Wissens ein Auto leihen konnte, schäbig verhalten: Maribel.

Ich rief sie an und wartete die automatische Ansage ab, die die Nummer wiederholt, die man gerade gewählt hat. Dann hinterließ ich eine knappe Nachricht.

»Maribel, ich nehme das mit deinem Vater zurück. Ich brauche deine Hilfe, um ein kleines Problem zu lösen. Das kann ich dir aber nicht am Telefon erklären. Ruf mich so schnell wie möglich zurück.«

Ahmid stand im Türrahmen und reckte und streckte sich ungeniert. Statt Hallo sagte er:

»Hast du was zu essen im Haus?«

Ich zeigte auf den Kühlschrank, und er stürzte sich darauf wie auf eine Wüstenoase. In wenigen Minuten hatte er mich um sämtliche abgelaufenen Lebensmittel erleichtert. Ich machte ihn darauf aufmerksam und er erwiderte rundweg: »Wenn ich in Tanger nicht verhungert bin, werde ich jetzt auch nicht sterben, nur weil das Papier hier sagt, dass man das nicht essen soll. Wenn es in meinem Land einer schafft, zehn Jahre alt zu werden, lebt er ewig.«

Er hatte eine erstaunliche Fähigkeit, Essen zu verschlingen. Schließlich wärmte ich ihm eine Fabada aus dem Jahre 1998 auf, verkniff mir aber, scherzhaft den Jahrgang zu loben, denn er hätte es ja doch nicht verstanden. Als er die Dose leergegessen hatte, rieb er sich den Bauch, rülpste mit ungewöhnlicher Kraft und ging ins Bad. Getrieben von meiner kleinbürgerlichen Erziehung schloss ich die Tür, um mir nicht auch noch seine Körperpflege ansehen zu müssen, die Maribel bei einem Eingeborenen aus der Dritten Welt bestimmt für gesund gehalten hätte.

Zum Glück war Frühling. Wegen der milden Temperaturen musste ich Ahmid nicht den gesamten Inhalt meines Schrankes schenken. Ein T-Shirt, ein leichter Pulli und eine Jeans reichten. Die Turnschuhe behielt er an. Als er angezogen war, betrachtete er sich von allen Seiten im Spiegel. Die Klamotten waren ihm ein bisschen zu groß und die Hose ein wenig zu kurz. Aber er segnete sein Aussehen resigniert ab, auch wenn er glaubte, mir meine Illusionen nehmen zu müssen.

»Du bist ziemlich altmodisch, Reporter.«

Maribel rief eine knappe halbe Stunde später zurück. Diesmal verlangte sie keine Erklärungen. Sie hatte endlich begriffen, dass ich sie ihr nicht geben konnte. Und ich brauchte den Wagen erst gar nicht zu erwähnen, sie hatte sich schon so was gedacht. Ihr Angebot, mir Geld zu leihen, konnte ich getrost ablehnen. Wir vereinbarten, dass sie mich sofort abholen würde, denn meine Wohnung war nur einen Katzensprung von dem Ort entfernt, zu dem sie musste. Ich packte eine kleine Reisetasche und forderte Ahmid auf, mir zu folgen. Er stellte keine Fragen, er wusste bereits, dass ich nachgegeben hatte. Ich weiß nicht, warum.

Auf der Calle San Bernardo ging es zu wie an jedem Samstagmorgen, Autochaos und Hupkonzerte, was die Fußgänger über den Lärm schimpfen ließ. Eine angenehme Art, in die Außenwelt einzutauchen. In dem ganzen Durcheinander und den vielen Leuten sah ich die Chinesen nicht.

Als ich zur Haustür hinaustrat, schlug mir jemand mit einem Knüppel auf den rechten Arm. Mir blieb kaum Zeit, meinen Kopf zu schützen. Ich wich zurück und wollte Ahmid warnen, aber der rang schon mit zwei Männern, die etwas schwangen, das wie Bleirohre aussah. Da ich mich nicht verteidigen konnte, blieb ich im Hauseingang stehen. Das ließ meinen Angreifer zögern, vielleicht aus einem atavistischen Respekt vor Privateigentum. Ich hielt die Tür auf und rief: »Ahmid, komm rein, schnell!«

Es war sinnlos. Mit erstaunlicher Geschicklichkeit verteilte mein in die Falle geratener Kumpel in alle Richtungen Messerstiche. Ich konnte sehen, wie er einem seiner Angreifer einen sauberen Schnitt zufügte und dann dem anderen eine lange Wunde in die Wange ritzte. Ahmid hatte nicht die Absicht, zu mir in den Hauseingang zu flüchten, und schaffte es, sie abzuwehren, bis sie unter mir unverständlichen Flüchen davonliefen.

Ich war starr vor Entsetzen, der plötzliche Gewaltausbruch, dem ich mich ausgesetzt sah, die wilde Entschlossenheit in Ahmids Augen, der sich schnell wieder von einem wilden Tier in einen gewöhnlichen unschuldigen Jungen verwandelte. Ahmid sah keuchend den in Richtung Gran Vía flüchtenden Chinesen hinterher. Dann kam er zu mir, wobei er das Klappmesser an meiner Jeans abwischte. Seine Augen sprühten noch vor Wut, als er mich fragte:

»Bist du in Ordnung, Amigo?«

Ich nickte, unfähig, ein Wort herauszubringen, unfähig, ihm zu erklären, dass mein Arm höllisch schmerzte, und unfähig, mir das Attribut eines Freundes zu verbitten. Um uns herum hatte sich eine Gruppe Schaulustiger eingefunden, die die Auseinandersetzung entsetzt beobachtet hatte. Ich machte Ahmid ein Zeichen, das Messer wegzustecken, und brachte genug Kraft auf, zu den Leuten zu sagen: »Wir wurden angegriffen. Seien Sie unbesorgt. Wir gehen gleich auf die Wache in der Calle de la Luna.«

»Ich komme mit, ich habe alles gesehen«, mischte sich ein übereifriger Mann ein, eine Spezies, die es in Madrid haufenweise gibt, besonders an Feiertagen. Es war ein Typ um die sechzig, der wie ein Buchhalter von früher aussah, mit Ärmelschonern und grauem Kittel.

»Nein, nein, keine Sorge, das ist nicht nötig. Unsere Aussage wird reichen«, antwortete ich etwas nervös.

»Sie müssen die Angreifer identifizieren«, insistierte der Typ.

Eine Hupe ließ mich aufhorchen. Maribel traf wie eine Fügung des Schicksals ein. Aber bevor ich zum Auto gehen konnte, musste ich diese lästige Fliege abschütteln.

»Hören Sie, ich bin Ihnen sehr dankbar, aber ich wette, dass Sie auch keinen Chinesen vom anderen unterscheiden können, oder?«

Seine momentane Verblüffung ausnutzend, machte ich

Ahmid ein Zeichen und ging zum Auto. Als ich eingestiegen war und die Tür zuschlagen wollte, stand der Junge noch immer unbeweglich und trostlos auf dem Bürgersteig.

»Ich gehe nicht auf die Wache, Amigo. Du weißt, dass ich da nicht hinkann.«

»Steig schon ein und spiel nicht den Idioten. Wir fahren nicht zur Wache. Wir fahren nach Algeciras. Ich will dich endlich los sein.«

Maribel saß ruhig und gelassen am Steuer. Sie fragte nichts, sie sagte nichts. Sie war einfach da und wartete darauf, meine Pläne zu erfahren. Als Ahmid endlich auf der Rückbank saß, bat ich sie, in Richtung Calle de la Luna zu fahren.

Sie protestierte: »Aber du hast doch gerade gesagt, dass wir nicht auf die Wache fahren?«

»Du wirst in die Calle de la Luna einbiegen und durchfahren. Ich will vermeiden, dass einer von denen, die den Überfall beobachtet haben, denkt, wir hauen ab. Ich will ihr Bürgerpflichtgefühl beruhigen.«

Während Maribel fuhr, verfolgte ich im Rückspiegel den Schaulustigen, der sich so übereifrig zur Identifizierung angeboten hatte. Er nutzte den stockenden Verkehr und folgte uns, wobei er sich hinter den geparkten Autos versteckte. Während wir uns auf den Kreisverkehr zubewegten, zogen sich die Minuten in die Länge. Der Typ gab nicht auf. In Höhe der Calle de la Luna sagte ich zu Maribel, sie solle abbiegen. Kurz bevor die Calle de San Bernardo aus unserem Blickfeld verschwand, stellte ich entsetzt fest, wie unser Verfolger seine Schritte beschleunigte. Maribel fuhr ganz langsam an der Wache vorbei. Der wachhabende Polizist an der Tür trug ein Schnellfeuergewehr und beachtete uns nicht. Ich sagte Maribel, sie solle mich aussteigen lassen und ein paar Meter weiter vorne auf mich warten. Ich ging auf die Wache zu. An der Tür drehte ich mich um. Der Typ war immer noch da. Ich musste reingehen.

Drinnen saßen auf den unbequemen Plastikstühlen etliche Touristen, wahrscheinlich von Ahmids Kumpeln erleichtert. Einige gingen wie eingesperrte Löwen auf und ab, bis sie endlich ihre Aussage machen konnten. Ein Polizist fragte mich freundlich, was ich wünschte. Damit hatte ich nicht gerechnet.

»Wissen Sie, wo ich eine Apotheke mit Notdienst finden kann?«

Der Polizist schüttelte den Kopf und sagte mir dann, ein paar Meter weiter oben sei eine. Ich bedankte mich und ging wieder. Vor der Tür stand der rechtschaffene Bürger. Ich hasste ihn von ganzem Herzen und fühlte mich in die Ecke gedrängt. Nun musste mir schnell etwas einfallen.

Ich rief dem Polizisten in der Wache zu: »Ich komme gleich wieder, vielen Dank!« Er sah mich sprachlos an, als wäre ich verrückt, und dann sagte ich zu dem Typen: »Ich muss für meine Frau und den Jungen kurz Aspirin kaufen gehen. Scheint so, als würde das länger dauern mit der Aussage. Da drin ist alles voller Chinesen.«

Der Polizist an der Tür fand meinen Scherz nicht witzig. Aber er kam mir unfreiwillig zu Hilfe, indem er uns von der Tür wegschickte. Ich verabschiedete mich mit freundlichem Schulterklopfen von diesem Idioten, der so versessen darauf war, seine Pflicht zu erfüllen.

»Also, vielen Dank noch mal. Wenn alle so wären wie Sie, ginge es Spanien wirklich gut.«

Das hatte ihn endlich überzeugt. Wahrscheinlich schreckte ihn die Aussicht, Stunden auf der Wache verbringen zu müssen. Schließlich zog er ab. Als er sich noch mal umdrehte, winkte ich ihm nach.

Maribel stand im Parkverbot und ich stieg mit einem Gefühl des Triumphes ein, weil ich uns mit meinem Ablenkungsmanöver diesen pflichtbewussten Mitbürger endlich vom Hals geschafft hatte. Ahmid war angespannt, aber er lächelte mich freundlich an und ließ das Messer zuschnappen, das er wohl in der Befürchtung, wir könnten ihn doch in die Wache schleppen, wieder herausgeholt hatte.

»Ahmid, du bist ein Arschloch.«

Ich bat Maribel, bei der Apotheke zu halten und mir irgendein Schmerzmittel zu kaufen. Sie war so effizient wie immer in schwierigen Situationen. Aber zuerst untersuchte sie den immer dunkler anlaufenden Bluterguss auf meinem Arm. Ahmid und ich blieben im Wagen und starrten wie Unbekannte in zwei verschiedene Richtungen. Ich hatte ihn ein Arschloch genannt, mehr hatte ich ihm nicht zu sagen.

Maribel kehrte mit einer Tüte zurück, die außer den Schmerztabletten eine Flasche Mineralwasser, ein entzündungshemmendes Mittel und eine Tube Zahnpasta enthielt. Ich befahl Ahmid, sich auf den Beifahrersitz zu setzen. Maribel steckte den Kopf zum Fenster herein.

»Ruf mich bitte an. Und komm so schnell wie möglich zurück.«

Sie küsste mich auf den Mund. Es war einer dieser Küsse, die von Jahren des Vertrauens zeugen, wenn auch nicht immer von Jahren der Verliebtheit. Ich wusste nicht, wie ich ihr meine Zuneigung und Dankbarkeit ausdrücken sollte.

»Kleine, wenn ich zurück bin, werde ich dich vor Lust ausflippen lassen.«

»Wenn du dich nicht mit deinem Knaben verausgabst.«

Wir lachten. Ich ließ den Wagen an und sah ihr im Rückspiegel nach. Ich liebte sie einmal mehr und nahm mir fest vor, in Zukunft weitere Streitereien zwischen uns zu vermeiden.

»Gálvez, im Grunde hast du immer Glück mit den Frauen gehabt«, sagte ich laut zu mir selbst. Ahmid ignorierte ich.

Die nächsten hundert Kilometer, die wir nur verzweifelt langsam auf der Landstraße Richtung Andalusien vorankamen, wechselten wir kein Wort. Glückliche Madrider Familien fuhren ins Grüne, auch wenn die Fahrer das Nerven kostete. In der Nähe von Ocaña hielten wir, um zu tanken. Ich bat den Tankwart, für siebentausend Peseten bleifrei einzufüllen, zahlte und ging die Zeitung kaufen und einen Kaffee trinken. Es kam mir nicht in den Sinn, Ahmid einzuladen, er starrte mit abwesendem Blick aus dem Fenster.

Ich war nicht lange weg, aber lang genug, damit sich mein Reisegefährte wieder in Schwierigkeiten bringen konnte. Neben dem Wagen standen der Tankwart und Ahmid.

»Hau ab in dein Scheißland, du Scheißmoro!«, konnte ich den Tankwart gerade schreien hören.

»Ich schlitz dich auf!«, konterte Ahmid und steckte die Hand in die Hosentasche. Ich wusste, was jetzt kommen würde.

Im Bemühen, den Streit zu schlichten, lief ich zu Ahmid und packte ihn am Arm.

»Bist du verrückt geworden? Lass das stecken. Hör auf, Scheiß zu bauen.«

Ahmid schubste mich weg. In seinem Gesicht stand wieder blanke Aggression, aber jetzt legte er sich mit mir an.

»Ihr Spanier seid alle Rassisten. Du auch, Reporter. Ich zieh allein weiter. Ich brauch dein Auto und deine Hilfe nicht. Steck sie dir in den Arsch.«

Ich war so geschafft von den Ereignissen, dass ich ihn nicht zurückhielt. Mit einer verwirrenden Mischung aus Erleichterung und Unruhe sah ich ihn zum Lkw-Parkplatz gehen. Aber ich fühlte mich unfähig, dieses Kind zu bändigen, das ständig Konflikte provozierte. Ich setzte den Wagen ein Stück vor, damit der Nächste tanken konnte. Der Tankwart fand, dass er mir eine Erklärung schuldig war.

»Der beschissene Mohamed wollte nicht in die Baracke zum Schiffen gehen.«

Er zeigte auf eine verfallene Baracke aus Hohlziegeln mit Wellblechdach, etwa dreißig Meter von den normalen Toiletten entfernt. Man brauchte nicht besonders schlau zu sein, um sich vorzustellen, was passiert war. In meinem Kopf explodierte die ganze in den letzten Stunden angestaute Wut. Ohne nachzudenken knallte ich ihm an den Kopf: »Du hättest es wirklich verdient, dass er dich und deine Mutter aufschlitzt, du faschistisches Arschloch!«

Nach dem Ausdruck des Typen zu urteilen, musste Ahmids Blick ansteckend gewesen sein. Er stand mit offenem Mund da und brachte kein Wort heraus. Dann sah er sich Hilfe suchend um und ließ schließlich den Kopf hängen. Ich stieg ins Auto und fuhr zu den Lkws hinüber, um mich bei Ahmid zu entschuldigen. Ich fand ihn schnell. Er verhandelte mit einem Fahrer, der einen Kühlwagen mit dem Autokennzeichen von Cádiz fuhr. Ich hielt an und wartete geduldig das Ende der Unterhaltung ab. Ahmid gab ihm ein paar Geldscheine, die der Fahrer verstohlen zählte. Schließlich nickte er und beide stiegen in den Laster. Dann entdeckte er mich. Sein Mienenregister hatte nichts von seiner Vielfalt verloren. Er lächelte wieder, als würde ihm das Leben zulachen, und winkte mir höflich zum Abschied.

Ich fuhr nach Madrid zurück, so unzufrieden wie jemand, der eine sich selbst gestellte Aufgabe nicht zu Ende gebracht hat. Zum Glück war der Verkehr in diese Richtung nicht so dicht. Ich musste mich nicht besonders konzentrieren und ließ mich durch das Gefühlslabyrinth treiben, das durch die Ereignisse der letzten Stunden in mir entstanden war.

Ich hatte mein Hauptproblem gelöst, ich würde nach Hause fahren, ausruhen und vergessen, was geschehen war. Denn Ahmid war ein zu großes Problem für meine begrenzten Kraftreserven und meine geringe Neigung, illegalen Immigranten zu helfen.

Mich erwartete ein schönes heißes Bad. Und wer weiß, vielleicht eine wunderbare, vielleicht kurze, aber intensive Versöhnung mit Maribel. Ich appellierte an mein Gewissen, mich in Ruhe zu lassen. Ich hatte schon genug getan für diesen gefallenen Engel. Ich hatte ein Recht darauf, meine erbärmliche Freiheit zu genießen.

Der Frühling zeigte sich ungewöhnlich regnerisch und die Felder waren mit einem dichten Blumenteppich bedeckt. Ich ließ das Fenster herunter und atmete tief durch.

VII

Die verlorenen Kinder

Als die Feuerwehrmänner den Brand im Morgengrauen endlich gelöscht hatten, fanden sie die verkohlten Kinderleichen in den Trümmern der Hütte an der Puente de Segovia. Die Körpergröße verriet, dass es Kinder gewesen waren. Niemand würde je ihren Namen oder ihr genaues Alter wissen.

Seit Almudena davon erfahren hatte und von der Zeitung beauftragt worden war, in dieser Angelegenheit zu recherchieren, hatte sie mich halbstündlich angerufen. Die Polizei wusste, dass es sich um marokkanische Kinder handelte. Sie waren vor kurzem angekommen, etwa dreizehn oder vierzehn Jahre alt, noch nicht geübt genug im Stehlen, um sich für ein paar Wochen die Taschen zu füllen und die Miete für eine erbärmliche Unterkunft ohne Klo zu bezahlen, einen Überfall zu landen, der genügend einbrachte, um sich die ersten Markenturnschuhe zu kaufen, was bedeutete, im Club der erfolgreichen Diebe aufgenommen zu werden.

Almudena war nicht dazu aufgefordert worden, mich zu informieren. Sie rief mich an, weil sie zum ersten Mal in ihrem Leben mit etwas so Schrecklichem konfrontiert wurde und nicht wusste, wie sie damit umgehen sollte. Vielleicht wusste sie auch nicht, wie ich ihr helfen konnte. Sie rief mich einfach an, weil sie glaubte, dass ich wüsste, wovon sie redete.

Ich hatte nicht mal Zeit gehabt, das bescheidene Gepäck für die verhinderte Reise auszupacken. Wir verabredeten uns im Café Comercial, das nur wenige Minuten von meiner Wohnung entfernt ist. Als ich dort ankam, saß Almudena an einem Fenstertisch zur Glorieta Bilbao hinaus. Vor ihren Augen ging eine bunte Mischung unterschiedlichster Menschen auf und ab, aber sie schien das nicht einmal zu bemerken.

Almudenas Augen nahmen nichts wahr, sie wirkten unempfänglich für andere. Als ich in ihrem Blickfeld auftauchte, schreckte sie fast hoch. Ich setzte mich zu ihr und sie begann sofort mit einem überstürzten Bericht.

»Danke, Julio, ich wusste nicht, wen ich anrufen sollte.« Wie ein echter Kavalier überging ich diesen wenig schmeichelhaften Kommentar. »Bis du mir eingefallen bist. Ich habe sie gesehen. Hast du schon mal zwei verbrannte Leichen gesehen? Das Schlimmste ist der Gestank von verkohltem Fleisch.« Sie deutete auf ihre Nase. »Der ist so intensiv, das kann man nicht vergessen. Die Polizei sagt, sie seien umgebracht worden, das sei kein Unfall gewesen. Sie haben eine Benzindose neben der Hütte gefunden. Das müssen Kinder gewesen sein, die Körper waren ziemlich klein.«

Das war nicht der richtige Augenblick, um Almudena zu erklären, dass verbrannte Körper sich zusammenziehen. Aber der Verdacht war begründet: Die jungen Erwachsenen, die der Abschiebung entgangen waren und inzwischen zur Diebeselite gehörten, lebten nicht in Elendshütten, sie hatten es eine Stufe höher auf der sozialen Leiter des Elends geschafft.

»Wie kann ich dir helfen?«, fragte ich und klopfte ihr sanft auf den Handrücken, was unter Kollegen so verbreitet war, dass es unmöglich als Annäherungsversuch missverstanden werden konnte.

»Ich weiß es nicht. Ich glaube, das ist mir eine Nummer zu groß. Die Sparte Vermischtes ist nicht mein Ding. Es ist eine Sache, zu berichten, wie die Moros in Lavapiés leben, und eine ganz andere, zu schreiben, wie sie sterben … Das klingt poetisch, oder?«, und sie lachte, als würde sie gleich in Tränen ausbrechen. »Ich weiß nicht weiter, ich weiß weder, wen ich anrufen, noch, was ich tun soll, ich weiß auch nicht, ob ich der Polizei glauben kann … ich weiß gar nichts mehr, Julio.«

In anderen Phasen meines Lebens hätte mir das vermutlich geschmeichelt. Eine so direkte Bitte um Hilfe von einer jungen Frau wie Almudena kann bewirken, dass man sie mit rauer Stimme bittet, sich zu beruhigen, etwas wie »Atme erst mal tief durch, Kleine« sagt und dann noch einen plumpen Kommentar hinzufügt. Aber solche Sachen machte ich nicht mehr. Zu unserem Verhältnis passte es besser, ehrlich zu sein.

»Ich denke, du musst auch gar nichts wissen. Du musst nur das tun, was man in unserem Job immer tut: den Polizeibericht lesen, Zeugen finden und anhören, die Dinge einander gegenüberstellen und sie vernünftig darlegen. Das ist alles.«

»Schon, aber ich weiß nicht mal, wen ich außer dem Pressesprecher der Polizei noch fragen soll«, klagte sie weinerlich.

»Da ist doch noch der Anwalt, Fonseca. Er kann dir helfen, zum Kern der Geschichte vorzudringen, und mit ein bisschen Glück weiß er sogar etwas über die Kinder. Fonseca steckt da mittendrin, vergiss das nicht. Kann sein, dass er mehr weiß als sonst jemand. Du hast bestimmt seine Telefonnummer …«

»Ja, aber Josep hat gesagt, ich soll ihn nicht anrufen, er sei so ein Mafiaanwalt, einer, der dich einwickelt, du weißt schon.«

Schon wieder dieser Dilettant. Josep schien sich in der Rolle des Gönners zu gefallen, das Mädchen auf den Weg des guten, aseptischen Journalismus zu führen. Ich konnte für Fonseca nicht die Hand ins Feuer legen, aber ich hätte vor jedem Gericht schwören können, dass er der beste aller Lehrmeister war, wenn es darum ging, sich in die Höhle des Löwen zu begeben, was Almudena gerade im Begriff war zu tun. Man musste seine Informationen lediglich mit Vorsicht genießen, sie auf ihre Stichhaltigkeit prüfen und nichts aufs Spiel setzen.

»Ruf ihn an und filter aus, was er dir erzählt.«

»Kommst du mit, wenn ich mit ihm rede?«

Das ging etwas zu weit. Das war unverschämt. Wie konnte sich dieses Mädchen, das sonst so selbstsicher auftrat und einem alten Hasen wie mir die Stirn bot, so schwach zeigen? Sie musste sich erbärmlich fühlen, um so unverfroren jemanden, den sie kaum kannte, um Hilfe zu bitten. Ihr fehlte Widerstandsgeist und das entwaffnete mich. Ich willigte ein und fragte mich nicht, ob meine Entscheidung machistisch war oder nicht. Dafür sind die Freundinnen zuständig.

»Unter einer Bedingung, Almudena: Niemand darf wissen, dass ich da drinstecke und dir helfe. Wenn das jemand erfährt, gibt's Krach, verstanden?«

Jetzt fuhr sie mir leicht über den Handrücken. Als ich in der Öffentlichkeit und wegen einer so jungen Frau einen Anflug von Erregung in mir aufsteigen spürte, errötete ich innerlich.

»Wie alt bist du, Almudena?«, wagte ich sie zu fragen.

»Spiel nicht den Papa. Ich bin alt genug, um meine Arbeit zu machen, und auch, um zu wissen, wen ich um Hilfe bitte. Ich kann dir doch vertrauen, Julio?«

Das Mädel war schlau und schnell wie der Blitz. Sie

hatte sich gerade einen Panzer gegen jegliche Versuchung angelegt, die ich für sie bedeuten mochte. Mit diesem schlichten Satz war sie vor möglichen beruflichen oder sexuellen Übergriffen gefeit. Von jetzt an musste ich Kollegialität vortäuschen, aber ich musste sie auch beschützen, ohne dass sie es merkte, ich durfte mich in keinster Weise hinreißen lassen.

»Ja, du kannst mir vertrauen. Aber missbrauch mein Vertrauen nicht.«

»Das versteh ich nicht«, erwiderte sie schon munterer.

»Du verstehst mich sehr gut, du bist eine schlechte Lügnerin.«

Jetzt ergriff sie meine Hand und drückte sie. Und ich vergaß die vielen Menschen um uns herum, die vielleicht dachten, ich würde mich plump an ein unschuldiges Mädchen heranmachen.

Eine halbe Stunde später waren wir in Lavapiés und suchten Manuel Fonseca. Telefonisch hatten wir ihn nicht erreicht. Logisch, dass wir ihn in seinem Revier, oder besser gesagt im Revier seiner Schützlinge suchen mussten.

Im Viertel war es ausgesprochen ruhig. Auf den Straßen plaudernde Paare. Senegalesen, Grüppchen von Chinesen, die in höchster Alarmbereitschaft vor ihren Läden oder Restaurants Wache standen, Inder und Pakistanis gingen spazieren oder diskutierten über Uhren, ein paar ältere Marokkaner, die scheinbar mit der Welt in Frieden lebten, marokkanische Kinder, die ihre Mütter anplärrten, einheimische Zigeuner und die alteingesessenen Spanier, die wirkten, als wären sie die Randgruppe, und viel zu früh gealtert schienen.

Außergewöhnlich viele Polizisten patrouillierten durch die Straßen, dabei würden sie vielleicht gerade heute am wenigsten gebraucht, denn keiner der Passanten entsprach dem Typ der Diebe. Sie waren wie durch Zauberhand verschwunden.

Es war eine gute Idee gewesen, hierher zu kommen. Fonseca saß in demselben Café, in dem wir uns mit Ahmid getroffen hatten. Neben ihm saßen zwei Marokkaner mittleren Alters. Sie tranken Tee und waren in ein ernsthaftes Gespräch vertieft. Almudena und ich machten ihm beim Eintreten ein Zeichen. Er erwiderte es mit einem leichten Nicken und einer Geste, die um Geduld bat. Wir setzten uns an einen Tisch in einiger Entfernung, um das Gespräch nicht zu stören, und bestellten ebenfalls Tee.

Ein paar Minuten später setzte sich Fonseca zu uns an den Tisch. Ohne jede Einleitung brachte er uns auf den neuesten Stand.

»Sie gehören zur Vereinigung der marokkanischen Emigranten und sind sehr besorgt. Es gibt eine Welle der Aggression gegen ihre Leute. Etwas, das über das Übliche hinausgeht. Ich nehme an, ihr kommt wegen der Sache an der Puente de Segovia.« Als wir nickten, fuhr er fort: »Sie sind in Ordnung. Sie kommen aus Tetuan. Sie leben schon lange hier, sie leben schlecht, aber fast alle haben Arbeit und ihre Kinder gehen zur Schule, sie wollen keine Probleme. Diese Jungs zerstören ihr Leben. Sie sind schuld daran, dass alle Welt sie mit Diebstählen und Raubüberfällen in Verbindung bringt. Hast du was von Ahmid gehört?«, fragte er mich plötzlich unvermittelt.

»Ja, zu viel. Ich habe ihn heute Nachmittag auf den Weg nach Tarifa gebracht. Er hat vergangene Nacht bei mir geschlafen. Als wir das Haus verließen, wurden wir von ein paar Chinesen angegriffen, ich glaube, du hattest Recht. Aber ich weiß noch nicht genau, worum es hier geht.«

Als er hörte, dass Ahmid in Sicherheit war, stieß er einen Seufzer der Erleichterung aus.

»Fonseca, was wird hier gespielt?«, fragte ich ihn.

»Ich weiß es auch nicht. Ich kann dir nur sagen, dass Ahmid das alles ausgelöst hat. Und ich weiß, dass sie ihn wegen etwas umbringen wollen, was mit deinen verdammten Unterlagen zu tun hat. Ich fürchte, dass die Jungen an der Puente de Segovia wegen ihm sterben mussten.«

»Du bist verrückt«, erwiderte ich verärgert. »Und das sind nicht meine Unterlagen. Das sind Unterlagen, die Ahmid der Japanerin gestohlen hat. Erinnerst du dich?«

Natürlich erinnerte er sich. Er war nur verstimmt. Das Viertel befand sich im Kriegszustand, zwei junge Burschen waren umgebracht worden. Das Einsatzgebiet seines ambulanten Entwicklungshilfewerks stand in Flammen. Und er kannte die Gründe nicht, was bedeutete, dass er nichts tun konnte, um auf die Ereignisse Einfluss zu nehmen.

»Kanntest du die Toten?«, fragte Almudena mit kleiner Stimme.

»Klar kannte ich sie. All die Jungs, die du jetzt nicht siehst, weil sie in U-Haft sind oder sich versteckt haben, kommen in mein Büro, wenn sie in Madrid eintreffen. Ich weiß nur nie ihre wirklichen Namen. Na ja, eigentlich weiß ich kaum irgendetwas Wahres über sie, nur dass sie arme Schweine sind, denen man irgendwie helfen muss.«

»Und weißt du, wer sie umgebracht hat?« Almudenas unschuldiges Gebaren erreichte ungeahnte Ausmaße.

»Die Chinesen«, antwortete Fonseca überzeugt, während ich vergeblich zu verhindern versuchte, dass er Almudena das alles erzählte.

»Und was sind das für Unterlagen, von denen ihr redet?«, insistierte sie unerbittlich.

Diesmal war es an mir, zu antworten, und ich tat es unwirsch.

»Das sind Unterlagen, die ich noch nie gesehen habe, die Ahmid mir für einen Millionenbetrag verkaufen wollte und die du schnellstens vergessen solltest, es sei denn, du willst, dass ich bei der Zeitung rausfliege oder in den Knast wandere.«

Almudena gab sich damit zufrieden. Sie zeigte sich Fonseca wieder als braves Mädchen. Aber ich sah, wie sie etwas in ihr Notizbuch schrieb, das sie aus der Tasche gezogen hatte, als wir uns setzten.

»Am Montag um zwölf gibt die Polizei eine Pressekonferenz«, informierte uns Almudena.

»Das wird eine Märchenstunde«, warf Fonseca ein. »Sie werden erzählen, was am bequemsten erscheint. Sie werden behaupten, es hätte sich um eine Drogengeschichte gehandelt, und dann gehen sie schlafen. Für die bedeuten die beiden Toten zwei Probleme weniger. Am schlimmsten ist, dass ich manchmal glaube, sie haben Recht. Einer von denen ist immer in irgendeine Drogengeschichte verwickelt …«

Er war deprimiert. In seinen Worten schwang keinerlei Wut über die Haltung der Polizei gegenüber seinen Schützlingen mit. Er hatte wahrscheinlich schon ein paar Nächte lang nicht mehr geschlafen. Das würde seine pessimistische Haltung erklären. Schlimm war allerdings, dass sein Pessimismus gerechtfertigt zu sein schien, so wie die Dinge lagen. Er war im Begriff, die Kontrolle zu verlieren, er wusste vielleicht zum ersten Mal nicht, wie er mit seinen Jungs weitermachen sollte.

Fonseca trank einen Schluck Tee, und nachdem er einen Rülpser ausgestoßen hatte, was untypisch für seine sonst so guten Manieren war, fuhr er fort: »Entweder du findest die Unterlagen oder das hier wird ein schlimmes Ende nehmen.«

»Die Unterlagen interessieren mich nicht, Fonseca. Ich habe nichts damit zu tun. Ich habe heute nur Almudena begleitet. Wenn irgend möglich, will ich nichts mehr von Ahmid oder seinen Freunden wissen. Ich will verhindern, dass mir noch mal jemand mit einem Knüppel auf den Arm schlägt, und ich will auch nicht mehr vor meiner Haustür in eine Messerstecherei geraten. Vor Jahren wäre ich gerne mit Exklusivberichten über so was berühmt geworden. Heute will ich das nicht mehr, weil ich nicht als Reporterheld, der bei der Pflichterfüllung niedergestochen wurde, auf der Seite Vermischtes stehen will. Ahmid ist weg. Punkt. Für mich ist die Geschichte zu Ende.«

Almudena sah uns abwechselnd neugierig an und machte geistig Notizen. Die Erwähnung der verflixten Unterlagen hatte bei ihr todsicher den typischen Reporterinstinkt geweckt. Wenn sie sich den Beruf ausgesucht hatte, weil er ihr gefiel, konnte sie jetzt zuschnappen, wenn sie sich nicht scheute, noch mehr Schaden anzurichten. Gab sie sich damit zufrieden, über die makabre Geschichte zweier verkohlter Leichen und eine Sozialstudie über den Stadtteil zu schreiben, blieb das Ganze unter Kontrolle. Und wenn nicht? Ich wollte nicht weiter darüber spekulieren. Wenn Almudena eine Vollblutreporterin war, eine Sklavin der Pflicht, die Wahrheit zu erzählen, denn das glaubten die Reporter heutzutage tun zu müssen, dann war sie geschickt. Sie hatte viel Lärm gemacht, um sich meines Schutzes zu vergewissern.

Der Machismo schadet den Frauen sehr, und väterlicher Machismo kann extrem schädlich sein für Männer, die ihn praktizieren. In solch komplexe Gedanken vertieft, machte ich Anstalten, die reizende Versammlung aufzulösen. Ich stand auf und verkündete meine Absicht.

»Na schön, ich glaube, für heute ...«

»Wir bleiben noch ein Weilchen«, unterbrach mich Almudena, womit sie mir keine Chance ließ, am folgenden Gespräch teilzuhaben. Und Fonseca nickte nur.

Almudena küsste mich zum Abschied auf die Wangen. Fonseca war so diskret, es zu lassen. Sie hatten mich ausgeschlossen.

Diesmal nahm ich einen anderen Weg, ich ging nicht die Calle Mesón de Paredes hinauf, sondern spazierte neugierig durch die angrenzenden Straßen, die Calle Sombrerete, Calle Lavapiés, Calle Olivar ... Der Stadtteil war ein gutes Beispiel für eine Mischung aus Klassizismus und städtischer Baufälligkeit. Lavapiés war nie ein reines Mittelstandsviertel gewesen. Und das sah man an der Qualität der Bausubstanz. Viele Häuser drohten beim ersten heftigeren Windstoß über ihren Bewohnern einzustürzen. Es war beruhigend, die Mischung aus Mittelschichtfamilien, heruntergekommenen Einheimischen und ausgelassen durch die Straßen rennenden Kindern zu sehen. Hin und wieder ein eingerüstetes Haus, eine nette, ganz normale Familie, was darauf hinwies, dass man in diesem Viertel, das zum Konflikt und zur Trostlosigkeit verdammt war, dennoch leben konnte. Plötzlich spürte ich Trauer in mir hochsteigen, die meinen optimistischen Glauben an die stetige Weiterentwicklung der Menschheit in Frage stellte.

Ich spazierte weiter Richtung Calle Santa Isabel. Dort spürte man schon das Geld, den wundersamen Einfluss von Bildung und Kunst. Im Umfeld des Museums Reina Sofía änderte sich das Panorama schlagartig. Touristen in kurzen Hosen eilten ins Museum. Im Konservatorium gegenüber gaben Musiker im Frack Konzerte. Das war die Erste Welt.

Ein paar japanische Touristen schlenderten gemächlich Richtung Botanischen Garten. Ahmids Freunde waren nicht in der Stimmung, versteckten sich oder saßen in den Gerichtszellen, was den Touristen unerwartet einen Waffenstillstand gewährte. Auch wenn sie es nicht wussten, es war ihr Tag. Der gefahrlose Tag der japanischen Touristen. Mir schoss durch den Kopf, einen Antrag für diesen Tag als offiziellen Feiertag bei den Vereinten Nationen einzureichen, um das Ereignis angemessen zu feiern.

Aber ich konnte meine Zeit nicht mit universellen Aktivitäten verschwenden. Ich hatte Wichtigeres zu tun. Zum Beispiel Maribel anzurufen, ihr zu sagen, dass ich noch lebte und mich guter gesundheitlicher, wenn auch nicht moralischer Verfassung erfreute. Ihr den Wagen zurückzubringen, endlich heimzugehen, Dylan zu hören und die Terrasse zu putzen, um den Frühling willkommen zu heißen.

Alles, nur nicht, mich um Marokkaner zu kümmern, diese bösartigen Gespenster, die meine geruhsame Existenz auf den Kopf gestellt hatten. Und wenn möglich, auch Almudena und Fonseca zu vergessen, die eine für mich ungemütliche Beziehung zueinander initiiert hatten. Aber ein Mann von Erfahrung weiß, wie er die Qualen der Eifersucht bekämpft.

Gemeinheit. Sie hatten mich ausgeschlossen.

VIII

Harakiri

Es gibt wenig bessere Heilmittel gegen Einsamkeit und Enttäuschung als ein guter Milchkaffee, ein paar Zigaretten und eine halbe Tonne Sonntagszeitungen, unter denen der Tisch zusammenzubrechen droht, ohne dass einem jemand die Wochenendbeilage wegnimmt, gerade wenn sie einen ganz besonders interessiert. Die Wohnung gelüftet, niemand, der einem das Bad streitig macht. Frische Bettwäsche, endlich die Reisetasche ausgepackt. Danach eine Siesta, zum Beispiel um elf Uhr morgens. Und wieder in den eigenen Armen aufwachen. Dann ist es zwölf und man hat unbändige Lust, mit jemandem, der nichts mit der Alltagsroutine zu tun hat, bei einem Glas kaltem überschäumendem Bier, wie es in Madrid serviert wird, und ein paar Gambas zu plaudern.

So traf ich mich an jenem Frühlingssonntag in der Cervecería Santa Barbara in Alonso Martínez mit Carmelo und seiner Frau Montse, einem reizenden Pärchen, alte Freunde und Gewerkschaftler, in deren Gesichtern weder Enttäuschungen noch die Frustration über den Triumphzug des Kapitalismus tiefe Spuren hinterlassen hatten. Zwei seltsame Wesen, die hartnäckig ineinander verliebt und entschlossen waren, ihren Idealen treu zu bleiben.

Die aktiven Gewerkschaftler der Sechziger- und Siebzigerjahre, die damals tausende von Stunden in das Verfassen von Flugblättern und die Organisation von Demonstrationen investierten, hatten sich gegen Ende des Jahrtausends verändert: Sie verstanden etwas von Zahlen, von Statistiken, vom Markt, von den Techniken zur Risikoverhütung, von Bilanzen, von Aktiva und Passiva, vom Einsatz menschlicher Ressourcen, vom Erlangen europäischer Subventionen sowie dem Herstellen eines gutes Rohkostsalats aus dem Boletus-Pilz. Doch trotz ihrer technokratischen Arbeit schimmerte in ihren Handlungen und Überlegungen immer noch der ethische Ansatz durch.

Carmelo und Montse bedeuteten mir viel. Nicht nur gefühlsmäßig, sondern auch intellektuell. Als Wirtschaftsredakteur drehte sich bei mir alles um Erfolg oder Misserfolg, immer verbunden mit Wirtschaftswachstum, skandalösen Zahlen, traumhaften Überschüssen und Rekordproduktionen. Sie machten es mir leicht, wieder auf den Boden zu kommen und die Realität mit ihren unsicheren Arbeitsplätzen, den miesen Löhnen, der herrschenden Willkür in vielen Firmen mit nur fünf Arbeitern, der brutalen Ausbeutung von Männern und Frauen durch andere Männer und Frauen nicht zu vergessen. Alles in allem erinnerten sie mich daran, dass sich die Grundregeln des Systems im Wesentlichen nicht geändert hatten.

»Wir leben noch immer im Dschungel«, sagte Montse zu mir. »Schau dir doch die Börseninvestoren an. Ein Angestellter setzt eine halbe Million ein, und die Aktien fallen in drei Tagen um fünfunddreißig Prozent, mit anderen Worten, er verliert hundertfünfzigtausend. Und die streicht dann ein anderer Angestellter ein, der scheinbar schlauer war und in einem anderen Moment investiert hat. Die Bürger rauben sich innerhalb des gesetzlichen Rahmens gegenseitig aus. Es ist wie Pokerspielen, nur dass du das Gesicht desjenigen, der dich rupft, nicht siehst. Und das nennt man Volkskapitalismus. Na wunderbar.«

Bei Montses Worten spürte ich meine moralische Unempfindlichkeit für die an der Börse spekulierenden Angestellten. Eine Art aristokratischer Distanz gegenüber denjenigen, die ihr selbst verdientes Geld arbeiten lassen. Ich fand, der größte Sieg des Kapitalismus bestand darin, dass die meisten Menschen ihre Zeit mit diesen Obliegenheiten zubrachten. Ich wusste, dass meine Meinung lückenhaft war, dass Widersprüche in der Größe von Dinosauriern durchgepasst hätten, aber ich hatte mich in ihr der Erhaltung eines Grundrechtes zuliebe eingerichtet: das der Bequemlichkeit.

Beim vierten Bier, als das Dach der Globalisierung schon einzustürzen drohte und wir den Kapitalismus in die Enge getrieben hatten, zerstörte Carmelo unabsichtlich die sonntägliche Harmonie und versetzte mich in eine Welt zurück, die ich am Abend zuvor in Lavapiés verlassen hatte.

»Kennst du eine Firma namens Matador?«

Ich fuhr auf. Und statt mit Ja zu antworten, warf ich ihm ein empörtes »Warum?« an den Kopf.

»Na ja, das ist ein multinationales Unternehmen, das sich in Madrid niedergelassen hat, in Tres Cantos, und die haben was ziemlich Merkwürdiges gemacht: Sie haben bei der Gewerkschaft nach Computerspezialisten angefragt. Das ist nicht normal, oder findest du? Wir sind begeistert, denn es ist das erste dieser neuen Unternehmen, in dem von Anfang an mit der Gewerkschaft gerechnet wird. Weißt du, was das bedeutet?«

»Dass ihr in einen Sektor reinkommt, in dem ihr keine Rolle spielt.« Ich spielte den Schlauen. »Und ihr werdet über eure Unternehmenskomitees aus Informatikern sehr glücklich sein. Ich meine, ihr werdet mehr Macht haben und ihr etabliert euch in der wunderbaren Welt der New

Economy. Gewerkschaften der Zukunft, verkörpert in der virtuellen Realität. Dient die Stahlindustrie denn zu etwas?«

Carmelo lachte über meinen Kommentar und verzichtete auf Gegenargumente. Er fuhr fort.

»Ein sehr instabiler Sektor. Aber das Problem besteht darin, dass die Arbeiter diese Instabilität selbst generieren. Sie wechseln für ein Butterbrot und ein Ei von einer Firma zur anderen. Die Lohnvereinbarungen sind immer individuell unterschiedlich, und du kannst dir ja vorstellen, wie Firmen das im Fall der Fälle ausnutzen. Jeder Arbeiter erhält einen anderen Lohn, andere Vergütungen und solche Dinge. Eines Tages muss das reglementiert und ein Bewusstsein dafür geschaffen werden.«

»Bewusstsein wofür?«

Er machte eine geringschätzige Handbewegung. Ich lauerte wie ein Leopard auf das Wort ›Klasse‹. Aber Carmelo war zu schlau, um in die Falle zu tappen. Also sagte ich, dass ich alles über Matador herausfinden würde, was ich konnte, und wir drei gönnten uns mit reinstem Gewissen noch eine Portion Gambas.

Einer guten Siesta am Spätvormittag folgt eine gute Siesta nach dem Mittagessen. Dann erlangt man das echte Nirwana, den Frieden mit der Welt ... außer der Schlaf wird von einer Zwangsvorstellung gestört, und diese präsentiert sich in der Maske von Matador. Ich war Ahmid und alles, was ihn umgab, zu leicht losgeworden. Das war der falsche Weg. Früher oder später musste ich für all das bezahlen, mochte ich auch noch so ein Meister der Selbsttäuschung sein.

Welche Verbindung bestand zwischen Ahmid und Matador? Was war der Grund für Takakos Abreise und was hatte den Tod dieser beiden armen Kinder verursacht? So sehr ich es auch versuchte, ich konnte meinen Wissensdurst nicht unterdrücken, ich wollte Antworten auf die Fragen, die eine nach der anderen auftauchten. Ob ich wollte oder nicht, ich war in die Angelegenheit verstrickt. Auch wenn ich Ahmid endlich hatte abreisen sehen und den Rest Almudena und Fonseca überlassen hatte. Das durfte bedeuten, dass mich die Chinesen in Ruhe lassen und keine weiteren Marokkaner vor meiner Tür stehen würden. Aber das bedeutete auch, dass vor meiner Nase Dinge geschehen waren, die mir beinahe großen Schaden zugefügt und darüber hinaus die Tür für weitere Probleme geöffnet hatten. Niemand garantierte mir, dass meine Überzeugung, unangreifbar zu sein, richtig war.

Vor mir türmte sich ein Berg Arbeit. Also beschloss ich, sie endlich in Angriff zu nehmen, wie ein Tennisspieler, der entscheidende Punkte machen will.

»Gálvez, du kriegst das raus«, redete ich mir gut zu und fuhr in die Redaktion, wo mich niemand erwartete und deshalb auch niemand stören würde. Es ging unvergleichlich viel schneller, vom Zeitungscomputer aus ins Internet einzusteigen als über meine private Telefonleitung. Das war der Unterschied zwischen einer produktiven Recherche und einer sich hinziehenden Nachforschung. Vor meiner Haustür standen keine Chinesen mit Bleirohren.

Wie alle Welt außer mir vermutet hatte, war Matador für die Suchmaschine ein heikler Begriff. Aber ich glaube auch nicht, dass jemand angenommen hätte, dass die Welt des Stierkampfs im Netz so präsent war. Diese Welt bestand aus über achthundert Einträgen mit diesem wichtigen Wörtchen. Ich surfte stundenlang und umging sämtliche Referenzen, um endlich fündig zu werden. Das Resultat war eher bescheiden: Die Website des Unternehmens wimmelte wie der Folder von Zahlen und Vögelchen, die ich schon kannte, und ein paar bereits veralteten Informationen. Dann schickte ich das gefundene Material an meine eigene Mailbox, um es später zu Hause in aller Ruhe auszuwerten. Während mein Computer sie lud, könnte ich etwas anderes machen, beispielsweise zerschlissene Hemden oder löchrige Strümpfe aussortieren und wegwerfen.

Ich war so zufrieden mit mir, dass ich mich auf dem Heimweg mit einer herrlichen Auswahl verschiedener Käsesorten und ein paar Flaschen Rotwein eindeckte, um den langweiligen Ausleseprozess des Materials genussvoll zu gestalten. Beim Aufschließen der Haustür sah ich mich um. Keine Chinesen mit Bleirohren in Sicht. Auch keine Moros, die ein Versteck brauchten. Ich wusste nicht, worüber ich erleichterter war.

Ich setzte mich an den Computer und gab den Befehl zum Runterladen. Ich war ihm für seinen Gehorsam sehr dankbar und dachte, der größte Vorteil dieser Geräte liegt in ihrer Fähigkeit zum Gehorsam, was uns gewöhnlichen Menschen ein großes Machtgefühl gibt. Während der Computer seine Arbeit machte, hörte ich den Anrufbeantworter ab. Es gab eine Nachricht von Maribel mit dem Angebot, mir Asyl zu gewähren, um mir die Gefahr wiederholter Angriffe von Chinesenbanden zu ersparen, und eine verwirrende Nachricht von Almudena, die ich nicht interpretieren konnte: Ich wusste nicht, ob sie mich um Verzeihung bat oder über ihre neue Position jubelte. Natürlich entbehrte sie der Natürlichkeit, die ich als eine ihrer Charaktereigenschaften angesehen hatte. Jedenfalls war eins klar: Ich würde nicht noch einmal in die Netze ihrer augenscheinlichen Naivität geraten. So wanderte Almudenas Nachricht in die ewigen Jagdgründe, ich brauchte nur einen Knopf zu drücken und weg war sie.

Das Ordnen der Daten über Matador war eine mühsame Arbeit. Beim Herunterladen kollabierte mein Computer fast. Um nicht in Material zu ersticken, begann ich mit einer ersten Auslese auf dem Bildschirm und löschte unwesentliche Infos und Wiederholungen. Mir blieben die Unternehmensdaten und etwa fünfzehn Zeitungsartikel. Meine Auswahlkriterien waren nicht allzu streng, ich wollte lieber großzügig sündigen und stellte den Drucker an, um das Resultat gemütlich lesen zu können.

Als das Material ausgedruckt war, verschlang ich es zusammen mit dem Käse, um zu verhindern, dass mich die Zahlen traurig machten. Das passiert mir nämlich manchmal. Und das hier war ein riesiger Zahlensalat, ich mochte mich nicht lange damit aufhalten, obwohl ich genügend Wein vorrätig hatte, um stundenlang durchzuhalten.

Die Gesellschaft war mächtig, mit einem Geschäftskapital, das einem den Atem verschlug. Das Geld stammte von einer Familie Masushita, nicht ungewöhnlich in Japan. Vor ein paar Monaten, Ende des Jahres 1999, war der Patriarch verstorben und hatte seinen Platz, aus rein testamentarischer Nachlässigkeit, mutmaßte ich, seinem Sohn Ishiguro, dem derzeitigen Präsidenten, überlassen, ein knapp vierzigjähriger Manager, der nach der Firmen-Website zu urteilen dieselbe Vorliebe wie sein Vater für Vögelchen und die Natur pflegte.

Ich nahm die Presseberichte zur Hand. Es gab nicht viel rauszuholen. Zahlen, Statistiken, alle klangen wie Kopien von Informationen über Unternehmen, die an irgendeine Weltbörse gehen wollten. Trotzdem machte mich etwas stutzig: In einem Artikel war von dem stolzen Tod des Patriarchen die Rede. Ich überprüfte mein Englisch mit Hilfe des Wörterbuchs, und genau das sollte es heißen: stolz. Was bedeutete ein stolzer Tod? War er in einem Kampf umgekommen?

Manchmal führen Bildungslücken und mangelnde Kenntnisse über andere Kulturen zu einer feineren Analyse. Das geschieht mit Städten, mit Menschen: Der erste Eindruck pflegt zu stimmen. Und mein bescheidenes Wissen über Japan ließ mich sofort an Selbstmord denken. Harakiri, Kamikaze und so was. Das war mein einziger Hinweis, das Einzige, was bei den Recherchen über Matador meine Neugier geweckt hatte: die Vermutung, dass es sich um einen Selbstmord handelte. Wenig, fast nichts. Aber immerhin etwas.

In diese Richtung forschte ich weiter. Am naheliegendsten waren die Wirtschaftsseiten der Weltpresse. Ich suchte die Website des Wall Street Journals. Pech gehabt: Man musste Abonnent sein, um ältere Informationen zu erhalten, aber ich besaß wegen der Bank, die darauf bestand, dass mein Konto immer ausgeglichen wurde, keine gültige Kreditkarte. Eine Sackgasse, was ist ein Mann ohne Kreditkarte? Ich gab mir die Antwort selbst: ein Bettler. Und wenn ich ein Bettler war, konnte ich mich auch wie ein solcher benehmen. Ich rief Dugan Porter an, ein Kollege und Freund aus Kalifornien, der aus einem Roman von Graham Greene stammen könnte: rötliche Haut, weit in den Fünfzigern, mit einer natürlichen Eleganz im Auftreten, die an Peter O'Toole erinnerte. Dugan war in den Sechzigerjahren aus Vietnam abgehauen, dann Hippie, Marihuanaraucher und Freund japanischer Flamencogitarristen und deren Lehrmeistern, den Zigeunern, geworden.

Der Mann verbrachte mehr Zeit mit Schulterklopfen und Feiern in den Kneipen rund um den Rastro als in der Redaktion seiner Zeitung, einem nordamerikanischen

Wirtschaftsblatt, das an einem so absurden Ort wie Los Angeles ansässig war.

Und selbstverständlich pflegte Dugan die Gewohnheiten eines Bohemiens, weswegen ich kein schlechtes Gewissen haben musste, wenn ich ihn um ein Uhr nachts anrief. Das Glück war mir gewogen, denn er war zu Hause und arbeitete gerade an einem Artikel über die betrübliche Welt der europäischen Schwarzproduktion von Äthylen. Das ließ ihn freundlicher reagieren als gewöhnlich. Ich sagte, ich bräuchte seine Hilfe, und er zeigte sich so hilfsbereit, wie ich es von keinem spanischen Kollegen kannte.

»Spuck's aus, Chef«, sagte er in seinem ewigen Slang.

»Ich schreibe über marokkanische Immigranten.«

»Ich glaube, da kann ich dir nicht helfen. Meine Zigeunerfreunde sind große Rassisten. Und meine japanischen Freunde sind noch schlimmer.«

»Schön, Dugan, denn ich brauche Informationen über ein japanisches Unternehmen in Osaka.«

»Klingt logisch«, antwortete er lakonisch, als würde er mich für meinen fortgeschrittenen Alkoholzustand bedauern.

»Ich weiß schon, dass es das nicht tut, aber es ist so, ich schwör's dir. Und ich schwöre dir, dass ich nur ein paar Gläschen Wein getrunken habe.«

»Na, die wirken aber.«

»Dugan, es ist schwer zu erklären. Könnest du mir etwas aus der Chronik deiner Zeitung oder der des Wall Street Journals heraussuchen und schicken? Es geht um den Präsidenten einer Gesellschaft, der sich Ende letzten Jahres umgebracht hat.«

Er notierte meine Angaben und versprach zurückzurufen, wenn er etwas gefunden hätte.

»Es ist eine Erleichterung, dir diesen Gefallen zu tun. Du hast ja keine Ahnung, wie wenig sich die Wirtschaftsblätter in Yankielandia für den Schwarzmarkt von Äthylen interessieren. Ich fange schon selber an, mich zu langweilen. Die Grundwerte ändern sich. Obwohl, wenn man es bedenkt, ist es besser so, denn es gibt nichts Spirituelleres als virtuelle Unternehmen. Schluss mit Produktion und dieser Scheiße, die man mit den Arbeitern macht, die sich Hände und Gesicht beschmutzen. Die Informationsgesellschaft ist der Sieg der Seele.«

»Dugan, schweif nicht ab, such mir bitte Masushita.«

»Zu Befehl, Gálvez. Aber vergiss meine Herkunft nicht. Die Börse ist die Rettung der Menschheit, sie belohnt die guten Christen und verbannt die erbärmlichen Kleinanleger mit ihren kleinlichen Seelen in die Finsternis … Na schön, wenn ich was gefunden habe, ruf ich dich zurück. Ich weiß nicht, ob ich es dir schon mal gesagt habe, Gálvez, aber du bittest mich wirklich immer um merkwürdige Dinge. Es gibt nichts Inkompatibleres als einen japanischen Selbstmörder und einen Moro aus dem Flüchtlingsboot.«

Dugan hatte einen so feinen Sinn für Humor und sprach nach über zwanzig Jahren in Madrid so gut Spanisch, dass er es nicht nötig hatte, jedem Satzende ein »colega« oder Ähnliches anzuhängen. Das vereinfachte die Sache und unterband paternalistische Anwandlungen in unserer Freundschaft. Das vereinfachte alles so sehr, dass ich nie zögerte, ihn um irgendwas zu bitten, wenn ich glaubte, er könnte es mir beschaffen. Dugan war außerdem ein ausgezeichneter Journalist, wenn man diesen Ausdruck noch so benutzen kann.

Da Dugan mir das langweilige Surfen im Internet abgenommen hatte, schenkte ich mir Wein nach und surfte mithilfe des mehrfach verschobenen Dylan durch meine eigene Vergangenheit, ich klopfte an Himmelstüren. Ich hatte meine Rüstung abgelegt und ging jetzt im Schutze meiner Intuition vor, ohne dass jemand meinen Kopf gegen seine Brust drückte, während meine plötzlich aufgetauchte Stärke dem brutalen Angriff der Realität nicht standhielt: Meine Möglichkeiten, dieser Sache auf den Grund zu gehen, waren gering. Stattdessen war meine Fähigkeit, in immer verkommeneres Terrain hinabzusteigen, schier bewundernswert. Ich ging in der Zeit zurück und suchte immer ältere Aufnahmen des ›Arschlochs der Mundharmonika‹ heraus, wie eine Klavier spielende Freundin Dylan empört genannt hatte. *Blowing in the Wind, All Along the Watchtower* versetzten mich in einen angenehmen Zustand der Melancholie … Bis der effiziente Dugan zurückrief, um mir seine Funde vorzutragen.

»Gálvez, diesmal hast du dich selbst übertroffen, Isidoros Vater«, ich fand, nur ein Ausländer konnte sich erlauben, so unverschämt und flegelhaft mit dem Namen Ishiguro zu spielen, »hat sich aus Schande umgebracht.«

»In den Presseberichten reden sie von einem stolzen Tod.«

»In manchen Fällen ist das dasselbe. Und ihr Spanier solltet das eigentlich kennen. Ihr Katholiken kennt keine Scham, bis ihr erwischt werdet. Bis dahin bewahrt ihr euren Stolz. Obwohl ihr den Japanern gegenüber einen Vorteil habt: Sie müssen sich aus Schande umbringen, und euch wird im Beichtstuhl vergeben. Also, wo war ich? Papa Masushita hat sich die Kehle durchgeschnitten, als die Polizei herausfand, dass er Beziehungen zur Yakuza, der japanischen Mafia, hat. Scheint, als hätte er Geld gewaschen, indem er es in Unternehmen steckte, denen es sehr schlecht ging. Du weißt schon, man verliert ein bisschen dabei, aber so umgeht man die Raffgier des Finanzamts. Und das Geld aus dem organisierten Verbrechen wird legal. Es lohnt sich mehr, zehn Prozent bei einer augenscheinlich sinnlosen Investition verlieren, als vierzig Prozent Steuern zahlen. Verstehst du?«

Porter verfügte über die wunderbare Fähigkeit nordamerikanischer Journalisten, die Dinge so auf den Punkt zu bringen, dass sogar Dummköpfe sie verstehen. Das können nur die Besten: Und ich verstand ihn.

»Der Sohn«, fuhr Porter fort, »scheint aus anderem Holz geschnitzt zu sein. Laut unserer Zeitung gehört er zu der neuen Generation japanischer Unternehmer, die eine andere Geschäftsvision haben: weniger Familienbetrieb, weniger Geheimniskrämerei und mehr Markt. Der Markt ist das Wunder, das alles reinwäscht. Findest du das auch, Gálvez?«

Da ich in dieser Nacht keine Alternative auf dem Markt hatte, wusste ich auf Dugans Ironien nichts zu erwidern. Ich konnte ihm nur eine kleine Spitze zurückwerfen.

»Nur in Kalifornien gibt's noch Rote, du kannst ja zurückgehen.«

»Die kalifornischen Roten sind aus Plastik. Ich ziehe die Zigeuner vor, die haben die Farbe von Oliven. Kann ich dir zu so früher Stunde noch weiter dienlich sein?«

»Ja, du könnest mir erklären, warum eine japanische Firma sich in Spanien niederlässt und sich sogar an die Gewerkschaft wendet, um sich gut mit denen zu stellen. Findest du das nicht auch seltsam?«

»Das verstehe ich nicht und ich verstehe es doch. Sie wollen ein gutes Bild abgeben. Japanische Firmen haben weltweit ein sehr schlechtes Image und den Ruf von Ausbeutern. Wenn sie in Spanien ein Bein auf den Boden kriegen wollen, müssen sie mit den Angestellten über die Siesta verhandeln. Finde heraus, wer an ihrem Image arbeitet, wer sie promotet. Wenn ein Kapitalist mit der Gewerkschaft reden will, fällt mir nur das Image ein.«

Ich dankte ihm für seine Bemühungen. Er versprach, mir ein paar detaillierte Artikel über Matador aus dem Wall Street Journal zu mailen, und wir verblieben wie üblich mit der vagen Verabredung, zusammen essen zu gehen, was wir nie taten, aber dieses Versprechen gehörte zum Repertoire unserer Freundschaft.

Kurz nach zwei Uhr nachts ist nicht der beste Augenblick, um Bilanz zu ziehen, wenn die Dinge so verworren sind. Ich verkorkte die Weinflasche und ging ins Bett. Das virtuelle Surfen ermüdet fast so sehr wie das maritime. Die Erschöpfung lenkte mich in einen dunklen Hafen, mein verankerter Körper schaukelte auf den sanften Wellen, ein Geschenk an den Matrosen der Feder für seine Arbeit. In diesem Hafen voller unscharfer Umrisse gab es keine bewaffneten Chinesen.

IX

Martinis, Daiquiris und Tunos

Die Montage sind nicht die besten Tage in einer Redaktion. Nach einem friedlichen Wochenende im Familienkreis, an dem viele Kollegen geschworen haben, die Pressearbeit für immer an den Nagel zu hängen und stattdessen Bücher über Zeitgeschichte oder die aktuelle Politik oder gar Romane zu schreiben, wirken sie ausgebrannt und schlurfen durch die Flure. Die Ältesten nicht. Die Ältesten haben es bereits zur Perfektion gebracht und können nicht mehr ohne sie leben. Sie haben ihre Seelen so weit betäubt, dass sie ihren Feierabend täglich unbewusst hinausschieben und das rigorose Alkoholverbot, das in fast allen Zeitungsredaktionen herrscht, verspotten, in Rauchwolken vor sich hin dösen und damit ihrem Umfeld ihr Beispiel widerspruchslos aufzwingen. Die Stunden vergehen und die Zeit wird nicht mehr vom Menschen gemessen, sondern bekommt ein Eigenleben und gibt ihrem Erfinder die Stundenzahl vor.

Die Chefs hingegen zeigen sich an diesen traurigen Tagen der Rückkehr zur Arbeit eher euphorisch. Sie waren lange und ebenfalls alkoholreich mit irgendeinem Aktionär der Zeitung essen und haben Verbesserungen im Arbeitsstil ausgetüftelt, um ihn von jetzt an dynamischer und weniger bürokratisch zu gestalten. Es sollte mehr Vorstellungskraft und Initiative in der Redaktion gefördert werden. Endlich waren sich alle einig, dass es galt, der Bequemlichkeit, der Neigung zum behaglichen Leben, der Faulheit nicht nur des Körpers, sondern auch der

Seele den Kampf anzusagen. Es brauchte frisches Blut, aber nicht irgendeines. Junge Leute, die Bücher lasen, die ein hohes Bildungsniveau hatten, die sich jeden Tag mit der Realität auseinander setzten und sie verändern wollten. Damit tausend Blumen zu blühen anfangen konnten, musste die Routine aufgebrochen werden. Dazu musste man die Hauptquartiere bombardieren ... wie Mao Tsetung während der chinesischen Kulturrevolution. Na ja, das vielleicht nicht, vielleicht sollte man die Hauptquartiere in Ruhe lassen.

Unter diesen Bedingungen verläuft der Tag in unerträglicher Anspannung zwischen der Trägheit derjenigen, die nichts ändern würden, sich aber in dem Gedanken gefielen, es zu tun, und denen, die wussten, dass es sehr schwer ist, eine Zeitung zu verändern, weil Gleichgültigkeit viele Hindernisse aufwirft, aber vor allem, weil es nicht oft vorkommt, dass jemand mehr als eine gute Idee pro Jahr hat.

Dies war so ein Montag. Und ich tat alles, um nicht wahrgenommen zu werden. Ich war spät ins Bett gegangen und auf meinem Schreibtisch zu Hause lag das Dossier, das ich über Matador zusammengetragen hatte. Die Vorstellung, sieben Stunden lang Kurzbiografien über Personen zu erstellen, die in ihrem kurzen Leben noch kaum etwas geschaffen hatten, erbitterte mich, ich hätte viel lieber mit meinen Nachforschungen über das Unternehmen, das Ishiguro von seinem mafiösen Vater geerbt hatte, weitergemacht. Jede in der Redaktion verbrachte Stunde war eine verlorene Stunde, es war frustrierend. Deshalb hatte ich anlässlich der kollektiven Montagsbefindlichkeit einen etwas verschrobenen Plan ausgeheckt.

Josep Martínez war in Hochform. Er hatte am Samstag mit irgendeinem Chef aus Barcelona gegessen und hatte es jetzt logischerweise eilig, den mittelmäßigen Stil einiger Redakteure, den wir seiner Meinung nach der Zeitung aufprägten, zu verbessern. Er winkte mich auf eine Art an seinen Tisch, die selbst einem Pekinesen herablassend vorgekommen wäre. Keiner grüßte den anderen, denn unser Job verlangt weder Rücksicht noch Höflichkeit zwischen denen, die ihn mit echter Hingabe ausüben. Als er fand, dass ich in der richtigen Entfernung stand, bellte er mir ohne den Blick von seinen Unterlagen zu heben zu: »Denk dir was aus!«

»Was Fantasievolles und Bahnbrechendes?«

»Zum Beispiel.«

»Was hältst du von einer Reportage über Gewerkschaften und Unternehmen der New Economy? Du weißt ja, Angestellte mit großem Individualbewusstsein, junge Männer Anfang zwanzig, die tausende Millionen verdienen und für astronomische Summen andere junge Leute anstellen, die ihr Studium noch nicht beendet haben ... so was eben. Und dazwischen tausende von Arbeitern, die wöchentlich sechzig Stunden ackern und fünfzigtausend Peseten verdienen. Was können die Gewerkschaften angesichts eines solchen Naturphänomens tun? Sind sie darauf vorbereitet?«

Ich hatte ins Schwarze getroffen. Ich wusste es, weil sein verblüffter, ungläubiger Gesichtsausdruck nur von der Überraschung herrühren konnte, dass die Idee von mir kam. Er sah mich sogar an, was mich fast rührte, schob die Unterlippe vor, nickte mehrmals und ließ seinen Gefühlen freien Lauf, damit ich stolz auf meinen Vorschlag sein konnte.

»Neunhundert Wörter. Bis Montag.«

Es war bewegend, diese Worte aus Martínez' Mund zu hören. Ich hatte eine Woche Zeit für eine Reportage von etwas über drei Seiten, denn so viel sind neunhundert Wörter. Martínez hatte uns das eingebläut. Ein amerikanisches System, das vermutlich unser publizistisches Verständnis moderner gestalten sollte.

Aber ich hatte nicht nur eine Woche Zeit gewonnen, ich hatte etwas wirklich Wunderbares erreicht: die Möglichkeit, mich mit Matador zu beschäftigen, ohne das Misstrauen meiner Kollegen oder Vorgesetzten zu wecken. Carmelo und Montse würden mir alles geben, was ich von der Gewerkschaft benötigte. Ein halber Arbeitstag und ich hätte diesen Teil abgehakt. Und ich konnte das Unternehmen aufsuchen und Nachforschungen anstellen. Mir fehlten nur noch ein paar andere Firmen, die mich empfingen oder mir ein Interview verweigerten, was eine wunderbare Kontrastquelle wäre, wenn man schon weiß, was man schreiben will; damit hätte ich die Reportage. Und dazwischen viel Zeit zum Suchen und Nachforschen.

Das erinnerte mich wieder an meinen Lieblingsgrundsatz: Ein Vollblutreporter mit Telefon ist unschlagbar. Also rief ich bei Matador an. Diesmal klappte es sofort, was meine Selbstsicherheit stärkte. Ich teilte der Empfangsdame meinen Namen und den der Tageszeitung mit und fragte nach dem verantwortlichen Pressesprecher. Das verwirrte sie, aber nach ein paar weiteren Erklärungen verband sie mich mit der Sekretärin des Marketingleiters. Ich ersparte mir, sie nach dem Sinn der Funktion ihres Chefs zu fragen, denn ich glaubte, das sei nicht der richtige Augenblick zum Philosophieren. Sie wusste meine Absichten zu schätzen und schlug vor, dass ich mich mit der Assistentin des Generaldirektors unterhalten sollte, deren Sekretärin ganz ihrer Meinung war. Auch wenn es nicht so klingt, ging das Ganze doch recht flott voran, und schließlich war ich mit Carmen Saladrigas verbunden.

Das Gesprächsverhalten der Assistentin war schnell und kurz angebunden. Sie wollte mir einen Termin in drei Wochen anbieten. Wir verhandelten und schließlich rang ich ihr dreißig Minuten am nächsten Tag ab, wenn auch zu einer unmenschlichen Zeit: um acht Uhr morgens. Ein Arbeitsfrühstück.

Danach suchte ich in den Zeitungsarchiven, ob wir irgendwann mal eine Biografie meiner Interviewpartnerin veröffentlicht hatten. Socorro, die verantwortliche Dokumentarin, war eine alte Freundin, was mir viele Probleme ersparte. Um den süßen Siegeszug fortzusetzen, reichte es, wieder zum Telefonhörer zu greifen. Während ich mit Socorro sprach, spürte ich, dass Martínez mich beobachtete oder gar für meine so beflissene Arbeitseinstellung bewunderte. Ich machte ihm mit dem rechten Daumen ein Zeichen, um ihm zu verstehen zu geben, dass meine Veränderung auch ästhetischer Natur sei, aber er verzog keine Miene und senkte den Blick.

»Socorro, ich brauche deine Hilfe«, sagte ich und erklärte ihr, was ich über Carmen Saladrigas brauchte.

Socorro bat mich unter obszönen Flüchen, die zu ihrem Grundvokabular gehörten, um ein paar Minuten Geduld, die ich nutzte, um erneut über den Folder von Matador zu brüten. Ich blieb wieder an den niedlichen Vögelchen hängen, die zwischen Zahlen und Technologien herumschwirrten. Aber ich verstand trotz des Geschwafels, das den Nutzern, die zudem auch noch die Nutznießer großer Rentabilität sein sollten, eine Zukunft voller Inhalte und enormer Kommunikationsmöglichkeiten versprach, immer noch nicht, was Matador denn eigentlich genau machte. War ich zu dämlich? Socorro hinderte mich daran, diesen für mein Ego eher schädlichen Gedanken zu vertiefen.

»Lad mich zu einem Kaffee ein und ich bring dir den Artikel über dein Mädel. Aber ich warne dich, die kriegst du nicht so schnell klein. Die Tussi hat schon ein paar Hundert wie dich vor die Tür gesetzt.«

Socorro ließ keine Gelegenheit aus, unverschämte Bemerkungen über andere Leute zu machen, und mich amüsierte die Ausdrucksweise und das bockige Auftreten meiner fünfzigjährigen Freundin, die mit ihren verbalen Obszönitäten sämtliche Kunden ihrer Abteilung schockierte.

Bevor ich in die Cafetería hinunterging, beging ich einen Fehler, für den ich lange würde zahlen müssen: Ich teilte Martínez mit, dass ich aus Arbeitsgründen einen Kaffee trinken ginge. Er nickte ernst und ich wusste, dass er mir für meine spontane freiwillige Rechtfertigung die Rechnung servieren würde. Martínez wäre im Stande zu verlangen, dass ich von nun an mein periodisches Verschwinden zum Kaffee immer ankündigte. Dem wollte ich zuvorkommen.

»Aber ich wäre so oder so gegangen, denn es ist mein Recht.«

»Rechte, Rechte ...«, knurrte er. »Hat hier auch irgendwer Pflichten?«

Im Umkreis von zwölf Metern herrschte gespanntes Schweigen. Ich nutzte es, um beschämt zu verschwinden. Socorro erwartete mich am Tresen und betrachtete ein paar fettige Churros wie jemand, der einen ausgesetzten Hund sterben sieht. Sie litt an diesem Montag ebenfalls.

»Bevor ich das esse, heirate ich lieber dich.«

Ich erwiderte, dass sie in beiden Fällen freie Wahl hätte, und wir setzten uns. Sie hatte mir tatsächlich ein paar

Fotokopien über Carmen Saladrigas mitgebracht. Während sie mit kleinen Schlucken ihren heißen Kaffee schlürfte und über die darin schwimmenden Milchhautstückchen meckerte, blätterte ich sie durch. Es waren mehrere kurze Artikel, ähnlich denen, die ich in den letzten Tagen auf Martínez' Anweisungen hin geschrieben hatte, und mir schoss durch den Kopf, dass einer davon aus meiner geübten Feder stammen könnte. Saladrigas hatte Betriebswirtschaft studiert und besaß zahlreiche Auszeichnungen in Form von Diplomen aller möglichen Universitäten der westlichen Welt. Sie war dreißig Jahre alt, in Logroño geboren und sprach Japanisch, was mir wirklich außergewöhnlich erschien. Ich kannte bis dahin niemanden aus Logroño, der solch eine Ausbildung hatte. Na ja, auch niemanden aus Huesca. Außerdem verfügte sie über große Erfahrung in Führungspositionen bei multinationalen Firmen. Am auffälligsten war, dass sie in Barcelona Direktorin einer Brutstätte von Firmen gewesen war, eine dieser Institutionen, die mit Unterstützung der Regierung Unternehmensideen fördern.

Es war nicht viel, aber auch nicht wenig. Es war das, was ich erwartet hatte. Ich faltete die Papiere zusammen und bestellte meinen Kaffee, allerdings mit kalter Milch, um mir die Hautfitzelchen darin zu ersparen.

Socorro hielt einen Augenblick in ihrem Kampf inne und fragte mich: »Sitzt du in der Jury zur Wahl der Miss Perfekta des Jahres oder ist das Interesse publizistischer Natur?«

Ich erzählte ihr träge, ohne Ahmid zu erwähnen, woran ich arbeitete. Sie hörte mir ebenso lethargisch zu, und ich glaubte, damit sei unser Treffen erledigt. Aber ich irrte mich. Sie sah mich etwas zärtlicher an als vorhin die Churros und warf mir meinen Mangel an Scharfblick vor.

»Kommt dir der Familienname der Tusse überhaupt nicht bekannt vor?«

Wenn eine Frau so über eine andere spricht, dann handelt es sich nicht um Machismo. Sie haben ein Recht dazu, oder? Ich tat, als hätte ich es überhört, und strengte mein Gedächtnis an. Irgendwo auf meiner Festplatte versteckt gab es einen Saladrigas.

Socorro genoss ein paar Sekunden lang meinen hektischen Suchdurchlauf und klärte mich dann im Tonfall einer Sonderschullehrerin auf: »Schätzchen, ihr Vater, Enrique Saladrigas, war in den Skandal um den illegalen Waffenexport nach Sierra Leone verwickelt. Das war vor ein paar Jahren und er tat es auf Rechnung einer holländischen Minenfabrik. Darüber hab ich dir auch ein paar Ausschnitte rausgesucht. Falls es dir hilft, Gálvez, Diamanten. Wenn du die triffst, lass dich nicht von ihrem weiblichen Charme einlullen. Denk an die Diamanten.«

Letzteres klang aus ihrem Mund wie die Drohung einer Schlange. Ich notierte den Hinweis, um sie nicht zu enttäuschen. Mir erschien das mit den Diamanten bezüglich Matador nicht so wichtig. Was der Vater getan hatte, musste ja nicht auf die Tochter abfärben. Aber ich konnte nicht so unverschämt sein und durchblicken lassen, dass mir an dem Tipp nichts lag. Ich stieß ein überzeugendes »Aha!« aus und bat den Kellner um die Rechnung.

Martínez, der inzwischen auch in der Cafetería aufgetaucht war und neben mir einen Kaffee trank, zeigte auf die Churros und fragte mich: »Isst du die nicht?«

Ich verneinte und er verschlang sie. Mit dem Mund voller Fett und Zucker rechtfertigte er sich: »Ich liebe die Madrider Churros.«

»Und ich die Familia Sagrada von Gaudí. Ich meinte die echte in Barcelona.«

Das war ein schlechter Witz, aber er gefiel ihm. So sehr, dass er auflachte und mein Hemd mit den Resten dieser unförmigen Masse bespuckte, die nicht einmal bei der nachlässigsten Qualitätskontrolle von Nahrungsmitteln für Zentralafrika durchgegangen wäre. Ich konnte gerade noch verhindern, dass er mich mit seinen Zuckerfingern abwischte, und beging wieder den Fehler, ihn über meine nächsten Schritte zu unterrichten.

»Also, ich gehe jetzt zur Gewerkschaft.«

Ich habe nie die Gelegenheit gehabt, herauszufinden, ob ich ein Rassist bin oder nicht, und ich glaube, es ist immer besser, es nicht so genau zu wissen. Wenn ich seinerzeit auf die Straße ging, sah ich mich immer um, ob irgendein Marokkaner oder Chinese etwas gegen mich im Schilde führte. Der Grundmechanismus von Rassismus funktionierte zu meinem Bedauern auch in meinem Kopf: Er befähigte mich, ganz unterschiedliche Menschen aufgrund ihrer Hautfarbe einander zuzuordnen. Und zu meinem noch größeren Bedauern hatte ich Angst vor Chinesen und Marokkanern im Allgemeinen.

Als ich die Redaktion verließ, hielt ich Ausschau nach feindlichen Hautfarben, so wie die Cowboys die Prärie nach angriffslustigen Indianern ausspähen. Dann stoppte ich ein Taxi, um zu Hause mit der Auswertung der Informationen über Matador weiterzumachen.

Almudena stellte sich mir in den Weg, die Hände in die Hüften gestemmt. »Darf man erfahren, was verdammt noch mal mit dir los ist?«, warf sie mir an den Kopf.

Sie war außer sich vor Wut, die echt wirkte. Ihre Augen versprühten Blitze, die mir galten. So ein offener Kontrollverlust konnte nicht gespielt sein. Meine Absicht, sie zu übergehen, zerbrach angesichts ihrer unhaltbaren Vorwürfe.

»Ich habe dir Nachrichten auf dem Anrufbeantworter und auf dem Schreibtisch hinterlassen, du hast nicht darauf reagiert. Haben wir die Sache nicht zusammen angefangen? Neulich noch bist du aus dem Café rausgelaufen, als würde ich dich mit einem anderen betrügen ...«

»Hast du ja auch«, versuchte ich mich zu verteidigen.

»Wovon redest du? Du warst so freundlich, mich zu Fonseca zu bringen, und alles schien gut zu laufen. Und plötzlich bist du bockig geworden und abgehauen. Ich habe mir nichts vorzuwerfen. Ich habe nichts getan, was dir schaden könnte, und ausgenutzt habe ich dich erst recht nicht. Zum Beispiel die Unterlagen ...«

»Ich hab dir gesagt, du sollst die Finger davonlassen!« Jetzt war ich wütend.

»Ich habe nichts mit diesen Papieren zu tun. Ich mache die Reportage weiter und sie werden nicht darin erwähnt, zumindest nicht von mir.«

»Und wer sollte sie dann erwähnen?«

»Weiß ich nicht, war nur so dahingesagt. Keine Sorge. Vergiss es. Ich wollte dir nur sagen, dass die Polizei deinen Ahmid sucht. Ich komme gerade von der Pressekonferenz. Er wird des Mordes an den Jungs von der Puente de Segovia beschuldigt. Die Autopsie ist bereits abgeschlossen. Sie wurden zu Tode gefoltert und dann wurde die Hütte angezündet. Es heißt, es hätte was mit Drogenhandel zu tun.«

»Dummköpfe! Ahmid ist ein Dieb«, sagte ich in einem Anfall von Wut und Kühnheit, weil ich nicht wusste, was Ahmid noch alles angestellt hatte. Jedenfalls brach Almudena meine Widerstände und ich forderte sie auf, ins Taxi zu steigen, um das Gespräch an einem weniger heiklen Ort weiterzuführen.

»Arbeit geht vor. Ich muss über die toten Kinder und

die Polizeierklärung berichten. Wir sehen uns später, so um sieben oder acht. Soll ich zu dir nach Hause kommen?«

Ich konnte es nicht ablehnen. Obwohl das bedeutete, dass ich mein Treffen mit Maribel wieder verschieben musste. Ich sagte zu Almudena, ich würde sie erwarten, aber sie müsse wissen, dass mein Kühlschrank immer leer sei. Sie lächelte. Ich weiß nicht, warum ich das sagte, genauso wenig wie ich weiß, warum mich die Nachricht, dass die Polizei Ahmid des Mordes an den Kindern verdächtigte, so wütend gemacht hatte. Almudena und Ahmid machten nur Probleme, die eine lud sich arglistig zum Abendessen ein und den anderen verteidigte ich. Wie sagte meine Mutter immer: Wer versteht schon die Männer?

Ich erstellte einen Fragebogen für Carmen Saladrigas, die Direktionsassistentin von Matador. Das war keine sehr aufwändige Arbeit, aber ich musste Lücken finden, durch die ich Fragen einsickern lassen konnte, die mich wirklich interessierten. Ich ordnete alles, was ich über die Firma wusste, und legte im Computer Ordner über die Personen an, die mit diesem Schlamassel, in dem ich saß, zu tun hatten, auch über den alten Saladrigas. Im Internet fand ich Informationen über die holländische Firma, die ihm ihre Interessen in den Beziehungen mit den Waffenhändlern in Sierra Leone anvertraut hatte. Es handelte sich um ein mächtiges, auf afrikanische Produkte spezialisiertes Geschäftskonsortium, das auch Beziehungen zu Südafrika unterhielt, wo es seinen Zweitsitz hatte. Die Zahlen waren wieder einmal astronomisch hoch, aber ich schenkte ihnen nicht viel Aufmerksamkeit. Ich wollte nur verhindern, dass mir das passierte, was uns Presseleuten manchmal passiert, nämlich Fakten zu übersehen, die später relevant sind. Ich druckte die Informationen aus und legte einen neuen Ordner an. Dann ging ich runter, vergewisserte mich, dass die Zahl der chinesischen und marokkanischen Fußgänger gleich null war, und gab mein ganzes Geld in einem Lebensmittelladen aus, in dem Spargel und Rotwein zum Quadratmeterpreis von Marbella verkauft werden. Ich ging in meine Höhle zurück, machte das Bett, lüftete und wusch das Geschirr vom Vortag. Ich ließ keine einzige Kippe im Aschenbecher und keinen Aschenbecher schmutzig. Meine Wohnung wirkte beeindruckend.

Almudena kam nur unwesentlich zu spät. Sie hatte angekündigt, so zwischen sieben und acht Uhr da zu sein, und kam um neun. Sie brachte eine große Papiertüte voller Lebensmittel für geschiedene Männer mit: Öl, Toastbrot, Eier, Salat, zwei Tütchen Oliven und zwei Dosen Thunfisch. Sie wollte mich offensichtlich nicht beleidigen, denn die Tüte enthielt weder Milch noch Putzmittel. Sie bat mich, ein paar Kartoffeln zu kochen, und machte es sich im Sessel bequem, wie alle meine Besucher. Ich gehorchte und sagte ihr, sie sollte mir ihre Kenntnisse über Ahmid und den Tod der beiden Jungs darlegen, während ich einen trockenen Martini zubereitete, der einfachste Cocktail der Welt, wenn man keinen Martini reintut.

Sie gab mir sehr genaue Informationen: Die Polizei hatte anhand seiner vielen Vorstrafen Ahmids Leben rekonstruiert. Ihrer Meinung nach hatte Ahmid den Straßenkampf mit den Chinesen provoziert, indem er einen von ihnen überfallen hatte, um eine Lieferung Haschisch zu bezahlen. Als er anschließend die Lieferung aus der Hütte holen wollte, musste er überrascht feststellen, dass die angeblichen Partner die Ware auf eigene Faust verkauft hatten. Wie war die Polizei zu solch einer Schlussfolgerung gekommen? Ganz einfach: durch Aussagen von Spitzeln. Denunziation passte gut zu einem Fakt: In der abgebrannten Hütte hatte man Ahmids Fingerabdrücke an dem nicht verbrannten Türrahmen gefunden sowie einen halb verbrannten Ausweis vom Jugendzentrum mit seinem Foto auf den Namen Ibrahim Mohamed. Bis auf seine Festnahme war der Fall damit gelöst.

»Und das willst du morgen veröffentlichen?«, fragte ich.

»Das ist alles, was ich habe. Das Einzige. Ich halte mich an die Polizeiversion, weil mir niemand eine andere angeboten hat«, sagte sie zu ihrer Verteidigung, aber überzeugt von ihren Argumenten. »Hast du Fakten, die die Story ändern könnten?«

»Ich habe keine Fakten. Nur dass Ahmid in jener Nacht hier war und auf demselben Sessel gesessen hat, wo du jetzt sitzt. Er ist nicht weggegangen.«

»Dann musst du eine Aussage machen und ihn damit entlasten.«

Das war leicht gesagt. Wenn ich zur Polizei ging und über Ahmid aussagte, müsste ich zu vieles erklären, ich müsste das mit den Chinesen erzählen, von den Unterlagen, von Matador … Ich hätte so viel zu erzählen, dass ich monatelang nicht aus dem Gericht herauskäme. Und ich wäre gezwungen, Fonseca mit hineinzuziehen. Allein der Gedanke daran war unerträglich.

»Ahmid ist in Sicherheit. Er müsste schon zu Hause sein. Und wenn nicht, in der Nähe. Und niemand kennt Ahmids richtigen Namen, anhand dessen man ihn suchen könnte. Wir müssen jetzt nichts überstürzen. Soll ich eine Mayonnaise machen?«

Ich wollte sie mit meinen Kochkünsten beeindrucken. Denn so was kann nicht jeder. Das kommt aus meiner

Familie: Mein Vater lernte sich einen Kaffee zu kochen, als er schon über siebzig war. Und er war so stolz darauf, dass er es immer ›einen Kaffee brühen‹ nannte.

»Mach das«, erwiderte Almudena eher wenig erstaunt über meine Fähigkeiten. »Aber mach noch was. Erzähl mir was über Ahmids Papiere. Diese Dokumente müssen der Auslöser von allem sein. Fonseca denkt genau wie ich.«

»Umgekehrt, du denkst wie Fonseca. Und ich denke nicht daran, mich von dir wegen dieser Unterlagen verrückt machen zu lassen. Fall abgeschlossen. Was haben die Papiere damit zu tun, dass jemandem eingefallen ist, Ahmid die Morde anzuhängen?«

»Das weißt du ganz genau, Gálvez«, sagte sie in professionellem Tonfall. »Wenn Spitzel dahinter stecken, könnten es dieselben sein, die Ahmid und dich angegriffen haben. Kann sein, dass die Chinesen ihm das anhängen wollen und so die Aufmerksamkeit der Polizei von der Mafia ablenken.«

»Und wer hat dir das mit den Chinesen erzählt?«

Ich kannte die Antwort schon. Manuel Fonseca hatte sie mit seinen Theorien eingewickelt, und er hatte gesungen. Auf die Information, die ich ihm gegeben hatte, hatte er bestimmt noch ordentlich was draufgesetzt: Rosen verkaufende Chinesen, Leichen, die häppchenweise als Chop-suey in ihren Restaurants gegessen wurden, und tausende Arbeitersklaven in geheimen Werkstätten, wo sie Laternen mit Troddeln oder Weinheber mit eingebauten Regenschirmchen herstellten. Ich bezweifelte nicht, dass viele Gerüchte, die über mafiös organisierte Chinesen kursierten, ein Fünkchen Wahrheit enthielten, aber ich mochte meine Aufmerksamkeit nicht vom Hauptproblem ablenken. Vor allem wollte ich nicht, dass Almudena die Nase in meine Angelegenheiten steckte.

Doch an diesem Abend hatte ich ihr selbst den Zutritt erlaubt. Die Frage lautete also: War es möglich, Almudena Informationen zu entlocken, ohne dass ich selbst welche preisgab? Die Antwort war ein klares Nein. Wie auch immer, ich wollte den Augenblick des Austauschs noch hinauszögern. Es bestand die Möglichkeit, dass meine Nachforschungen über Matador eine einfachere Lösung aufzeigten als das Gerüst, das sich Minute für Minute um mich herum aufbaute.

Ich reichte ihr das Glas. Ihre Antwort auf meine letzte Frage ließ auf sich warten, und wir stießen an, um die Konversation weiter in freundlichen Bahnen verlaufen zu lassen. Almudena trank einen Schluck, kostete den eisgekühlten Gin und hob ihr Glas. Wir stießen wieder an, und sie trank es in einem Zug leer. Ich nahm einen dezenten Schluck, aber ihr herausfordernder Blick nötigte mich, das Glas fast so schnell wie sie auszutrinken. Der Gin floss brennend meine Speiseröhre hinunter und landete mit der Wucht einer Boeing 747 in meinem Magen.

»Prost«, rief die junge Frau, die sich in eine Art Cruella De Vil mit glänzenden grünen Augen und weißem, nahezu perfektem Gebiss verwandelt hatte, etwas unnatürlich vorgebeugt, was selbstverständlich provokativ wirkte.

»Prost«, erwiderte ich und es gelang mir mit großem Kraftaufwand, ein protestierendes Glucksen meines Verdauungsapparats zu unterdrücken.

Erwartungsvoll hielt sie ihr Glas hoch. Ich begriff: Sie wollte noch einen. Da sie mich derart auf Trab hielt, wollte ich ihr das Zubereiten der Mayonnaise aufhalsen, aber sie lehnte mit einer Handbewegung ab und zerstörte meine Pläne.

»Führ mich in Madrids beste Cocktailbar.«

Ich überspielte meine Verletztheit über ihre Ablehnung

eines weiteren Martini, stopfte schnell sämtliche Lebensmittel in den Kühlschrank und schob sie die Treppe hinunter. Zwanzig Minuten später waren wir im *Balmoral.* Wir hatten auf dem ganzen Weg kein Wort gewechselt. In meinem Fall aus Verwirrung, denn ich wusste nicht, wohin das alles führen sollte; in ihrem bestimmt, weil sie irgendeine perverse Idee ausbrütete.

Das *Balmoral* war eines dieser Klassiker, in dem die Zeit stehen geblieben zu sein schien. Das lag nicht nur an den Vorhängen oder den Köpfen von wilden Tieren an den Wänden oder an den kitschigen Bildern, die an behagliche schottische Szenen vor dem Kamin mit einem Herrn in kariertem Faltenrock denken ließen, sondern am Publikum, das dort verkehrte: eine Mischung von verlotterten Mittelschichttypen aus einem der ältesten Madrider Stadtviertel, Salamanca, und dem einen oder anderen Rocker, der sich auf Empfehlungen eingefleischter Kenner der Madrider Movida der Achtzigerjahre hierher verirrt hatte. Dazu kam, dass hier wirklich gute Cocktails gemixt wurden. Ich musste Almudena schließlich beweisen, dass ich wusste, was sie wollte.

Wir schwiegen, bis der Kellner uns die Cocktails serviert hatte. Almudena kostete wieder vor und hob dann ihr Glas. Ich tat es ihr gleich, womit ich eine Komplizenschaft signalisieren wollte, die eigentlich noch auf recht wackligen Füßen stand. Als sie mir zuprostete, schien einen Moment lang ein durchsichtiger Schleier über ihrem Blick zu liegen. Ich wollte ihr zuvorkommen, aber sie war schneller, beugte sich vor und küsste mich auf den Mund. Das verschlug mir die Sprache. Sie löste sich von meinen Lippen und ihr Blick glänzte wieder intensiv. Trotz meiner Verwirrung über Almudenas Verhalten wollte ich etwas sagen, aber sie legte mir ihren Zeigefinger auf den Mund und sagte dann »Prost«. Sie nahm einen Schluck, hielt das Glas in der einen Hand und spielte mit der anderen an dem Spieß mit der Olive. Sie hatte die Situation im Griff.

»Warum glaubst du, es sei irrelevant, ob die chinesische Mafia ihre Finger im Spiel hat?«

Almudena schien mich wahnsinnig machen zu wollen. Nachdem sie meine Aufmerksamkeit durch den flüchtigen Kuss und den strahlenden Glanz ihrer Augen abgelenkt hatte, versetzte sie mich nun schlagartig in die Realität zurück und nahm mir damit jede Möglichkeit zum Weitermachen.

Ich atmete tief durch und unterdrückte meinen Ärger, auch wenn meine Erregtheit durchscheinen musste, als ich antwortete: »Hör zu, Almudena, man muss kein Mafia-Experte sein, um zu begreifen, dass eine Organisation, die hinter mir oder den Unterlagen her ist, andere Möglichkeiten hätte, mich aus dem Weg zu räumen oder mir den Schädel einzuschlagen. Glaubst du, die Mafia schickt drei Typen mit Klappmessern und Bleirohren, um die Angelegenheit auf diese Weise zu lösen? Hast du noch nie einen Roman über sie gelesen oder einen Film zum Thema gesehen? Ahmid ist fähig, eine Gemeinde in den Krieg zu führen, er schafft es ganz allein, solch einen Aufstand zu provozieren. Die Unterlagen, die er mir verkaufen will, haben nichts mit der Straßenschlacht in Lavapiés zu tun.«

»Und die verbrannten Kinder?«, insistierte sie.

»Die verbrannten Kinder sind ein Wahnsinn, das geht auf das Konto der Typen vom Drogenhandel. In diesen Kreisen lassen die einen schon für zehntausend Peseten hopsgehen. Hunger, mangelnde Ausbildung, Ausgrenzung …«

»Die Gesellschaft, eh?«, sagte sie so ironisch, dass es fast beleidigend klang.

»Ja, die Gesellschaft«, versuchte ich die Diskussion zu beenden, verärgert über mich selbst und über Almudena wegen des soziologischen Vortrags, der bei Erwähnung der toten Kinder unvermittelt aus mir herausgebrochen war.

Sie schüttelte den Kopf und trank einen Schluck von ihrem Cocktail. In dem Wissen, dass sie nach einem Schluck Gin zu allem fähig war, wartete ich darauf, was als Nächstes kommen würde. Ich wusste nicht, ob sie mich jetzt küssen oder mir ihrerseits einen Vortrag halten wollte. Und weil ich es nicht wusste und mich zu entspannen versuchte, täuschte ich übertriebenes Interesse an der Kneipenklientel vor, die immer mehr abnahm.

Sie bat mit einer Handbewegung, die eine Art Unterschrift in die Luft malte, um die Rechnung. Wir tranken unsere Cocktails aus und ich ließ mich zum nächsten Ort führen, ein kubanisches Restaurant namens *Centro Cubano* zwei Querstraßen weiter, in der Calle Claudio Coello, in dem der Bodensatz des karibischen Exils verkehrte. Almudena machte mir die Entscheidungsfindung leicht und bestellte zwei Daiquiris und einen Tisch. Das Lokal war brechend voll, und eine Gruppe Tunos spielte populäre anspielungsreiche Weisen. Ich spürte, dass meine Aufnahmefähigkeit für exotische Kultur überschritten war, und versuchte zum ersten Mal an diesem Abend, Almudena zum Gehen zu überreden. Sie lachte, amüsiert über meine Genervtheit, und hob wieder ihr Glas. Diesmal war ich es, der seinen Mund dem ihren näherte und ihr einen flüchtigen, unverbindlichen Kuss aufdrückte. Wir standen am Tresen und Almudena bewegte sich zum Rhythmus von *Clavelitos*, im Begriff, mir den letzten Nerv zu rauben. Ich betrachtete verärgert das Schauspiel und weigerte mich hartnäckig, auch nur ansatzweise Tanzbewegungen zu machen. Der Alkohol hatte eine verheerende Wirkung auf meine Gefühle. In mir stieg eine Welle der Aggression auf, die sich gegen die Gruppe lächerlicher Clowns richtete, die als Studenten aus dem 16. Jahrhundert verkleidet waren, besonders auf einen, der die Schellentrommel spielte und athletische Sprünge hinlegte, wobei er das Instrument an seine Schuhsohlen schlug. Er spürte meine Verachtung für seine Kunst und warf mir vernichtende Blicke zu.

Der Oberkellner kam gerade rechtzeitig und verhinderte damit eine Tragödie. Er führte uns an einen Tisch auf der anderen Seite des Lokals. Ich traute meinen Augen nicht: Über dem Tisch hing ein Porträt von Franco. Das war wirklich nicht meine Nacht. Aber wenigstens hatten wir die Tuna abgeschüttelt, was mir half, mich ein wenig zu entspannen. Almudena bestellte für uns beide kubanischen Reis mit gebackenen Bananen und Wein von wer weiß woher. Als der Kellner verschwunden war, sah sie mich zärtlich an.

»Wie komisch du bist, dich wegen so was aufzuregen. Du wirkst wie aus einem anderen Jahrhundert.«

Wieder bewies ich Selbstbeherrschung. Ich beging an diesem Ort kein schreckliches Verbrechen, das die Psychologen nicht hätten einordnen können. Wie konnte sich jemand erlauben, einen Mord beispielsweise als kulturpolitisches Verbrechen einzustufen? Aber Almudena lachte wieder so offen und heiter, dass sie mich aus meiner schlechten Laune herausholte. Ich nahm ihre Hände und sagte, ohne nachzudenken: »Ich möchte dich noch einmal küssen.«

Sie sah mich durchdringend an, was mich vermuten ließ, sie sei einverstanden, aber plötzlich änderte sich ihr

Gesichtsausdruck. Erschrocken sah sie über mich hinweg. Das fand ich angesichts meiner bescheidenen Bitte etwas übertrieben, aber gleich darauf begriff ich. Hinter mir erklang eine fröhliche Stimme.

»He, lasst auch was springen, ist für eine gute Sache, die Sache der Dreisten.«

Der Klang der Schellentrommel verkündete das Schlimmste, was auch in Sekundenbruchteilen geschah. Da stand der Springinsfeld mit seinem dicken Bauch und seinem Vollbart, die Beine in einer lächerlichen Strumpfhose, eine Halskrause um den nicht vorhandenen Hals, und lachte mich unverhohlen frech an. Er schwang die Trommel wie zu einem Befehl.

Almudena ließ im Drehbuch sichtlich nach. Stumm wartete sie auf eine Reaktion. Auch ich schwieg einen Augenblick. Der Windhund nutzte das aus, er fühlte sich mächtig. Er schüttelte die Trommel, in der schon ein paar Scheine steckten, und wandte sich an meine Begleiterin: »Sag deinem Freund, er soll was flüssig machen, uns von der Tuna ist es wurscht, ob den Leuten unsere Musik gefällt oder nicht.«

Ich glaube nicht, dass es mir gefallen hätte, auf Video anzusehen, was danach geschah. In meinem Gehirn ist die Sequenz wirr. In Bruchteilen von Sekunden, die mir wie Stunden vorkamen, riss ich das Francoporträt von der Wand und knallte es ihm auf den Kopf. Jemand schrie auf, der Tisch fiel um, ich bekam ein paar Schläge ins Gesicht und traf selbst ein paar harte Gegenstände. Dann wurde ich hochgehievt und landete auf der Straße, ohne einen Fuß auf die Stufen gesetzt zu haben. Almudena kam hinterhergelaufen, wenn auch etwas eleganter, sie hatte man ihre Extremitäten benutzen lassen. Noch spürte ich keinen Schmerz.

Almudena bückte sich und untersuchte mich. Ich bedeutete ihr, dass ich noch lebte, was sie mit einem um Verzeihung heischenden Schulterzucken beantwortete. Dann lächte sie wieder ansteckend auf, beugte sich über mich und küsste mich, diesmal lange, und fragte: »War es das, was du wolltest?«

»Was ich wirklich will? Mit dir schlafen«, improvisierte ich.

»Nur zu, das ist deine Nacht, Gálvez«, sagte sie und half meinem malträtierten Skelett beim Aufstehen.

X

Radfahrer und Schwule

Carmen Saladrigas hatte eine sorgfältige Erziehung genossen, denn sie zeigte keinerlei Regung, als sie an jenem Morgen einen Typen mit leuchtendem Veilchen im Gesicht begrüßte. Auch sie weckte bei mir nur mäßige Neugier. Sie war zierlich, hatte dunkles Haar und braune Augen, die das einzig Reizvolle an ihr waren. Sie wirkte so nervös wie ein Eichhörnchen und spielte ohne Unterlass mit irgendetwas, vom Kugelschreiber bis zum Telefon. Das hätte jeden verrückt gemacht. Ganz besonders um acht Uhr morgens.

Ich fühlte mich fast wie ein Held, weil ich trotz des bitteren Zigarettengeschmacks im Mund, meines Katers und der harten körperlichen Herausforderung, die Bedürfnisse einer zwanzig Jahre jüngeren Frau zu befriedigen, die das Geheimnis der Madrider Cocktails kennen lernen wollte, meinen inneren Schweinehund überwunden hatte. Ich war in der Tat ein Überlebenskünstler, das war ich schon immer gewesen.

Wir tauschten nur knappe Höflichkeitsfloskeln aus. Carmen Saladrigas stellte eine Uhr zwischen uns auf den Tisch, die acht Uhr und zwei Minuten anzeigte, und deutete auf den unteren Strich, bei dem die halbe Stunde um sein würde. Mir blieben achtundzwanzig Minuten für das Interview. Um den Schein zu wahren, stellte ich das Diktafon an und fragte sie nach den Geschäftsbeziehungen dieser Art von Unternehmen.

»Was für Leute sucht eine Firma wie Matador auf dem

Arbeitsmarkt?« Es hätte keine konventionellere Frage sein können, und das schien meine Gesprächspartnerin zu freuen.

»Wir suchen junge Leute, Leute, die im Internet surfen, die die Sprache der neuen Medien beherrschen, die sich mit anderen jungen Leuten verständigen können. Leute, die nie müde werden, die vor viel Arbeit nicht zurückschrecken ...«

»Die zwölf oder vierzehn Stunden täglich arbeiten«, unterbrach ich sie.

»Wenn es sein muss, selbstverständlich. Wir befinden uns auf einem Weltmarkt und der Markt schläft nicht. Sieben-Stunden-Tag und Schichtarbeit sind nicht vereinbar mit einem geschmeidigen, flexiblen System, das den Weltmarkt verändert und das alte vertraute System auf den Kopf gestellt hat.«

»Und wie lässt sich diese Vision mit der Gewerkschaft verbinden? Sie haben Kontakt zu Gewerkschaft und Arbeiterverbänden aufgenommen, um Angestellte zu finden.«

»Weil wir keine Sklavenhalter sind. Das Unternehmen hat sich eben erst in Spanien niedergelassen und wir wollen zeigen, dass wir hier niemanden ausbeuten wollen. Und wir hoffen, dass die Gewerkschaft im Gegenzug Rückgrat zeigt und genügend Energie aufbringt, um sich den neuen Bedingungen zu stellen. Es ist eine Chance für sie. Wenn sie sich nicht anpassen, werden die Gewerkschaften in der Mediengesellschaft nicht überleben.«

Ich bewunderte ihr sicheres Auftreten. Sie war fest überzeugt von dem, was sie sagte, oder zumindest tat sie so. Sie wirkte weder zynisch noch dumm, sondern schlimmer noch, fanatisch. Obwohl es nicht meine Absicht gewesen war, konnte ich nicht anders als weiterzubohren.

»Aber so einfach ist das nicht. Sie müssen doch wissen, dass die Gewerkschaften ein so brutales Spiel nicht mitspielen können. Ihrer Firma ist bestimmt bekannt, dass sich die europäischen Gewerkschaften das Ziel der 35-Stunden-Woche gesetzt haben.«

»Das bleibt den Ministerien und den Industrieunternehmen überlassen. Ich weiß nicht, ob das in Zukunft durchzuhalten ist ... Aber wir wissen, dass in der New Economy die Konkurrenz groß ist und die Gehälter im Internet mit der Zeit um die Wette laufen. Hier weiß man sofort, wer den besseren Preis anbietet. Es reicht ein Knopfdruck ... Klick!«

Um sicherzugehen, dass ich das begriffen hatte, drückte sie mit dem rechten Zeigefinger einen imaginären Knopf, als hätte sie eine Maus statt eines Brillenetuis in der Hand. Aus dem Bedürfnis mitzuspielen und damit sie nicht glaubte, sie hätte einen elektronischen Analphabeten vor sich, wiederholte ich die Bewegung samt Laut.

»Klick!«

Aber das war ihr wohl zu vertraulich. Wahrscheinlich dachte sie, ich hätte mich über sie lustig gemacht, und legte das Brillenetui beiseite. Ich machte eine entschuldigende Handbewegung und sie erwiderte sie im Sinne von ›Was soll man da machen?‹. Ich musste die Panne wieder gutmachen und eine intelligente Frage stellen.

»Wäre es denn nicht einfacher, in anderen Ländern Billigarbeiter zu suchen? Zum Beispiel in Malaysia oder Kolumbien ...«

»Das wäre nicht sehr intelligent. Wir sind mit einer großen Herausforderung nach Spanien gekommen. Spanisch ist eine wichtige Weltsprache, aber im Internet ist sie noch kaum präsent. Gerade mal fünf Prozent der elektronischen Transaktionen werden auf Spanisch getätigt. Und zugleich haben wir einen riesigen Markt zu erschließen. Vierhundert Millionen Menschen sprechen Spanisch und in den Vereinigten Staaten sind die Spanischsprechenden die größte Minderheit. Deshalb mussten wir uns hier niederlassen, im Zentrum der spanischen Sprache. Aber das Land wird sich auch an die Marktbedürfnisse anpassen müssen ... Einen Kaffee?«

Das war ihr Terrain. Sie hatte ihre Lektion gut gelernt, alle meine Fragen hatten eine überzeugende, gut formulierte Antwort erhalten. Sie entspannte sich. Das war der Augenblick, um zum Kern vorzudringen. Wenn eine Frau in ihrer Position einen Kaffee anbot, bedeutete das nachlassende Vorsicht. Für mich hieß es jetzt, trotz des anhaltenden Katers den Grips anzustrengen. Ich nahm mit breitem Lächeln an, und sie war so freundlich, zur Tür zu gehen und ihre Sekretärin um zwei Tassen Kaffee zu bitten. Ich atmete tief durch und warf mich in den Abgrund.

»Verzeihen Sie die Frage, ich habe Ihren Folder gelesen, verstehe aber nicht ganz, was Sie verkaufen ... ich meine, womit Sie Geld verdienen wollen.«

Ihr Gesicht wurde so ernst und überlegen wie das eines Familienvaters, der Familientraditionen zu verteidigen hat. Sie holte aus einer Schreibtischschublade ein paar Jonglierbälle und begann sie hochzuwerfen, während sie sich daranmachte, die vermutlich zahme Beute zu erlegen, als die ich ihr erscheinen musste.

»In knapp einem halben Jahr werden wir die wichtigste Plattform auf Spanisch sein, um im Internet Geschäfte zu machen. Ich werde Ihnen etwas verraten, Señor Gálvez: Just heute Morgen werden zwei ungeheuer wichtige Verträge unterzeichnet. Heute kauft Matador die *Lokalseiten*, die drittgrößte spanische Telefonbuchgesellschaft, und dazu die spanischsprachige Suchmaschine *Che*, die in

Argentinien entwickelt wurde. Mit unserer Leistungsfähigkeit und diesen Segmenten, denen in den kommenden Wochen noch ein paar folgen werden, gehen wir gleichzeitig mit unserer Mutterfirma an die Börse, damit werden wir bestimmt das erste Unternehmen auf diesem Sektor in Asien sein. Von da aus machen wir den Sprung in die Welt. Und wissen Sie was? Wir werden vom ersten Tag an Geld verdienen. Die Zeiten der Bluffs sind vorbei. Wir sind solide, Señor Gálvez. Noch was?«

Während ihrer Ausführungen waren die Bälle die ganze Zeit über hoch und runter und von Hand zu Hand geflogen. Als sie Gálvez sagte, fing sie den letzten auf und legte sie wieder in die Schublade, was ich so verstand, als hielte sie unser Gespräch für beendet. Ich zeigte auf die Uhr, die bezeugte, dass ich noch ein paar Minuten hatte. Das Eintreffen des Kaffees verschaffte mir einen kleinen Aufschub.

»Aber Sie wollten doch schon in ein paar Wochen an die Börse ...«

»Na ja, das ist normal. *Iberia* hat ihren Börsengang auch drei Mal verschoben. Und Sie wollen mir doch nicht sagen, dass Ihnen *Iberia* nicht solide oder glaubwürdig erscheint.«

»Und die Geschichte mit Señor Masushita in Japan, war das nicht problematisch für Sie? Ich habe gelesen, dass er Beziehungen zur Yakuza hatte, und so was sieht ein so sensibles Publikum wie das der Börse nicht gern ...«

Sie sah mich so hasserfüllt an wie ein Samurai aus Akira Kurosawas Filmen. Dann stellte sie das Diktafon ab, das ein beschwörendes ›Klick‹ verlauten ließ.

»Da schreibt noch ein anderer Redakteur von Ihrem Blatt über uns. Und er hat schon erschöpfende Antworten auf diese Fragen erhalten. Sehr klare Antworten, denen in der kommenden Woche in unserem Mutterhaus in Osaka noch mehr folgen werden. Wir würden es nicht gerne sehen, wenn Sie das Thema in Ihrem Artikel erwähnen, und die Vertriebsabteilung Ihrer Zeitung noch viel weniger. Außerdem verstehe ich nicht, was diese Frage mit Geschäftsverbindungen zu tun hat. Guten Tag, Señor Gálvez.«

Das war's. Ich nahm mein Aufnahmegerät und drehte mich um. Wir gaben uns zum Abschied nicht einmal die Hand. Ich hatte ins Schwarze getroffen. Darum ging es also. Aber solange ich nichts Stichhaltiges fand, das Matadors Probleme erklärte, konnte ich nichts tun. Ein Boulevardblatt hätte mit dem, was ich zusammengetragen hatte, schon genügend Material, um der Firma zu schaden. Aber das reizte weder mich noch meine Zeitung. Warum sollte ich ihnen willkürlich Schaden zufügen? Und dem Unternehmen womöglich ordentlich Publicity verschaffen? Mit einem mulmigen Gefühl verließ ich Carmen Saladrigas Büro. Nicht nur, weil solche Spannungen immer unangenehm sind, sondern auch wegen ihres drohenden Untertons und ihrer Anspielung auf die Reise eines meiner Kollegen nach Osaka. Niemand in der Redaktion hatte etwas davon erwähnt, und der interne Betriebskodex verbot es, Einladungen von Unternehmen anzunehmen. Ich sagte mir, dass ich das sofort klären sollte, und fuhr in die Redaktion. In der Metro beschäftigte mich der Gedanke, ob womöglich Miguel Díaz, der mir eigentlich als guter Typ erschien, diese regelwidrige Einladung von Matador angenommen hatte.

Ich ging direkt zu ihm. Er hatte die Ärmel hochgekrempelt und schrieb wie ein Stenotypist, ohne auf die Tasten zu sehen. Bevor er aufsah, schrieb er seinen Satz fertig.

»Miguel, ich war bei Matador, um einen Artikel über deren Geschäftsverbindungen zu schreiben. Carmen Saladrigas hat mir erzählt, dass du nächste Woche nach Osaka fliegst.«

»Nach Osaka, ich? Schön wär's. Ich hab das mit Matador beiseite gelegt. Die gehen erst in ein paar Monaten an die Börse, wenn sie es denn schaffen, nach dieser Metzelei in der New Yorker Nasdaq. Das wirkt sich sofort hier aus, wie man deinem Gesicht entnehmen kann ...«, sagte er und zeigte unverhohlen auf das Veilchen, das mir der Tunaspieler zur Erinnerung hinterlassen hatte.

»Aber irgendwer aus der Redaktion ist nach Osaka eingeladen, das behauptet zumindest Saladrigas«, bohrte ich weiter, um ihn von meinem Gesichtsschmuck abzulenken.

»Würde mich wundern, aber ich werd's herausfinden. Diese Tusse ist unerträglich, aber sie wirkt nicht wie eine Wichtigtuerin. Du willst nicht selbst herumfragen, oder? Ich tu dir den Gefallen, wenn du mir ein Synonym für Gelegenheitskauf nennst.«

»Schnäppchen.«

Díaz besaß Intuition. Er wusste, dass ich mich bei diesen Fatzkes von Chefs in unserer Zeitung keiner großen Popularität erfreute und dass meine Fragen nicht erwünscht waren. Ich dankte ihm für sein Angebot und ließ ihn mit seinem Artikel und seiner bleiernen Prosa allein. Flüssige Schreibe war nicht gerade Díaz' Stärke, was ihm eine glänzende Zukunft als Korrektor anderer versprach.

Ich brauchte noch einmal Socorros Hilfe. Der effizienten Archivarin musste das mit dem von Matador aufgekauften Telefonbuchunternehmen und der argentinischen Suchmaschine entgangen sein. Ich war so auf das Problem konzentriert, dass ich sie nicht mal zu einem Kaffee einlud, und sie fertigte mich mit dem vagen Versprechen ab, mir die Infos zukommen zu lassen, sobald sie sie hätte. Ich musste über meinen Schatten springen.

»Socorro, Schätzchen, du bist die beste Archivarin, die ich kenne. In meinen langen Nächten der Schlaflosigkeit und der wollüstigen Träume gibt es keine, die mir bessere Informationen beschafft.«

»Soll heißen, deine Wichserei bei der Vorstellung meiner Informationen über kleine und mittelständische Firmen bringt dich um den Verstand«, erwiderte sie mit ihrem vertrauten Händchen für die gröbste Vulgarität.

»Na ja, so ausgedrückt …«

Es war nicht der Moment, um Socorro mit Ironie zu kommen. Nicht einmal mit der liebevollen Ironie eines Freundes. Mir blieb die Hoffnung, dass es ihr Herz erweichen würde, wenn sie mich nicht sah.

Als ich zu meinem Arbeitsplatz zurückkehrte, herrschte dort große Aufregung. Mehrere Kollegen mit Martínez an der Spitze kommentierten gnadenlos einen Strauß roter Rosen, der mitten auf meinem Schreibtisch thronte. Martínez eröffnete das Feuer, als er sah, dass ich das Objekt der Aufmerksamkeit entdeckt hatte.

»Du feierst also auch den Gay-Pride-Day … Ich sehe zum ersten Mal, dass ein Kerl Blumen geschenkt bekommt.«

»Ne, Mensch, die Radfahrer auch«, gab ich schlagfertig zurück.

»Dann bist du also Radfahrer, Gálvez?«, konterte Martínez sofort und erntete damit verhaltenes Lachen.

»Ich gedenke nicht, mich jemals gegen die Beschuldigung, Radfahrer oder schwul zu sein, zu verteidigen, Josep.«

Eine Antwort, auf die man stolz sein konnte. Er hatte sie mir auf dem Tablett serviert. Das einzig Störende an diesem glänzenden Einfall war Martínez selbst. Ich hatte seinen Sticheleien ein Ende gesetzt und das würde mich teuer zu stehen kommen.

Aber er konnte einfach nicht den Mund halten. »Beides ist ziemlich schlecht für die Prostata. Und wer weiß, wer dich so zugerichtet hat. Kennst du einen Club mit Namen *Phalos*? Ist in Chueca, dem modernsten und außergewöhnlichsten Viertel Madrids.«

Und wieder hatte er die Lacher auf seiner Seite. Ich wollte nichts darauf erwidern, gönnte ihm einfach diesen erbärmlichen Sieg. Als der Chor sich schon auflöste, tauchte Almudena in meinem Blickfeld auf. In ihren Augen schimmerte ein Funke von Zärtlichkeit.

»Hat mir gefallen, was du über die Schwulen gesagt hast«, und sie senkte die Stimme: »Kriegst du häufiger Blumen?«

Ich suchte in dem Plastikpapier, fand aber keinen Hinweis auf den Absender. Nur einen roten Lippenabdruck auf einem Kärtchen in einem kleinen Umschlag. Ich ließ Almudena die geheimnisvolle Botschaft nicht sehen und steckte sie in die Hosentasche.

»Von wem ist er denn?«, hakte sie nach.

»Von meiner Exfrau«, log ich und verhielt mich wie ein kleiner Junge, der bei einem Streich ertappt worden war. Ich hatte keine Ahnung, von wem der Rosenstrauß sein konnte. »Wenn sie was von mir will, kommt sie auf solche Ideen. Und sie weiß, dass ich dann in der Redaktion ausgelacht werde, das findet sie sehr witzig. Wir haben eine sehr außergewöhnliche Beziehung zueinander, das weißt du ja ... Die vielen Jahre der Komplizenschaft und der Streitereien ...«

Mein dämliches Geschwätz war eines Pubertierenden würdig. Es dauerte genauso lange, bis ich begriff, von wem die Rosen waren, wie Almudena brauchte, sich umzudrehen und mich mitten im Wort stehen zu lassen. Ich konnte ihr nicht hinterherrufen, auch nicht hinter ihr herlaufen, denn ich stand mitten in einer Redaktion wie dieser, voller Trittbrettfahrer, die bereit waren, mir die Haut abzuziehen, wenn ich ihnen nur den kleinsten Anlass bot. So wahrte ich bei Almudenas beleidigtem Abgang die Haltung eines Don Tankred, dem das Publikum zum Glück schon den Rücken zugekehrt hatte.

Nicht das ganze Publikum. Josep Martínez beobachtete mich über seine Brillengläser hinweg, wobei er so tat, als läse er einen Text auf seinem Bildschirm. Aber er sagte kein Wort. Ich dankte es ihm, denn das war einer der Augenblicke, in dem es mir schnuppe gewesen wäre, wenn ich wegen Ausfälligkeiten gegenüber einem Vorgesetzten meinen Job verloren hätte. Eigentlich sollte ich ihm doppelt dankbar sein, bei seinem Bizeps …

Was macht man mit einem Blumenstrauß mitten in der Redaktion? Die Antwort ist nicht einfach. Und ich habe sie immer noch nicht gefunden. Ich stand am Schreibtisch und versuchte meine nahe Zukunft zu planen. Schließlich setzte ich mich an den Bildschirm und tat ebenfalls so, als hätte ich was zu tun, war aber mit meinen Gedanken ganz woanders. Warum hatte ich auf Almudenas Frage nach den Blumen wie ein ertappter Ehemann reagiert? Wie konnte eine Frau, mit der ich nur einmal geschlafen hatte und die mir manchmal wie ein kleines Mädchen vorkam, mich derart verwirren? Mein Kopf war so benebelt gewesen, dass ich gar nicht auf die Idee gekommen war, die Rosen könnten von ihr sein. Und Maribel hatte mir noch nie Blumen geschickt.

In diesem Moment klingelte das Telefon: Maribel. Es war, als hätte ich ihre Gegenwart heraufbeschworen. Sie hatte ihre mütterliche Phase und fragte nach meiner Gesundheit. Und ich war in meiner rebellischen Phase gegen die Gene, die mich zu dem machten, was ich war.

»Maribel, warum hast du mir nie Blumen geschickt?«

»Hab ich einmal gemacht, du Spinner. Am 2. April 1985, und du dachtest, sie seien von einer anderen. Erinnerst du dich nicht? Das kam dich teuer zu stehen: Ich habe dich für eine Woche aus der Wohnung verbannt.«

Aha, immer wieder die alte Leier. Ich entschuldigte mich bei ihr und verschob unsere Verabredung zum makrobiotischen Abendessen. Ich erfand keine Ausrede. Ich sagte ihr einfach, dass wir das ein andermal machen würden. Ich war nicht in der Stimmung für ein gemeinsames Essen, bei dem ich womöglich ihren Reizen erliegen und ihr am Ende das mit Almudena erzählen würde. Nach drei Gläsern war sie im Stande, mir jedwede Information aus der Nase zu ziehen, die sie dann bei der erstbesten Gelegenheit gegen mich verwenden würde. Man musste nur an ihr gutes Gedächtnis für Augenblicke denken, in denen ich ins Fettnäpfchen getreten war, um sich ihre außergewöhnliche Fähigkeit zum Nachtragen vorstellen zu können.

Trotzdem verabschiedete sie sich mit den zärtlichen Worten: »Na schön, Julio, ruf mich an, wenn du Zeit und Lust hast. Dann sehen wir, ob auch ich Lust habe.«

Das zärtliche Element des Satzes war mein Vorname. Wie die vom Opus Dei, wenn sie dich überzeugen wollen.

Josep Martínez hatte das Simulieren aufgegeben und sah mich mit unverschämter Neugier an. Ich ignorierte ihn und starrte wieder auf meinen Bildschirm. Aber die Anspielung auf die Prostata der Radfahrer und Schwulen hatte seine niederen Instinkte noch nicht befriedigt.

»Gálvez ist ein erstaunlicher Mann. Trotz seiner intensiven und zahlreichen Beziehungen zu Frauen schafft er es noch, hin und wieder zu arbeiten, auch wenn es ihm schwer fallen dürfte, sein verhunztes Gesicht im Spiegel zu sehen.«

Ich sprang darauf nicht an, denn ich hatte nicht genug Martinis ohne Martini intus. Und wieder klingelte das Telefon. Es war Socorro, die inzwischen bessere Laune hatte und mir den Inhalt des erbetenen Berichts verkündete.

»Julio«, zweimal so kurz hintereinander mit meinem Vornamen angeredet zu werden, rührte mich fast. »Die Firma, die deine Augen aufleuchten lässt, die *Lokalseiten,* wurde vor zwei Jahren gegründet, um den beiden Marktführern, den *Gelben Seiten* der Telefonica und dem *QDQ,* Konkurrenz zu machen. Sie ist hundertprozentiges Eigentum einer Firma in Malaysia, auch wenn du das absurd findest. Sie brüsten sich damit, eine rasche Marktakzeptanz erlangt zu haben und über ein großes Verteilernetz zu verfügen. Ich schick dir jetzt die Zahlen und ein paar Fotokopien mit der Firmenpräsentation. Im Internet findest du noch mehr über sie. Wärst du einer von der neuen Reportergeneration, hättest du da angesetzt.«

Meine Großzügigkeit schien an diesem Tag grenzenlos zu sein. Ich verzieh ihr das mit der neuen Generation, was klang, als wäre ich Mitglied des *Partido Popular.* Das mit den *Lokalseiten* war tatsächlich absurd. Ich hörte zum ersten Mal, dass sich ein malaysisches Unternehmen in Spanien niedergelassen hatte, und das auf einem Sektor, der in seinem Ursprungsland kaum entwickelt sein dürfte. Alles, was mit Matador in Verbindung stand, hatte einen exotischen Hauch, der mein Vorstellungsvermögen überschritt. Ich tippte die Adresse in den Computer und vertiefte mich in die Website.

Das Internet kann nicht genug gerühmt werden. Es schließt Dämlichkeit und Durchschaubarkeit ein. Man kann dasselbe wie mit jedem anderen Medium machen, aber viel schneller. Im Falle der *lokalseiten.com* hatten die Marketingleute es geschafft, auf einem Haufen Seiten nichts zu sagen. Einer, in diesem Fall ich, konnte stundenlang in dem komplexen Aufbau der Seiten herumsurfen und sich in ihnen verirren, ohne etwas Substanzielles zu finden. Geschwafel über Geschwafel, das eine Menge unendlicher Möglichkeiten bot. Nur aus der Firmenpräsentation konnte man etwas herausfiltern: Sie verfügte über ein Geschäftskapital von achttausend Millionen Peseten oder, was dasselbe ist, fast fünfzig Millionen Euro und fünfzig aktive Beschäftigte. Auf einen Ahnungslosen wie mich wirkte die Zahl der Angestellten im Verhältnis zum Firmenkapital eher gering, wenn das Unternehmen mit den anderen beiden Monstern konkurrieren wollte. Die Mitarbeiterzahl könnte vielleicht den Chef eines Kurzwarengeschäfts beeindrucken, rechtfertigte aber kein großes Feuerwerk.

Dennoch gab es etwas, das meine Aufmerksamkeit erregte. Auf der Presseseite fand ich ein paar Artikel, die alle von derselben Person unterzeichnet waren, einem Kollegen mit Vorgeschichte, Javier Paramio, von dem es hieß, er hätte vor ein paar Jahren ein Vermögen gemacht, als er auf Mallorca in eine Reihe von Betrügereien bei *Inserso* verwickelt war, einem Service der Staatlichen Krankenkasse, um Pensionären einen Sommerurlaub zu ermöglichen. Seine Glaubwürdigkeit in der Wirtschaftspresse stand außer Zweifel: Jeder Artikel von ihm hatte hintergründig mit öffentlichen Interessen oder Veruntreuung zu tun. Es hieß, Javier Paramio besäße ein beträchtliches Vermögen in Luxemburg, Frucht seines Mallorca-Abenteuers. Er war sehr geschickt darin, Kontakte mit den zweifelhaftesten Interessenten zu knüpfen, aber es gelang ihm immer, für ein einigermaßen seriöses Blatt zu schreiben. Zwischen der Anspruchslosigkeit seiner Artikel und seinem angeblichen Vermögen bestand ein unübersehbarer Widerspruch. Warum machte jemand, der gewaltige Geldmittel besaß, eine Arbeit, die einem skrupellosen Anfänger angemessen wäre? In der Branche kannte man den Grund: Er besaß eine PR-Agentur, die Zugang zu den Medien hatte, solange nur die richtige Summe bezahlt wurde. Ein paar unvorsichtige Unternehmer waren ihm schon ins Netz gegangen, aber fast alle hatten auch ihre Gründe. Er war ein Journalist, der andere Journalisten zu kaufen wusste. Sein Name in den Informationen über *lokalseiten.com* konnte kein Zufall sein.

Ich hatte eine Eingebung. Ohne lange zu überlegen wählte ich die Nummer von Matador. Ich fragte nach Carmen Saladrigas und gab mich als Javier Paramio von der *JLB Comunicación* aus. Sogleich wurde ich zur Sekretärin meiner feindseligen Gesprächspartnerin vom Morgen weitervermittelt. Als ich meinen Namen wiederholte, hörte ich »Einen Moment, bitte«, und ein paar Sekunden darauf Carmen Saladrigas Stimme: »Was gibt's, Javier.«

Ich legte auf. Und war aufgeregt. Nach diesem Trick stieg mein Adrenalinpegel bis zu den Ohren. Was auch immer sich hinter Matador versteckte, es stank. Es war nicht meine Paranoia, und noch viel weniger Fonsecas Paranoia, dass es eine undurchsichtige Verbindung zwischen den Übergriffen und Matador gab. Aber wie dieses ganze Kuddelmuddel von Kinderdieben und organisierten Chinesen mit einem multinationalen Unternehmen in Verbindung bringen, dem viel ausgefeiltere Mittel zur

Verfügung standen? Besonders mit Geld im Überfluss. Damit konnte man alles erreichen. Mit gewalttätigen Kleindieben wenig.

Machte sich wieder einmal meine exzessive Gewissenhaftigkeit bemerkbar? Ich ging noch einmal zu Miguel Díaz. Er kämpfte wie üblich mit den Worten. Als er mich näher kommen sah, machte er mir ein Zeichen, ihn nicht zu unterbrechen. Seine Finger bewegten sich ungeduldig über die Tastatur, ohne sie zu berühren, und ich dachte, er schwitze wie ein Radfahrer, Assoziation meines Gehirns an diesen Morgen. Er fand nicht, was er suchte, und sah auf.

»Fällt dir ein Synonym für abweichende Finanzerträge ein?«, fragte er mich verunsichert.

»Mogelpackung.«

»Das ist zu plump.«

»Ich weiß. Aber wenn du mal in Ruhe darüber nachdenkst, ist das doch nichts weiter als eine Form der Steuerhinterziehung, also eine Mogelpackung. Wenn sie kleineren Umfangs ist, kann man es auch Diebstahl nennen. Und für die Pfaffen ist sie eine lässliche Sünde, die nur mit hundert Jahren Fegefeuer bestraft wird.«

»Gálvez«, antwortete er mir mürrisch, »ich arbeite. Ich muss diesen Artikel heute Morgen fertig schreiben. Was willst du?«

»Wissen, ob du herausgefunden hast, wer von uns nach Osaka fliegt.«

»Ach, das! Niemand. Aber in der Wochenendausgabe gibt es eine Sonderbeilage über Firmen mit Schwerpunkt Japan und den neuen Flughafen von Osaka, ein Monstrum, das jeder spanische Minister mit Vierjahresmandat gerne hätte. Das macht die Handelsredaktion. Und sonst nur Werbeartikel vom Handelsattaché der japanischen

Botschaft. Alles lupenrein, keine Vermengung von Information und Werbung, genau wie es der strikte Ethikkodex unseres Blattes verlangt.«

Er beendete seinen Wortschwall voller Heiterkeit. Ich musste lachen und beruhigte mich. Es gibt nichts Unhygienischeres, als einem Kollegen zu misstrauen.

»Ich muss dich noch um einen anderen Gefallen bitten, Miguel. Ich möchte wissen, wer das Material für die Wochenendbeilage beisteuert. Ich glaube nicht, dass der Handelsattaché im Stande ist, sieben Artikel über Japan zu schreiben.«

»In Ordnung. Aber sag mir ein Synonym für sehr schwierig.«

»Vertrackt.«

»Das ist zu verzwickt.«

»Das hast du gesagt.«

Ich ließ Díaz über seine Tastatur gebeugt zurück, er wiegte wie ein Elefant den Kopf hin und her. Ich bedauere Menschen, die, wie ich selbst so oft in meinem Leben, mit Finanzinformationen kämpfen und ihre Artikel so schreiben müssen, dass sie jemand liest, ohne dabei einzuschlafen. Bei dieser Arbeit muss man seinen privaten Wortschatz um unmögliche Vokabeln erweitern, die man dann auch im Alltagsleben anwendet, was zur Folge hat, dass man von anderen schief angesehen wird.

Mein geschäftiger Vormittag endete mit dem vergeblichen Versuch, etwas Wesentliches über die effiziente Schnellsuchmaschine *Che* herauszufinden. Deren Website enthielt keine Erklärung, nichts über das Unternehmen, das sie entwickelt hatte. Ich gab auf. Ich war es leid, durch die stürmischen Internetwasser zu surfen, und dachte, es sei viel praktischer, bei unserem Korrespondenten im Cono Sur anzuklopfen, Héctor Jorge Pejcovi,

Argentinier jugoslawischer Abstammung, und ihn darum zu bitten, Details über die Gesellschaft und ihre Firmengeschichte herauszufinden. Ich schickte ihm meine Bitte per E-Mail, um zu vermeiden, dass er mich verfluchte, wenn er zu dieser für ihn nächtlichen Stunde angerufen würde. War diese Suchmaschine in Lateinamerika wichtig, würde es ihm nicht schwer fallen, an Informationen zu kommen.

Ich stand umständlich auf, damit Martínez nicht auf den Gedanken kam, ich wolle mich vor meinen Aufgaben drücken. Mit einem Griff nach dem Blumenstrauß sah ich mich selbstsicher um und ging zur Tür, ohne eine Erklärung für das Verlassen meines Arbeitsplatzes abzugeben. Alles ging gut, bis ein bewundernder Pfiff ertönte, einer der Art, den Frauen auf der Straße ertragen müssen. Auch ohne mich umzusehen wusste ich, dass er aus Martínez' Mund gekommen war.

Bei einem letzten Rundblick stellte ich fest, dass sich Almudena nicht in der Redaktion aufhielt.

XI

Das Überqueren der Straße von Gibraltar

Was gab es zuerst, das französische Kino oder den Dienstagabend?

Wenn zu Hause alles ganz harmonisch ist, pflegen Paare unbewusst den Dienstagabend zu wählen, um ins Kino zu gehen und sich einen französischen Film anzusehen. Dann wird der französische Film ungerechterweise zum Auslöser von Meinungsverschiedenheiten, die die Scheidung einläuten. Geschiedene Frauen ersetzen den Ehemann gewöhnlich durch eine Freundin, um den ungesunden Brauch des Dienstagskinos weiterzuführen. Geschiedene Männer bleiben zu Hause, liegen auf dem Sofa und zappen sich durch ein Buch, das sie nie fertig lesen. Aber daran ist nicht das französische Kino schuld, sondern der Dienstagabend, denn das muss der Tag sein, an dem französische Regisseure die Ideen für ihre Filme haben.

Ich verbrachte jenen Dienstagabend auf dem Sofa, blätterte in einem Buch und rauchte eine nach der anderen, in der Hoffnung, dass Almudena auf meine zwanzig Nachrichten reagierte, die ich ihr hinterlassen hatte. Die Stunden verstrichen so langsam, dass mir durch den Kopf ging, ich wäre der geeignete Kandidat für *Big Brother*, den damaligen Fernsehhit. Gelegentlich döste ich ein, dann drehte ich Runden in dem winzigen Zimmer und prüfte, ob der Telefonhörer auch richtig aufgelegt war. In einem Anfall von Niedertracht ging ich sogar so weit, einen Absatz des Buches mehrmals zu lesen.

Erschöpft von der Tatenlosigkeit ging ich ins Bett, wo

ich mich weiter der Trägheit hingab. Noch hing Almudenas Wärme in der Bettwäsche, zumindest kam es mir so vor. Das und die Erinnerung an ihre Arme auf meiner Haut reichten aus, um mich kein Auge zutun zu lassen.

Ich weiß nicht, wie lange ich mich durch meine letzten Stunden zappte. Almudena, ihre Küsse, ihre Umarmungen, ihr Lächeln wiederholten sich wie eine Zwangsvorstellung, die jedes Mal mit ihrer verletzten Reaktion wegen meiner dämlichen Bemerkung über den Blumenstrauß endete.

Warum hatte dieses Mädchen eine so heftige Reaktion in mir ausgelöst? Unter anderen Umständen hätte mich die bloße Erwägung der Möglichkeit, mit einer so jungen Frau eine Beziehung einzugehen, zum Lachen gebracht. Ich sah in mir einen Berufenen, einen praktizierenden Vertreter der Sexualität mit Gleichaltrigen. Und ich brüstete mich damit, Frauen kennen zu lernen, die ihre Geschichte im Gesicht trugen. Ich redete mir ein, dass mir der Zwischenfall mit den Blumen vielleicht ganz gut getan hatte. Jetzt musste ich mich nicht mehr um Identitätsprobleme kümmern. Das Klingeln des Telefons erlöste mich von meinem Kummer. Aber ich ließ den Anrufbeantworter anspringen, bevor ich abnahm. Das Ergebnis war ermutigend.

»Hallo«, erklang eine Stimme mit starkem argentinischem Akzent. »Hier ist Héctor Jorge Pejcovic aus Buenos Aires …«

»Ich bin's, Gálvez. Du bist ja schnell, Junge«, ich witzelte, um unserem ersten Gespräch eine höfliche Note zu geben.

»Hör auf, meine Aussprache nachzuäffen«, stellte er klar, aber so freundlich, dass ich mich nicht beleidigt fühlte, und fuhr in bestem kastilischem Spanisch fort:

»Ich rufe dich an, weil deine Bitte mich ziemlich überrascht hat. Martínez hat drei Artikel von mir über *Che* abgelehnt. Hat sich etwa in der Redaktion die Politik geändert? Kann man jetzt über die Türken reden?«

»Welche Türken? Ich verstehe kein Wort.«

»Na ja, hier nennen wir die Syrer und Palästinenser, die vor Jahrzehnten hergekommen sind, Türken. Menem ist beispielsweise ein Türke. Sie haben ein paar Wirtschaftszweige in der Hand, besonders im Norden des Landes ...«

»Ehrlich gesagt«, ich wusste nicht warum, aber ich vertraute ihm, »weiß Martínez gar nichts von alledem. Ich will etwas über *Che* herausfinden, weil die in einer Recherche über eine japanische Firma aufgetaucht sind, Matador. Eines dieser Projekte, die immer drohen, an der Börse eine Revolution auszulösen. Ich habe erfahren, dass die *Che* gekauft haben.«

»Stimmt! Die werden Millionen Dollars bezahlen. Das ist in Buenos Aires das Wirtschaftsereignis des Monats. Ist eine Frage von Patriotismus. Der Siegeszug von *Jazztel* in Spanien hat den Nationalstolz hervorgekitzelt. Du weißt schon, argentinisches Talent triumphiert überall auf der Welt ... ein Volksfest jagt das nächste ... Aber *Che* ist nichts, wie sein Name, eine Schimäre, ein Mythos. Und es ist nicht wirklich ein argentinisches Unternehmen. Es wird gemunkelt, dass ein Großteil des Kapitals aus Peru stammt, aus Unternehmen, die persönliche Verbindungen zu Präsident Fujimori haben. Aber gut, du weißt ja, wenn es um den Kampf gegen das Monopol eines spanischen Unternehmens wie der *Telefonica* geht, kommt der lateinamerikanische Patriotismus zum Vorschein ... Es ist von Millionen Nutzern in Amerika die Rede, aber es ist zweifelhaft, ob die Zahlen stimmen. Ich habe sie, wenn sie dir nützen.«

»Aber wenn ein Aufkauf dieses Kalibers getätigt wird, werden die Zahlen überprüft«, merkte ich an.

»Das wurden sie auch. Aber ich bezweifle sehr, dass diese Überprüfung sauber gelaufen ist. Die wurde von einem Konzern durchgeführt, *Silverman and Bach*. Kannst du dir die Juden bei der Überprüfung von Palästinensern vorstellen? Scherz beiseite, die Juden von *Silverman* haben es ordentlich verschissen, just als sie in Japan an die Börse wollten. Erinnerst du dich nicht daran, dass die Präsidentin Aktien verkaufte, als die Operation anlief? Das hat vielleicht einen Aufstand gegeben.«

»Ich erinnere mich nur flüchtig«, räumte ich ein und nutzte die Anekdote, um ihm mein ungutes Gefühl zu vermitteln, ohne ihn dabei zu beleidigen. »Obwohl einer aus der Firma über die Klinge sprang, weil sie Juden waren ...«

»Meine Mutter war Jüdin, mach mich nicht an. Ich darf so reden. Ich werfe ihnen nicht vor, Juden zu sein, sondern dass sie so schwer zu durchschauen sind.«

Er hatte es mir ordentlich zurückgegeben. Die aus den Vereinigten Staaten importierte Political Correctness bedrohte wieder einmal eine entspannte Kommunikation. Ich, als einer aus einem Land, das die Juden massenhaft vertrieben hat, hatte Pejcovic zurechtgewiesen. Ich hatte die Zurechtweisung verdient, obwohl er wieder sehr elegant vorgegangen war.

Ich dankte ihm für seine wertvollen, aber für mich zu diesem Zeitpunkt noch nicht einschätzbaren Auskünfte und wir vereinbarten, unsere Informationen auch in Zukunft auszutauschen.

»Mir wäre es aber lieber, wenn Martínez nichts von alledem erfährt«, sagte ich.

»Das ist doch klar. Wenn du was mit Matador machst, hätte ich Gelegenheit, die Türken und die Kumpels vom

Chino anzugreifen, obwohl meine Mutter keine Türkin war«, scherzte er zum Abschied, um mich noch einmal daran zu erinnern, dass ich ins Fettnäpfchen getreten war.

Das Bewusstsein, um drei Uhr morgens neue Fakten für einen Artikel in der Hand zu haben, ist ungemein befriedigend. Mein Körper mochte nicht mehr liegen, was mir nicht gerade beim Einschlafen half. Und nach einer Zeitspanne anhaltender Trägheit und des Selbstmitleids lechzte mein Kopf nach Arbeit. Ich begann, die Fakten neu zu sortieren. Und noch einmal. Ich hatte bereits so viel Material, dass ich einen ausgezeichneten Artikel über Matador hätte schreiben können, das einzige Hindernis war, dass es niemanden interessierte. Eine dieser Kolumnen in den lachsfarbenen Seiten der Sonntagsausgabe, versteckt zwischen Stellenanzeigen für Manager und langweiligen Studien über die Entwicklung der Buchhaltung von elektronischen Unternehmen. Die Leute bewundern Radfahrer, die Strecken von zweihundertfünfzig Kilometer, auch Beinbrecher genannt, durchhalten, aber ein Journalist, der fünfzehnseitige Artikel über den Betonmarkt schreibt, lässt sie kalt. Vielleicht hatte es damit zu tun, dass Radfahrer bunte Trikots tragen.

Alles, was in Zusammenhang mit Matador stand, enthielt etwas ausgesprochen Zerbrechliches, was aber auch für andere erfolgreiche Firmen galt, die sich auf dem Markt etablieren wollten. Matador verfügte über Geld, Technologie, internationale Beziehungen, Internethandel, Finanzprüfungen und hatte hunderte von Arbeitsstellen für den Aufbau eines funktionierenden weltweiten E-Commerce geschaffen. Aber all dies löschte nicht den Eindruck von Zerbrechlichkeit aus, im Gegenteil, denn mit jedem weiteren Schritt tauchte ein neues Symptom dafür auf, dass die Dinge in dem Unternehmen mit der

Pinzette zusammengefügt waren. Und möglicherweise mit Korruption. Javier Paramio und seine PR-Agentur, die undurchsichtige Herkunft des Kapitals der *Lokalseiten,* die nicht weniger unklare der Suchmaschine *Che* … Fragen, auf die ich mit meinen beschränkten Mitteln keine Antworten fand. Was konnte ich bis jetzt beweisen? Dass Matador zum Beispiel die Dienste eines korrupten Typen in Anspruch nahm, dem noch kein Richter wegen irgendetwas den Prozess gemacht hatte?

»Na schön, Gálvez, so kommst du nicht weiter, wie Achilles bei der Verfolgung der Schildkröte«, ich wurde literarisch. »Du musst zum Sprung ansetzen, sonst wirst du sie nie erwischen.«

Und ich wusste, in welche Richtung ich diesen Sprung machen musste, so sehr ich das auch die ganze Zeit verdrängt hatte. Der Schlüssel zu der Truhe mit allen Antworten konnte in Ahmids Unterlagen zu finden sein. Oder auch nicht, aber mir fiel nichts anderes sein. Ob es mir passte oder nicht, damit hatte alles angefangen.

Ich stellte mich unter die Dusche, wo mein Körper sich entspannte und mein Kopf sich endlich mit anderem beschäftigen konnte. Das erlaubte mir ein paar Stunden Schlaf.

Um halb acht schreckte mich der Wecker auf. Ich frühstückte und packte eine kleine Tasche für eine dreitägige Reise. Punkt acht Uhr rief ich bei Manuel Fonseca an, dessen Stimme nicht unbedingt herzlich klang. Ich erläuterte ihm knapp meine Pläne.

»Ich muss Ahmid finden. Kannst du mir helfen?«

»Weiß ich nicht, aber ich glaube, ich weiß, wer es kann. Zuerst muss ich herausfinden, ob er auf freiem Fuß ist. Gib mir eine Stunde Zeit, dann treffen wir uns im *Café Comercial.*«

Er stand noch immer unter Volldampf. Ich rief auch Maribel an. Ich weckte sie, aber Maribel verfügte über eine Tugend, die sie von der restlichen Menschheit unterschied: Sie begriff sehr schnell, wenn es nach Krise roch, und handelte ohne Anspruch auf Gegenleistung. Ich sagte ihr, dass ich noch immer in einer schwierigen Situation steckte, und bat sie, mir hundertfünfzigtausend Peseten zu leihen und den nächstmöglichen Flug nach Tanger zu buchen, das Rückreisedatum aber noch offen zu lassen. Widerspruchslos notierte sie alles. Ich bewunderte sie dafür, sagte es ihr aber nicht.

Fonseca kam ein paar Minuten zu spät zu unserer Verabredung. Er wirkte, als würde ihn jemand verfolgen. Keuchend setzte er sich zu mir an den Tresen. Dann holte er Luft und bestellte mit zittriger Stimme einen Milchkaffee. Ich wartete, bis er sich gefangen hatte.

Ohne Einleitung setzte er an: »Wenn dich jemand zu Ahmid führen kann, dann ist es Rachid. Nach einem bewaffneten Raubüberfall musste er schnell verschwinden. Er hat einen japanischen Touristen niedergestochen und ihn um eine halbe Million Peseten erleichtert. Rachid ist unberechenbar, launisch und ein Killer. Er war der Beste und arbeitete meistens allein. Gelegentlich erlaubte er Ahmid, ihn zu begleiten. Ich bin mir sicher, dass er dir helfen kann.«

»Und wo finde ich diesen Rachid?«

»Das wird nicht einfach sein. Sein Vater hatte eine kleine Schneiderei in der Nähe des Zoco Chico, im spanischen Viertel. Rachid ist einer der wenigen, der jeden Tag etwas zu essen hatte, bevor er nach Spanien kam. Fang dort an. Rachid ist eine Legende unter den Jugendlichen in Tanger. Warum willst du die Unterlagen plötzlich doch haben?«

»Weil ich sonst nie herausfinde, was hier los ist. Ich verspreche mir nicht sehr viel davon, aber ...«

»Komm bloß nicht ohne sie zurück. Hier brennt's. Die Chinesen rüsten wieder auf. Gestern haben sie zwei Jungs halbtot geprügelt und nach Ahmid gefragt. Und mich haben sie heute Morgen verfolgt ... Gálvez, ich bin mir sicher, das hier ist mehr als ein Racheakt.«

Er musste sich nicht weiter bemühen, mich von der Wichtigkeit der Unterlagen zu überzeugen. Und meine Zweifel an einem Zusammenhang zwischen diesen Unterlagen und den Chinesen waren inzwischen gegenstandslos. Fonseca und ich waren uns einig, dass wir aus unterschiedlichen, aber kompatiblen Gründen Ahmid ausfindig machen mussten. Das reichte.

Ich ließ den über die Chinesen-Connection grübelnden Fonseca am Tresen sitzen und fuhr zu Maribel. Sie gab mir das Geld und eine Nummer, mit der ich mein Ticket direkt am Flughafen abholen konnte. Mein Flug nach Malaga ging in einer knappen Stunde. Dort würde ich in den Flieger nach Tanger umsteigen. Maribel teilte mir mürrisch die Flugzeiten mit. Ich wollte besonders liebevoll zu ihr sein, aber es blieb keine Zeit, um die Spannung aufzulösen, die mein Unglück in Form von Moros und Chinesen und mein Glück in Gestalt von Almudena zwischen uns heraufbeschworen hatte. Ich wollte sie küssen, aber sie wich aus, und ich musste mich mit zwei Küssen auf die Wangen zufrieden geben.

»Pass auf dich auf, Julio. Wir werden schon noch die Zeit finden, damit du mir erzählen kannst, was mit dir los ist und was mit uns passiert ist«, sagte sie und stoppte ein Taxi, das mich zum Flughafen brachte.

Ich fand, da gab es wenig zu erklären. Zwischen Maribel und mir waren die schwierigen Zeiten schon lange vorbei, und eine Zuneigung besonderer Art war übrig geblieben, die gelegentlich durcheinander geriet, weil das Ende der Liebe nicht immer dazu führt, dass sich eine normale Freundschaft entwickeln kann. Was bleibt, ist die unverbesserliche Gewohnheit, sich genauso erbittert zu streiten, wie während der Ehe oder der krisengeschüttelten Partnerschaft.

Der Taxifahrer zeigte sich nicht sonderlich überrascht, als ich ihm sagte, dass nicht mehr viel Zeit bis zu meinem Abflug blieb. Der Verkehr war höllisch, wie immer in Madrid, aber wir kamen gut voran. Er war so um die sechzig, erlaubte das Rauchen in seinem Wagen und hörte klassische Musik. Der nicht existierende ideale Taxifahrer. Er lenkte den Wagen geschickt und ohne die anderen Fahrer zu verwünschen durch die Autoschlangen, die nicht voranzukommen schienen. Ich gab einem unbezwingbaren Dankbarkeitsgefühl nach.

»Wie angenehm, auf jemanden zu treffen, der beim Fahren klassische Musik hört«, sagte ich und zündete mir eine Zigarette an.

»Wenn ich das nicht täte, würde ich das da benutzen«, er öffnete das Handschuhfach, um mir seinen Revolver mit Perlmuttgriff zu zeigen. »Sie können sich gar nicht vorstellen, wie nervtötend manche Kunden sind.«

Ich schwieg bis zum Flughafen und gab vor, seinen Kommentaren zu lauschen, wobei ich undefinierbare Grunzer von mir gab, die er als Bestätigungen nahm für seine Reflexionen über geistige Entspannung und die Notwendigkeit, die Welt von unerwünschten Personen zu befreien, zu denen ich seiner Meinung nach an diesem Tag glücklicherweise nicht gehörte.

Aus Zeitmangel konnte ich nur einen Anruf tätigen, bevor ich mein Ticket abholte. Die verspäteten Passagiere meines Fluges wurden schon ausgerufen, was hieß, dass sie mich riefen. Almudenas Stimme erklang auf dem Anrufbeantworter. Ich hinterließ eine weniger knappe Nachricht, als ich mir vorgenommen hatte, aber ich bin eben nicht vollkommen.

»Almudena, ich habe dir schon mehrere Nachrichten hinterlassen und zugegeben, mich wie ein Idiot benommen zu haben. Jetzt hoffe ich, dass du mich nicht behandelst, als sei ich wirklich einer. Ich fliege für ein paar Tage nach Tanger. Ich ruf dich von dort aus an. Aber schick mir keine Blumen, sie könnten unterwegs verwelken.«

Mit den restlichen Dienstleistern auf meinem Weg ins Flugzeug war ich nicht so nachsichtig wie mit dem Taxifahrer. Ich wollte kein weiteres Risiko eingehen. Man kann an einem Tag nicht Komplize von mehr als einem Killer aus Berufung sein.

Auf dem Flug nach Malaga schlief ich und stieg dort in eine kleine Maschine nach Tanger um, die mit einer für einen spanischen Flughafen ungewöhnlichen Pünktlichkeit abflog. Vom Fenster des zwölfsitzigen Flugzeugs aus konnte ich die schmale Wasserzunge sehen, die Europa von Afrika trennt.

Die Sonne stand fast im Zenit und das Meer unter uns strahlte in einem intensiven Türkisblau. Dutzende von Schiffen aller Größenordnungen schoben sich durch die Meerenge oder überquerten sie. Es war schwer zu glauben, dass diese Wasserschneise, von schmucken Segelschiffen und robusten Öltankern gefurcht, von einer Sonne beschienen, die zu Müßiggang und Erholung einlud, das Grab hunderter Afrikaner war, die bei ihrem Versuch, ein Land zu erreichen, das fünfhundert Jahre ihnen gehört hatte, ertrunken waren. Ich stellte mir die im Wasser treibenden Leichen vor und spürte eine Welle kollektiver Beschämung hochsteigen, weil ich zur anderen Seite gehörte, zu denjenigen, die nicht auswandern mussten, um zu überleben.

Auf dem Flughafen tauschte ich Geld, und ein reizender Taxifahrer brachte mich in weniger als einer halben Stunde ins *Hotel España,* das einzige, das noch ein freies Zimmer hatte, als Maribel die Reise buchte. Es überstieg meine Mittel, aber ich hatte keine andere Wahl. Die letzten hundert Meter zum Hotel musste ich zu Fuß zurücklegen. Eine dichte Menschenmenge unter Aufsicht der Polizei machte den für Autos gesperrten Zugang schwierig. Passanten und Neugierige wurden wenig rücksichtsvoll durch die Reihen der Polizeiautos geschleust. Doch niemand beklagte sich. Ich ging direkt auf das Hotel zu und erklärte dem Polizisten am Eingang, dass ich ein Gast sei. Das wäre gar nicht nötig gewesen. Mein Touristenstatus reichte. Er bahnte mir höflich lächelnd einen Weg. Hunderten Augenpaare verfolgten mich. Ich war wie einer dieser Europäer oder Nordamerikaner in Safarifilmen, die sich gemütlich inmitten der Ungemütlichkeit der Einheimischen bewegen.

Im Hotel herrschte eine lebhafte Geschäftigkeit von Polizisten und Sicherheitsleuten, die man an ihren dunklen Brillen und ihrem Körperumfang sofort erkennen konnte, und die anlässlich eines Treffens der marokkanischen und portugiesischen Außenminister anwesend waren. Eine große Gruppe portugiesischer Kollegen drängte sich wegen ihrer Reservierung an der Rezeption. Ich bekam meinen Schlüssel sofort und ging in die Bar, um etwas zu essen, bevor ich mit der Arbeit begann. Auf einem Plakat wurde das bilaterale luso-marokkanische Treffen angekündigt: ein Austausch von Unternehmern beider Länder, die der Niederlage und des Todes des portugiesischen Königs, der vor ein paar Jahrhunderten marokkanische Erde okkupiert hatte, gedenken und einander verzeihen wollten, um sich danach ihren Geschäften zu widmen. Ich verbot mir im Geiste jeden Gedanken an den Handel oder die Freundschaft zwischen den Völkern.

Bevor ich mit meiner Mission begann, besorgte ich mir einen Stadtplan und ging auf mein Zimmer, um in der Redaktion anzurufen. Wenn ich nicht entlassen werden wollte, musste ich mich bei Martínez melden. Ich hatte mir während des Fluges tausend Entschuldigungen ausgedacht, aber sie waren wenig überzeugend. Ich beschloss, meine letzte Karte auszuspielen. Ich übte vor dem Spiegel, jovial mit ihm zu reden, und wählte die Madrider Nummer. Als Martínez abnahm, meldete ich mich superhöflich.

»Josep, ich muss dich um einen Gefallen bitten.«

»Hoffentlich ist es ein kleiner.«

»Na ja, ich hab doch noch fünf Tage Urlaub. Und stell dir vor, ich bin hier in Tanger mit … äh, mit einer Frau … du machst dir keine Vorstellung. Deshalb wollte ich jetzt die fünf Tage Urlaub nehmen, du verstehst schon …«

»Soll das heißen, du bist mit einer Tusse nach Tanger geflogen, ohne um Erlaubnis zu fragen?«, sagte er in einem Ton, den ich nicht einordnen konnte.

»Ja, so was in der Art. Aber ich brauche keine Erlaubnis, ich bin volljährig«, witzelte ich.

»Doch, du brauchst eine«, widersprach er verstimmt.

»Klar, deshalb rufe ich dich ja an, von Kollege zu Kollege. Ich brauche deine Hilfe, um keine Schwierigkeiten zu bekommen. Das ist einfach eine Situation, der kein Mann widerstehen kann.«

»Dann bist du also nicht schwul?« Seine Stimme signalisierte vage, dass er sich erweichen lassen könnte.

»Ich bin Radfahrer«, sagte ich als Anspielung auf seinen Scherz.

Auf der anderen Seite herrschte gespanntes Schweigen.

Einen Augenblick dachte ich, dass meine Strategie gescheitert sei. Wieder einmal setzte ich meinen Job aufs Spiel. Aber dann stellte sich das Wunder ein.

»Radfahrer? Na klar, das mit der Prostata, mein Scherz über die Prostata!«

»Genau. Du warst genial, Josep.«

Wir lachten übertrieben. Joseps Gelächter konnte man bestimmt noch unten in der Empfangshalle hören. Ich versuchte, in Dezibel mit ihm mitzuhalten. Es war eine Tortur, so lange zu lachen und dabei zu verhindern, dass er die Falschheit heraushörte. Deshalb simulierte ich einen unkontrollierbaren Hustenanfall, was viel einfacher war. Gelegentlich unterbrach er sein Gelächter mit Kommentaren wie »Gálvez ist Radfahrer!« und anderes in dem Stil. Endlich kühlte sich sein narzisstischer Höhenflug ab und er konnte wieder sprechen.

»Ist gut, Gálvez. Du hast fünf Tage, aber das Wochenende mitgerechnet. Gib mir mal die Tusse, ich will ihr was sagen.«

»Das kann ich nicht, sie ist im Bad«, erwiderte ich geistesgegenwärtig.

»Dann sag ihr, sie soll rauskommen, Mensch, nur einen Augenblick. Ich will ihr was sagen. Wenn ich dir schon den Gefallen tue, wirst du mir das doch nicht abschlagen, he?«

Sein Tonfall machte klar: Das war seine Bedingung. Es war eine gute Idee gewesen, seinen Machismo anzupiksen, um möglichen Widerstand zu brechen, aber Martínez pochte auf sein Recht, mich genau auf diesem Terrain zu demütigen.

Ich versuchte, mich aus der Affäre zu ziehen. »Aber sie wird dich nicht verstehen, sie spricht kein Spanisch.«

»Sie muss ja nicht reden. Ich werde reden. Bist du wirklich mit einer Tusse zusammen, Gálvez?« Sein Tonfall erlangte ungeheure Grade der Frechheit.

Martínez konnte nur gewinnen, und er gehörte nicht zu denen, die eine Gelegenheit ausließen, ohne sie bis auf den Grund ausgenutzt zu haben. Ich zögerte lange, was mir wie ein Jahrhundert vorkam, aber es dürften nur ein paar Sekunden gewesen sein, bis ich ihm die gewünschte Antwort gab.

»Aber klar doch, Josep, was glaubst du denn? Wart einen Augenblick, ich versuche sie zu überreden. Leg nicht auf. Sie heißt Jacqueline und ist Französin. Sprich Englisch oder Französisch mit ihr.«

Die Situation hätte nicht verzwickter sein können. Ich musste innerhalb von Sekunden eine Entscheidung treffen.

Also legte ich den Hörer beiseite und lief beklommenen Herzens und in der Hoffnung, das Schicksal möge sich einmal mehr an einen eifrigen Diener wie mich erinnern, auf den Flur hinaus.

Das Schicksal war eine Putzfrau um die sechzig, die mit ihrem Wagen von Zimmer zu Zimmer ging. Ich zog einen Zehndirhamschein heraus und fragte sie in meinem besten Französisch, ob sie einen Satz ins Telefon sprechen und ein paar Sekunden zuhören würde. Sie sah mich an, als sei ich verrückt, und lehnte kategorisch ab. Als ich bei dreihundert Dirham angelangt war, willigte sie ein, obwohl ich nicht glaube, dass sie ihre Meinung über meinen Geisteszustand geändert hatte. Sie folgte mir ins Zimmer und stellte klar, dass die Tür offen zu bleiben hatte. Damit Martínez unsere Verhandlungen nicht mithören konnte, versprach ich ihr alle Sicherheiten mittels Handzeichen und griff zum Hörer.

»Josep, ich gebe dir Jacqueline«, und reichte der Frau den Hörer, die ihn entgegennahm, als handle es sich um ein glühendes Bügeleisen.

Ohne mich aus den Augen zu lassen, presste die Frau den Hörer ans Ohr, womöglich einen hinterhältigen Überfall fürchtend, und sagte sanft »Allo«. Dann lauschte sie ein paar Sekunden, sagte »À bientôt, Monsieur« und gab mir den Hörer zurück.

Ich warf ihr eine Kusshand zu und sie ging, die Scheine in ihren Ausschnitt stopfend, zur Tür, ohne mich auch nur einen Augenblick aus den Augen zu lassen. Aber kurz bevor sie die Tür zuzog, lächelte sie mich schelmisch an und rieb zwei Finger aneinander. Damit gab sie mir zu verstehen, dass das Geschäft sehr lukrativ für sie gewesen war.

»Was hat sie für ein Gesicht gemacht?«, fragte Martínez.

»Hm, ein normales«, sagte ich, weil ich nicht wusste, was er hören wollte. »Du weißt doch, wie Ausländerinnen sind. Was hast du ihr denn gesagt?«

»Das wirst du ihr übersetzen müssen, denn ich kann kein Englisch und hab's ihr auf Spanisch gesagt. Aber dass sie kein Spanisch versteht, stimmt. Verarschst du mich auch nicht, Gálvez? Na schön, ich habe zu ihr gesagt, wenn du keinen Neunundsechziger mit ihr machst, soll sie einen Achtundsechziger mit dir machen und hat noch was gut.«

Sein Lachanfall war noch schlimmer als zuvor. Die Lautstärke war unvorstellbar. Er lachte derart, dass ich nicht noch einmal einen Hustenanfall simulieren konnte. Als Martínez endlich fertig war mit dem Feiern seines subtilen Sinns für Humor, tat ich so, als müsste ich husten. Ich konnte nichts anderes tun.

»Ich lache Tränen, Gálvez.«

»Ich weine auch, Josep.«

Es stimmte, aber aus einem ganz anderen Grund als er.

XII

Auf der Suche nach Ahmid

Ich bereitete meine ersten Schritte für die Suche nach Ahmid vor. Mir war bewusst, dass es nicht einfach sein würde, ich war mir nicht einmal sicher, ob ich es anhand Fonsecas vager Hinweise tatsächlich schaffen würde, Rachid, den König der Diebe, ausfindig zu machen. Ich zog mich so an, dass ich möglichst nicht wie ein Tourist aussah. Jeans und ein Hemd. In der Hosentasche ein paar Hundert Dirham und meinen Reisepass. Den Personalausweis und mein restliches Geld ließ ich für alle Fälle im Hotel. Stadtplan, ein Notizbuch und einen Kugelschreiber. Das war meine Ausrüstung als europäischer Forscher auf der Suche nach dem verlorenen Jungen.

Der Mann an der Hotelrezeption erklärte mir in perfektem Spanisch, wie ich zum Stadtteil Zoco Chico kam. Ich müsse kaum zweihundert Meter gehen und schon sei ich da. Es grenzte direkt an das spanische Viertel der Stadt, gleich unterhalb des Hotelgebäudes.

Die Straße, in dem das Hotel *España* stand, fiel sehr steil zu einem kleinen Markt auf der linken Seite ab. Zur rechten lag das spanische Viertel, und wenn man geradeaus weiterging, mündete sie in die Avenida de las FAR in Hafennähe. Wie in jeder marokkanischen Stadt wimmelte es nur so von Menschen. Frauen verkauften Obst, Kinder boten einen halben Thunfisch an, alte Männer saßen hinter Tischchen voller schlecht gefertigter Plastikgefäße. Und eine Vielfalt an Kleidungsstücken, die von Dschellabas in kreischenden Farben bis zu europäischen Jacketts in dezenten Tönen reichten. Mopeds mit abgesägten Auspuffen rundeten den Lärm ab und ein paar Motorradlieferanten in unglaublichem Design drängten sich rücksichtslos noch durch die kleinste Lücke zwischen den Passanten hindurch. Gelegentlich zeigte ein Taxifahrer seine Künste, indem er geschickt durch die Massen manövrierte. Frauen, die riesige Einkaufstüten schleppten, und Männer, die an Häuserwände gelehnt rauchten und in kleinen Schlucken Tee tranken. Von den Terrassen aus beobachteten junge Frauen mit dem Kopf voller Lockenwickler die Vorübergehenden.

Auf dieser ersten Erkundungstour musste ich niemanden um Hilfe bitten. Eine breite Straße führte zu einem Theater mit pompöser Architektur, aber in bedauerlichem Zustand, auf dessen Giebel der Name Cervantes stand.

An diesem vor der Meeresbrise geschützten Ort war die Nachmittagshitze erstickend. Es war das Viertel der Friseurläden und Schneidereien, genau was ich suchte. Die Türen fast aller Geschäfte standen weit offen, damit ein Hauch Luft eindringen konnte.

Durch die offenen Türen konnte ich in die Schneidereien hineinsehen. Dutzende von Frauen saßen an Nähmaschinen und fertigten Kleidungsstücke. Sie saßen dicht gedrängt und arbeiteten sehr konzentriert. Ich atmete tief durch und betrat einen der Läden. Wieder spürte ich neugierige Augenpaare auf mir ruhen und fragte eine ältere Frau nach dem Chef. Nachdem sie die Frauen zum Weiterarbeiten ermahnt hatte, ging sie nach hinten in eine Kammer, die wohl als Büro diente. Ein dicker, bärtiger Mann kam heraus, musterte mich von oben bis unten und winkte mich näher. Dann begrüßte er mich höflich und führte mich am Arm nach hinten, wo er mich bat, Platz zu nehmen.

»Wir haben hier keinen Verkauf, Amigo«, informierte er mich.

»Ich will nichts kaufen. Ich wollte mich nach jemandem erkundigen.«

»Niemand will mehr was kaufen«, beklagte er sich. »Niemand kommt mehr zum Kaufen nach Tanger. Diese Stadt liegt im Sterben. Die Regierung schleppt alles nach Rabat und der Tourismus wandert nach Marrakesch ab. Was soll aus uns werden, Amigo? Was soll aus uns in Tanger werden? Früher mochten uns die Spanier, heute haben sie uns vergessen. Es gibt keine Arbeit, wir verkaufen nichts ...«

»Ich suche Rachid. Mir wurde gesagt, dass sein Vater hier eine Schneiderei hat ....«, sagte ich, um Zeit zu sparen, denn wenn ich mir sämtliche Klagen dieses Mannes anhörte, dem es nach der Anzahl seiner Arbeiterinnen zu urteilen so schlecht wie der Stadt Tanger nicht gehen konnte, säße ich noch ewig hier.

»Rachid ... welcher Rachid? Hier gibt's viele Rachids. Ich habe einen Sohn, der so heißt. Wenn es um Arbeit in Spanien geht, ist mein Sohn geeignet. Er kann lesen und schreiben, er spricht Französisch und Spanisch. Er war Touristenführer im Zoco, als noch Touristen kamen. Jetzt gibt's keine Arbeit mehr, nicht mal für Touristenführer.«

Und weiter im Klagelied. Der Kerl war wirklich hartnäckig in seinem Versuch, mich mit seinem Sermon von meinen Absichten abzulenken.

Ich insistierte: »Ich meine einen Jungen, der lange in Spanien war. Mir wurde gesagt, sein Vater hätte hier eine Schneiderei«, wiederholte ich für den Fall, dass ich mich nicht präzise genug ausgedrückt hatte. »Mir wurde auch gesagt, dass er im Viertel gut bekannt ist. Können Sie mir helfen? Es geht nicht um Arbeit, ich brauche eine Information. Ich muss einen seiner Freunde treffen.«

»Und diesem Freund werden Sie Arbeit geben? Seien Sie vorsichtig, diese Jungs hier sind alle Lügner. Mein Sohn hingegen ist vertrauenswürdig. Wenn es Arbeit gibt, dann wird er arbeiten. Du kannst mir vertrauen, Amigo. Such nicht weiter. Die Jungs von Tanger sind alle Diebe und Betrüger. Aber meinem Sohn kannst du vertrauen. Ich werde dir meinen Sohn vorstellen, Amigo. Ganz unverbindlich. Du lernst ihn kennen, und wenn er dir nicht gefällt, gibt es keine Arbeit. Du hast nichts zu verlieren, wenn du ihn kennen lernst. Wenn du willst, kommen wir heute Abend zu dir ins Hotel.«

Dieser Ort drohte mich langsam zu ersticken. Es herrschte eine Bruthitze, trotz des Ventilators, den mein Gesprächspartner zum Zeichen seiner Gastfreundschaft in meine Richtung gedreht hatte. Und das Geschwätz des Typen wurde immer unerträglicher. Ich redete wie gegen eine Wand, er hörte nicht zu. Ich versuchte es noch einmal.

»Hören Sie, wenn Sie mir helfen können, sagen Sie es mir. Wenn nicht, lassen wir's. Ich habe für niemanden Arbeit. Für niemanden, verstehen Sie? Ich suche Rachid aus anderen Gründen.«

»Kein Problem, Amigo, kein Problem. Wenn du keine Arbeit für meinen Sohn hast, ist das nicht schlimm. Aber du solltest ihn kennen lernen. Und wenn es mal Arbeit gibt, kannst du dich auf ihn verlassen. Du wirst schon sehen. Meine Worte kommen von Herzen.«

Er legte beide Hände auf die Brust, um mir seine Aufrichtigkeit zu demonstrieren. Aber ich hielt diese Situation keine Sekunde länger aus, sonst wäre mir der Geduldsfaden gerissen.

Ich stand auf, und als er versuchte, mir den Ausgang zu

versperren, musste ich seinem ausladenden Körper mit einer geschickten Bewegung ausweichen. Ich beschleunigte meinen Schritt, verfolgt von diesem Mann, der mir noch immer Beteuerungen hinterherrief, bis ich endlich die Tür erreichte. Die heiße Luft auf der Straße erschien mir erfrischend. Ich setzte zu so etwas wie einer Flucht an, aber ich hörte ihn noch hinter mir herrufen: »Amigo, komm zurück. Ich werde Rachid für dich suchen. Mach dir keine Sorgen wegen meines Sohnes. Ich rede von Herzen mit dir, komm zurück, Amigo. Trink einen Tee mit mir.«

Ohne mich umzudrehen machte ich eine Handbewegung zum Zeichen meiner Dankbarkeit für sein Angebot und ging die Straße zum Hafen hinunter. Mit einem Gefühl der Erschöpfung ließ ich mich auf einer Café-Terrasse auf einen Stuhl fallen. Dabei hatte die Suche gerade erst begonnen.

Ich bestellte einen Tee, betrachtete die Umgebung und genoss das farbenprächtige und geräuschvolle Straßenpanorama, das mir so fremd war. Ich hätte nicht gedacht, dass Marokko eine solche Anziehungskraft auf mich ausüben würde. Vielleicht war es das Chaos, das mir zwar nicht gefiel, das ich aber genießen konnte. Im Umkreis von zwanzig Metern vor meiner Nase spielten sich tausend kleine Geschichten ab. Kinder, Jugendliche, Erwachsene, Alte ... jede Person vor meinen Augen erregte meine Neugier. Ich gab mich meinem Voyeurismus hin und ließ meiner Fantasie freien Lauf, als mich plötzlich eine Stimme aus dem Tagtraum holte.

»Mohamed ist nicht vertrauenswürdig.«

Ein junger Mann Mitte zwanzig hatte sich an den Nachbartisch gesetzt. Er war europäisch gekleidet, trug ein weißes fleckiges Hemd und ein Jackett aus einer

Wollmischung, worunter er Bäche schwitzen musste. Sein dunkles Gesicht wirkte wie aus Stein gemeißelt. Seine Wangen durchzogen tiefe Furchen, was wohl von seiner extremen Schlankheit herrührte. Trotzdem fand ich seine Gesichtszüge angenehm, obwohl sein Blick mir auswich. Ich zuckte die Achseln, denn ich wusste nicht, wen zum Teufel er mit diesem Mohamed meinte, und trank in kleinen Schlucken meinen Tee, bemüht, mir nicht die Zunge zu verbrennen.

»Mohamed ist der Mann, bei dem du gerade warst. Trau ihm nicht. Er beutet die Frauen aus und bezahlt sie nicht, wenn sie nicht mit ihm schlafen. Und er hat keinen Sohn. Trau Mohamed nicht.«

Ich zuckte wieder die Schultern. Ich hatte schon genug Marokko-Erfahrung und wusste, was diese aufrichtigen, freiwilligen Hilfsangebote auf der Straße bedeuteten: Schachern und Zeitverschwendung.

»Ich kann dir helfen. Ich hab keine Arbeit und viel Zeit. Wenn du etwas brauchst, helfe ich dir, und wenn ich meine Arbeit gut mache, bezahlst du mich; wenn nicht, bezahlst du nichts. Ist ein gutes Geschäft, oder?«

Vielleicht wäre es ein gutes Geschäft gewesen, wenn ich nicht gerade das verführerische Angebot des disqualifizierten Mohamed bekommen hätte. Ich schüttelte den Kopf, denn ich wusste, wenn ich mich auf ein Gespräch mit ihm einließ, verlor ich die Partie, er würde sich in das nächste Hindernis verwandeln. Aber er gab sich trotz meines geringen Interesses nicht geschlagen.

»Ich bin hier im Zoco Chico geboren. Ich kenne alle. Ich kann dir helfen, was immer du suchst. Und du musst mich nicht bezahlen. Ist das nicht ein gutes Geschäft? Frag nach mir, alle wissen, wer ich bin, und alle guten Menschen werden dir sagen, dass auch ich ein guter

Mensch bin. Mohamed ist schlecht. Er hat dich angelogen. Er hat keinen Sohn.«

»Ist ja gut, ich glaube dir. Mohamed ist ein schlechter Mensch. Ich mach dir einen Vorschlag: Ich denke nicht daran, dich zu bezahlen, es sei denn, du hilfst mir wirklich. Kennst du einen Rachid, der lange in Spanien war? Sein Vater hatte eine Schneiderei.«

Bei meinen Worten rang er theatralisch die Hände und rutschte unruhig hin und her. Dann setzte er ein ehrliches Gesicht auf und sagte: »Rachid. Natürlich kenne ich Rachid. Wir sind zusammen aufgewachsen. Damals, als wir klein waren, waren wir enge Freunde, aber Rachid ist aus dem Rif. Er ist auch nicht gut. Er war zum Stehlen in Spanien und musste zurückkommen, weil er drei Männer umgebracht hat. Sein Vater ist vor Kummer gestorben. Hilft dir das weiter, Kumpel?«

Was er sagte, passte zu dem Wenigen, das ich über Rachid und seine Legende wusste. Drei tote Männer war nicht schlecht für jemanden, der Fantasien nährte. Ich glaubte kein Wort von der Freundschaft und allem anderen, aber er kannte einen Dieb namens Rachid, der zurückkehren musste, weil er gewalttätig geworden war. Das reichte als Beweis.

»Ich weiß noch nicht, ob du mir helfen kannst. Kann sein, dass es sich um denselben Rachid handelt. Aber unsere Abmachung ist, dass ich dir nichts zahle, bis du mir Rachid vorgestellt hast und ich mit ihm geredet habe.«

»Einverstanden, Amigo. Das ist unser Geschäft. Sag mir, wo ich dich finden kann, und ich werde dich finden. Solange kein Geld, eh?«

»Nichts.«

Wir gaben uns die Hand und er verschwand im Café. Ich sah ihn mit dem Kellner reden, der sich zu mir umdrehte und mit fragendem Blick auf eine Flasche Coca-Cola zeigte. Ich nickte, und mein vorgeblicher Helfer trank sie in einem Zug aus. Ich zahlte und schlenderte zur Uferpromenade hinunter. Ich hielt mich dicht an den Häuserwänden und ging so langsam wie möglich, um besser mit der Hitze fertig zu werden.

Zwischen Uferpromenade und Hafen verlief die Bahnstrecke, und ein Metallzaun schützte die Hafeninstallationen vor dem Übergriff von Jugendbanden, die überall herumlungerten. Entlang der ganzen Avenida standen Grüppchen von Jungs zwischen vierzehn und Anfang zwanzig. Apathische Jungen, die nur auf einen Punkt starrten, die Silhouette des spanischen Küstengebirges, die sich an jenem Tag dank der leichten Brise außerordentlich klar abzeichnete. Man musste kein Experte in Sachen Migration sein, um zu begreifen, wovon all diese Jungs träumten, die am Geländer lehnten oder auf den Bordsteinen saßen.

Etwa zweihundert Meter weiter vorne gab es ein paar Hotels und Strandcafés. Ich überquerte die Promenade und stellte mich an einen der Kioske, wo zahlreiche Mittelschichtfamilien etwas Erfrischendes tranken und aufs Meer blickten. Am Strand genossen ein paar Dutzend Menschen die Sonne. Die Männer in Badehosen, die Frauen fast alle in lange Tuniken gehüllt, die sie rafften, um sich die Füße anzufeuchten. Ein paar ganz kühne Frauen, in Gruppen oder in Begleitung männlicher Familienangehöriger, trugen Badeanzüge.

Das Licht an diesem Tag war außergewöhnlich. Der goldfarbene Sand, das tiefblaue Meer und die viel versprechenden Silhouette eines Kontinents, der zum Greifen nah schien. Ein Kontinent, der jemandem, der die Meerenge zu überwinden schaffte, alles bot.

Ich blieb eine gute Stunde, genoss die Landschaft und saugte die sich verändernde Küstenansicht in mich auf. Dann machte ich mich durch die moderne Innenstadt auf den Rückweg ins Hotel. Auf der Straße fielen mir mehrere spanische Obsttransporter auf, an deren Rückseite Trauben von halb nackten Kindern hingen, die so nach Ceuta fuhren. Wer wusste schon, wie viele von ihnen es über die Grenze schafften. Das schien nicht ungewöhnlich zu sein. Niemand drehte sich nach ihnen um, sie weckten keinerlei Aufsehen bei den Passanten.

Ich wanderte müde die lange Steigung der Avenida de España, die in einem wunderschönen Platz mündete, zum Hotel hinauf. Von dort aus waren wieder das Meer und die ferne Küste zu sehen. Und wieder Gruppen herumlungernder Jugendlicher. In Tanger wimmelt es wie in ganz Marokko vor allem von Jugendlichen und Kindern.

Die Cafés auf der Avenida waren brechend voll. Das junge Publikum bejubelte lautstark irgendein Ereignis im Fernsehen. Neugierig trat ich ein. Es war ein Fußballspiel der spanischen Liga und das Geschrei galt einem marokkanischen Spieler. Die erste Halbzeit war fast zu Ende, es stand null zu null, obwohl das Gegröle wirkte, als hätte der Lieblingsspieler schon sieben Tore geschossen.

Ich bestellte noch einen Tee und genoss das Schauspiel dieser jungen Fans. Der Schiedsrichter pfiff zum Ende der ersten Halbzeit und es folgte eine Werbepause auf dem spanischen Sender. Das Gebrüll wurde zum Gewitter: Ein Spot nach dem anderen zeigte nackte Frauenkörper, die für Sonnencremes oder Biojogurt warben. Ich fühlte mich nicht gerade wohl bei dieser Darstellung des Paradieses, als welches die gegenüberliegende Küste den jugendlichen Zuschauern erscheinen musste.

Ich kehrte ins Hotel zurück und bat um eine Tageszeitung, als mir jemand auf die Schulter tippte. Ich traute meinen Augen nicht. Mohamed, der Schneidereibesitzer, stand vor mir, neben ihm ein blutjunger Mann in einem schlecht sitzenden braunen Anzug mit Krawatte, die Werbung für eine Hamburgerkette machte.

»Das ist mein Sohn Rachid!«, rief er aufgeregt.

Rachid streckte mir, ein fast unhörbares »Salam alaikum« murmelnd, die Hand entgegen. Ich konnte ihm den Handschlag nicht verweigern, obwohl es mich Überwindung kostete, denn ich fühlte mich überrumpelt. Der Vater beobachtete die Szene voller Stolz. Ein zufriedenes Lächeln breitete sich auf seinem unförmigen Gesicht aus und seine Augen rollten hin und her, um seine Rührung zu überspielen.

»Siehst du, ich habe dich nicht angelogen, Amigo. Das ist mein Sohn Rachid. Sag ihm, wie du heißt, Rachid.«

»Rachid«, wiederholte der Junge verkrampft.

»Siehst du, siehst du?«, insistierte er, um mich davon zu überzeugen, dass er die Wahrheit gesagt hatte, was mich aber völlig kalt ließ. »Reden wir von der Arbeit?«

»Ist ja gut, Mohamed. Aber vorher reden wir einen Moment allein, du und ich, einverstanden?«

Mohamed war einverstanden. Ich klopfte seinem Sohn auf die Schulter und zeigte auf einen Stuhl am anderen Ende der Halle, er solle dort warten, bis wir unser Geschäft gemacht hatten. Nach dem ersten Schock hatte ich mich wieder gefangen und zog Mohamed beiseite. Ich bat ihn, sich zu mir herunterzubeugen, und flüsterte ihm ins Ohr, was ich von seinem Sohn wollte.

»Mohamed, das ist ein Geheimnis.«

»Natürlich, Amigo, ein Geheimnis«, er begriff und senkte die Stimme ebenfalls fast bis zur Unhörbarkeit.

»Gut, Mohamed, hör mir gut zu, denn ich werde es

nicht wiederholen. Dein Sohn soll heute Nacht einen Mann töten. Er muss ihn töten, ihm die Eingeweide herausreißen, dann soll er dessen Haus mit den Kindern darin anzünden und mir die Eingeweide in einer Schachtel ins Hotel bringen. Verstehst du, Mohamed?«

Nach diesem Vorschlag habe ich nie wieder von diesem Pärchen gehört. Mohamed drehte sich um, lief zu seinem Sprössling, schnappte seine Hand und zerrte ihn zum Hotelausgang, so schnell sein wuchtiger Körper es erlaubte. Rachid ließ sich verständnislos mitschleppen, aber er war so nett, sich noch mit einem Winken und einem freundlichen Lächeln von mir zu verabschieden.

An die Möglichkeit, dass Mohamed meinen Vorschlag auch hätte annehmen können, mochte ich gar nicht denken. So was konnte wirklich nur mir passieren.

Nachdem ich Mohamed erst einmal abgeschüttelt hatte, konnte ich nichts weiter tun, als darauf zu warten, dass der angebliche Freund des echten Rachid auftauchte. Meine Intuition sagte mir, dass ich auf der Suche nach dem Dieb nicht noch mehr Wellen schlagen sollte. Vor allem nicht bei seiner Legende. Zu viel Lärm konnte bewirken, dass sich die Beute verschreckte.

Vor mir lag eine weitere freie Nacht, mit anderen Worten, ich hatte keinen Menschen, mit dem ich die Stunden in dieser faszinierenden, fremden Stadt genießen konnte. Ich gab mir vierundzwanzig Stunden Zeit bis zu Rachids Auftauchen. Und was macht ein Mann in einer Nacht mit so trüben Aussichten? Zuerst geht er unter die Dusche. Dann trinkt er einen Martini.

In der Hotelbar mixten sie ihn gut.

In einem nahe gelegenen Restaurant aß ich ausgiebig zu Abend und stellte fest, dass die Jungen auch nachts am Zaun zwischen Fähre und Uferpromenade herumhingen.

XIII

Rachid aus dem Rif

Der Morgen zog sich in die Länge. Ich wollte eine Zeitung kaufen, aber es gab nur die vom Tag meiner Ankunft. Als ich mich an der Rezeption beschwerte, lautete die Antwort knapp: »Spanische Zeitungen sind immer vom Vortag. Die Polizei sieht sie erst durch. Vielleicht ändert sich das jetzt mit unserem neuen König.«

Ich erwiderte seine Geste des Bedauerns mit einem verständnisvollen Kopfnicken und ging einen Kaffee trinken. Solange ich auf eine Nachricht von Rachid wartete, konnte ich das Hotel nicht verlassen. Ein erneuter Anruf bei Almudena endete wieder bei ihrem Anrufbeantworter.

Kurz vor eins bekam ich Besuch von der Putzfrau, die am Vortag für mich Jacqueline gespielt hatte. Sie erbot sich, so oft ans Telefon zu gehen wie nötig, wobei sie als Anspielung auf das Geld Daumen und Zeigefinger ihrer rechten Hand aneinander rieb, aber ich lehnte ihr freundliches Angebot dankend ab. Endlich meldete mir die Rezeption, dass ich in der Eingangshalle erwartet wurde. »Ein Freund von Rachid«, wurde mir wörtlich weitergegeben. Ich eilte nach unten. Es war unglaublich, dass ich Rachid in so kurzer Zeit gefunden hatte. Mein anonymer Freund ging nervös auf und ab. Er stürzte sich förmlich auf mich.

»Rachid wartet hier in der Nähe auf uns. Er kann nicht kommen, weil wegen der Touristen alles voller Polizei ist, verstehst du, Amigo?«

Ich verstand und ließ mich auf die Straße schleppen.

Wir gingen schnell, wobei er unaufhörlich seine Effizienz pries.

»Ich habe dir ja gesagt, dass ich Rachid finde, wenn ich ihn nicht finde, bezahlst du mich nicht. Siehst du? Ich bin vertrauenswürdig. Wie viel zahlst du mir? Mindestens eine Million Dirham, oder?«

»Warum nicht zehn Millionen? Eine finde ich ein bisschen wenig.«

»Du kannst handeln, eh, Kumpel?«

Wir gingen so schnell, dass ich nach ein paar Metern schon außer Atem war und auf sein Schwatzen keuchend und mit freundlichen Handbewegungen antworten musste.

In wenigen Minuten waren wir am Ziel, eine Kneipe mit europäischem Anstrich und dem beschwörenden Namen *Negresco*. Mein Führer blieb vor der Tür stehen und hielt die Hand auf.

»Rachid wartet da drinnen auf dich. Ich kann nicht rein. Ich bin nicht elegant genug. Gibst du mir jetzt das Geld?«

Ich schüttelte den Kopf. Er wusste, dass er warten musste, bis ich mich von der Identität des gesuchten Rachid überzeugt hatte, also setzte er sich achselzuckend auf die Bordsteinkante.

Seine Begleitung wäre auch gar nicht nötig gewesen. Am Tresen saß ein junger Mann Mitte zwanzig. Er war gut angezogen, trug europäische Sportklamotten. Seine Züge wirkten wie die meines Führers wie in Stein gemeißelt und der Blick seiner dunklen Augen war ausgesprochen intelligent. Sein kurzes Haar kräuselte sich um den schmalen Schädel, was ihm Ähnlichkeit mit einem antiken Helden verlieh. Seine beeindruckende Statur von mindestens einem Meter fünfundachtzig und sein athletischer Körper verstärkten diesen Eindruck. Er war einer dieser Männer, nach denen sich ältere Europäerinnen auf der Straße umdrehten. Ich ging zu ihm und fragte, ob er Rachid sei.

»Kommt darauf an, was du von Rachid willst«, antwortete er mit einem Minimum an Höflichkeit in der Stimme.

»Ich bin ein Freund von Manuel Fonseca und suche einen Jungen namens Ahmid. Ich glaube, du kennst ihn und hast ihm vielleicht geholfen. Er ist vor ein paar Tagen aus Spanien zurückgekehrt, weil man ihn bedrohte. Er kennt mich und wird mich sehen wollen.«

Der Name Fonseca beruhigte ihn. Sein Gesicht entspannte sich sichtbar und er fragte mich, ob ich was trinken wolle. Ich bestellte ein Bier vom Fass und er schloss sich an.

»Ich weiß nicht, ob Ahmid dich wirklich sehen will. Ich muss ihn erst fragen. Wenn ich überhaupt weiß, wo er ist, denn ich bin mir noch nicht sicher, ob ich es weiß. Warum willst du ihn so dringend sprechen?«

»Das ist persönlich.«

»Sehr persönlich?«, fragte er so ironisch, dass es mir unangenehm war. Rachid war das genaue Gegenteil von meinem Führer. Ich hatte einen stolzen Mann ohne Komplexe vor mir, der keine Hemmungen hatte, mit einem Europäer zu sprechen, er zeigte sich sogar hochmütig.

»Natürlich, Rachid«, antwortete ich trocken, um mitzuhalten.

Er sah mich unverwandt an, sein bohrender Blick forschte mich aus, möglicherweise um herauszufinden, ob meine Absichten gut für seine und Ahmids Interessen waren. So viel Frechheit beeindruckte mich. Er misstraute mir ganz offen. Nach einem Schluck Bier wechselte er abrupt das Thema.

»Was machst du?«

»Ich bin Journalist. Ich schreibe für eine Madrider Tageszeitung.«

»Kennst du einen Marokkaner namens Mohamed Choukri?«

»Den Schriftsteller? Ja, natürlich. Ich habe nur eines seiner Bücher gelesen, aber das hat mich sehr beeindruckt.«

Sein Blick wurde offener und weicher. Er hob sein Glas und stieß mit mir an.

»Er kommt fast täglich zum Aperitif hierher. Choukri ist ein großer Mann. Er weiß genau, was mit vielen von uns hier in Tanger los ist. Er ist aus dem Rif. Ich bin auch aus dem Rif. Wir sind was Besonderes. Wir haben mehr Spanier umgebracht als sonst wer in der Geschichte. Hunderttausende. Hast du schon mal von Abdelkrim gehört?«

Er erwartete keine Antwort und ich mochte nicht über die Zahl getöteter Spanier mit ihm streiten. Ich erwähnte nicht einmal, dass Franco noch viel mehr Landsleute umgebracht hatte als die vom Rif, die in den Zwanzigerjahren gegen die spanische Herrschaft rebelliert und eine gigantische Metzelei in Annual veranstaltet hatten. Zudem war mein Patriotismus eher bescheiden, wenn es um Kolonialschlachten ging.

Ich begriff, was er mir damit sagen wollte: Ich sollte vorsichtig mit ihm sein. Das war aber gar nicht nötig, denn das Wenige, was ich aus seinem polizeilichen Lebenslauf wusste, reichte für eine gewisse Vorsicht. Aber ich wusste auch, dass ich keine Angst zeigen durfte, was in so einer Situation leichter gesagt als getan ist. Es gab nur eine elegante und nicht provokative Möglichkeit: »Und du, kennst du Choukri persönlich?«

»Na klar. Choukri ist einer von uns. Choukri respektiert die, die aus eigener Kraft etwas aus sich machen. Ich kenne auch Paul Bowles.«

Das hier wurde langsam surreal. Ich stand in einer Kneipe in Tanger und plauderte mit einem gesuchten Verbrecher, der in Madrid einen japanischen Touristen niedergestochen hatte, über Literatur. Mir fiel ein, dass Bowles Choukri und ein paar andere junge marokkanische Schriftsteller gefördert hatte. Das Verhör war noch nicht zu Ende.

»Und du suchst Ahmid, um über ihn zu schreiben?«

Ich fand diese Erklärung gut. Wenn ihm das als Antwort reichte, würde es mir helfen. Und Ahmid hätte sicher nichts dagegen. Es war sogar möglich, dass Ahmid seinem Freund nichts von den Unterlagen erzählt hatte. Also sprang ich an.

»Ja, Ahmids Geschichte interessiert mich, auch die anderer Marokkaner, die nach Spanien kommen.«

»Willst du nicht lieber meine Geschichte? Ich bin ein besserer Dieb und habe viel mehr Schwierigkeiten gehabt.« Und er zeigte mir eine lange Narbe auf seinem rechten Arm. »Ich habe vielen Polizisten die Fresse zerschlagen.«

Er meinte es nicht ernst. Rachid hatte keine Lust, mir seine Geschichte zu erzählen. Er wollte mich nur ein bisschen beeindrucken. Und ich war zudem überzeugt, dass Rachid das Geld, das ich ihm für seine Geschichte bezahlen würde, nicht brauchte. Seine Klamotten sowie seine Gewohnheit, in einer Kneipe Bier zu trinken, deren Preise für alle anderen kleinen Diebe in Tanger unerschwinglich waren, sprachen für sich. Rachid war kein gewöhnlicher Dieb mehr, Rachid hatte Erfolg gehabt. Aber er gab gerne mit seiner Legende an. Ich war ein

Journalist aus Spanien, der wusste, wer er war, und der ihn relativ schnell im spanischen Viertel gefunden hatte, was seinen Ruhm bestätigte, den er jetzt mit seiner Freundschaft mit wichtigen Männern wie Choukri und Bowles noch krönte.

»Du wirst Ahmids Paul Bowles sein!« Er lachte herzlich auf, was mich erleichterte, denn Rachids latent mitschwingende Aggressivität war schwer auszuhalten.

Die freundschaftliche Regung nutzend, die sich in seinem Herzen gerührt hatte, bestellte ich noch zwei Bier und vertiefte unser literarisches Gespräch.

»In gewisser Weise ja. Ahmids Geschichte interessiert mich sehr, Ahmid interessiert mich.«

»Wie sehr?«, fragte er mit boshaftem Blick.

»Wenn du Geld meinst ...«

»Ich will dein Geld nicht, ich brauche es nicht«, sagte er abfällig. »Ich will wissen, wie groß dein Interesse an ihm ist. Wenn ich dir den Gefallen tue und Ahmid finde, werde ich dich im Gegenzug auch um einen Gefallen bitten. Findest du das in Ordnung?«

»Das finde ich in Ordnung, Rachid. Also gut, mein Interesse an Ahmid ist groß.«

Wir schlossen ein Abkommen, in dem die Bezugsgrößen sehr komplex waren. Ich weiß nicht, warum, aber es schien mir intelligenter zu sein, nicht zu verheimlichen, wie wichtig es mir war, Ahmid zu treffen. Außerdem war das der einzige Weg, um Rachids Vertrauen zu gewinnen. Aus Spanien anzureisen, um einen kleinen Gauner zu finden, hätte absolut nicht mit einem nur mäßigen Interesse zusammengepasst. Früher oder später hätte mir dieser Champion, der sein Revier gut abgesteckt hatte, die Wahrheit entlockt. Und ich sparte Zeit, denn davon hatte ich am wenigsten.

Rachid schätzte meine Aufrichtigkeit und feierte das mit einer weiteren Bierbestellung.

»Muselmanen trinken nicht. Aber ich schon. Ich bin nicht religiös und habe vor nichts Angst.«

Rachid musste mich ständig daran erinnern, dass ich einen außergewöhnlichen Mann vor mir hatte. Möglicherweise war er das. Jedenfalls blieb mir nichts anderes übrig, als mir geduldig seine permanente Prinzipienreiterei anzuhören. Ich trank mit ihm und plötzlich fiel mir ein, dass draußen der Junge auf sein Trinkgeld wartete. Ich sagte es Rachid. Er stand auf, ging zur Tür, rief herrisch etwas auf Arabisch hinaus und kam zum Tresen zurück.

»Mach dir keine Sorgen um ihn. Du hast jetzt nur noch mit mir zu tun.«

»Aber ich muss ihn bezahlen. Ich habe ihm versprochen, wenn er mich zu dir bringt ...«

Er wischte die Angelegenheit mit einer verächtlichen Handbewegung einfach beiseite.

»Ich gebe ihm das Geld. Ist im Preis inbegriffen. Sind wir nicht übereingekommen, uns gegenseitig einen Gefallen zu tun? Imlahi gehorcht mir, und wenn er für mich arbeitet, bezahl ich ihn. Einverstanden?«

Zum ersten Mal zeigte er sich mir gegenüber freundlich, ohne mich Amigo zu nennen. Im Geiste dankte ich es ihm, obwohl es mich irritierte und beunruhigte, ihm so völlig ausgeliefert zu sein. Ich hatte Glück, Rachid fand, dass wir jetzt genug Bier zusammen getrunken hatten. Er trank aus und plante meinen Tagesablauf.

»Heute Abend um sechs wird dich Imlahi vom Hotel abholen. Ich will dir etwas zeigen.«

»Aber Rachid, ich will Ahmid treffen ...«

»Du wirst Ahmid treffen, du wirst kriegen, was du

willst, aber vorher musst du mich begleiten, damit du mir deinen Gefallen tun kannst, wenn du wieder in Spanien bist. Das ist unsere Abmachung.«

Die Abmachung bestand darin, dass er ganz unverhohlen die Bedingungen stellte. Er wusste, dass er mich in der Hand hatte, und simulierte keinerlei Höflichkeit. Ich hatte mich in seinen Händen in eine Marionette verwandelt. Trotzdem spürte ich, dass seine Herzlichkeit, seine plötzliche Freundlichkeit echt waren.

Man musste nicht besonders schlau sein, um zu merken, dass Imlahi mir auf dem Rückweg zum Hotel folgte, denn er versuchte nicht sich zu verstecken, auch wenn er eine akzeptable Distanz zwischen uns aufrechterhielt. Das schien zum Spiel zu gehören, das Rachid von der Kneipentür aus initiiert hatte, denn jemand wie Imlahi würde es nie wagen, sich in Rachids Angelegenheiten einzumischen.

Einem Menschen, der sein eigenes Schicksal nicht selbst in der Hand hat, ist es bestimmt, im Hotelrestaurant zu essen. Ich stellte den Grundsatz nicht in Frage, schon wegen der großen Hitze in der Stadt nicht. Meine touristischen Erkundungen verschob ich auf den Abend, wenn Rachid mir meine Entscheidungsfreiheit zurückgegeben haben würde. Also ergötzte ich mich an dem deliziösen Büfett und bestellte beim Maître eine Flasche kalten Weißwein.

Als ich mich mit den Köstlichkeiten gesetzt hatte, entdeckte ich drei Tische weiter eine Frau, die Almudena so ähnlich sah, dass sie nur Almudena sein konnte. Ohne genau zu wissen, wie ich mich ihr gegenüber verhalten sollte, richtete ich mich auf und winkte ihr etwas dämlich mit der Serviette. Aber sie sah durch mich hindurch, als wäre ich ein nackter Lizenziat Vidriera. Ich sah an mir herunter und stellte fest, dass dem nicht so war: Licht fiel auf meinen Körper, ich war gut sichtbar. Was war passiert? Entweder war sie es nicht oder sie zog es vor, mich nicht zu kennen. Sollte es sich um Letzteres handeln, wusste Almudena noch nicht, dass es unmöglich ist, jemanden außerhalb seines natürlichen Umfeldes nicht zu kennen. Man grüßt sogar den Exmann oder die Exfrau, wenn man sich in der Kalahari-Wüste trifft, das ist in der Reiseliteratur verbürgt.

Ich legte die Serviette auf den Tisch und ging zu ihr hinüber. Als ich vor ihr stand, sah sie immer noch durch mich hindurch.

»Hallo«, sagte ich in einem Anfall von Selbstsicherheit.

»Hallo«, antwortete sie und entsprach damit meinem gewählten Vokabular.

»Du hier?« Eine riskante Frage.

»Hmm.« Das schien kein Ende zu nehmen. Sie sagte nicht nur nichts, sondern zuckte zudem kaum wahrnehmbar die Achseln. Vom Gesichtspunkt der Ökonomie der Ausdrucksformen ein Schwachsinn.

Meine verbalen Quellen waren erschöpft und ich dachte, es sei wohl besser, dahin zurückzukehren, wo ich hergekommen war. Aber die angebliche Almudena, die nicht die echte Almudena sein konnte, ließ sich von einer Erinnerung an unser letztes Treffen in Madrid hinreißen.

Ich vernahm hinter mir das reizende Wort: »Blödmann.«

Gerührt von ihrem Zeichen des Erkennens drehte ich mich wieder um.

»Du hattest keinen Grund, extra hierher zu kommen. Stimmt, ich bin ein Blödmann, aber das habe ich dir ja schon auf deinen Anrufbeantworter gesprochen, ich weiß nicht, ob du die Nachricht erhalten hast. Ich hab dich telefonisch mehrmals um Verzeihung gebeten und gesagt, dass ich mein Verhalten sehr bedaure. Almudena, wir kennen uns kaum, es ist noch zu früh zum Reden … Ich weiß nicht, dein Kommen scheint mir übertrieben, obwohl ich dir dankbar dafür bin, dass du dich so auf mich einlässt …«

»Gálvez, warte mal. Ich bin nicht wegen dir hier. Ich wusste nicht mal, dass du hier bist, Martínez hat es mir erst heute Morgen gesagt … Spar dir deine Predigt über unsere Beziehung oder etwas, was gar nicht existiert. Ich meine gehört zu haben, du hast Gesellschaft …«

»Ich, Gesellschaft? Schau mal zu dem Tisch da rüber, siehst du jemanden?«

»Gálvez«, um Distanz zu wahren, redete sie mich hartnäckig mit meinem Familiennamen an. »Ich bin erwachsen. Es macht mir nichts aus. Zwischen uns ist nichts, du hast alle Freiheit, mit Jacqueline zu verreisen.«

Der abscheuliche Martínez hatte ihr alle Einzelheiten von meiner angeblichen Eskapade erzählt. Und sie hatte es einfach so hingenommen. Bis zu dem Augenblick hatte ich immer geglaubt, das Schlimmste für einen Mann sei eine Frau, die Erklärungen verlangt, aber jetzt wusste ich, dass es noch viel schlimmer ist, wenn eine Frau keine Erklärungen verlangt, denn das frustriert den ewigen Erklärungszwang, den fast alle Männer verspüren. Ich fragte, ob ich mich zu ihr setzen könnte, und sie gewährte es mir, wenn auch nicht unbedingt hocherfreut. Ich rief den Maître und bat ihn, den Weißwein an Almudenas Tisch zu bringen. Dann setzte ich zu Erklärungen an.

»Almudena, Jacqueline gibt es nicht. Das war eine Ausrede, damit Martínez mich in Ruhe lässt. In Wirklichkeit ist Jacqueline die Putzfrau dieses Hotels, der ich dreihundert Dirham dafür bezahlt habe. Ist das klar?«

»Dreihundert Dirham ... nicht schlecht für eine leidenschaftliche Nacht. Fast ein europäischer Preis: Gálvez, du bist wirklich ein großzügiger Mann.«

Ich hätte sie umbringen können, ließ es aber. Ich atmete mehrmals tief durch und erzählte ihr alles, um ihre Widerstände zu brechen.

»Ich bin hier, um die Unterlagen von Ahmid zurückzukriegen. Meine Nachforschungen über Matador sind schon ziemlich weit gediehen, diese Unterlagen müssen der Schlüssel zu dem Ganzen zu sein. Ist das klar? Und du, was machst du hier?«

»Ich mache eine Reportage über die Diebe von Lavapiés. Sie sind fast alle von hier ...«

»Ja, das weißt du von mir«, unterbrach ich sie ausgesprochen irritiert darüber, dass sie das schlaue Mädchen spielte. »Und ich kann dir dabei helfen.«

»Ich brauche deine Hilfe nicht. Ich habe schon mit genug Leuten Kontakt aufgenommen. Außerdem werde ich die Geschichte anders schreiben. Ich will eine weniger schwarze Vision der marokkanischen Immigranten in Spanien malen, zeigen, wer sie wirklich sind. Viele denken, sie seien nur Diebe. Sie sehen nicht die vielen Männer, die auf dem Land und auf dem Bau schuften.«

»Die von Lavapiés sind Diebe. Das eine hat mit dem anderen nichts zu tun. Du kannst nicht die Geschichte eines Bauern, der in Almería Paprika erntet, hernehmen und sie nach Madrid verfrachten, wo er aus Verschulden der Gesellschaft Japaner ausraubt. Was ganz anderes ist es, dass sich niemand um sie kümmert oder versucht, sie wieder einzugliedern ...«

»Gálvez, ich hab schon mit einigen gesprochen. Jungs, die auf dem Bau arbeiten wollen, die einen Beruf lernen wollen und es nicht können. Deshalb stehlen sie.«

Es war eine Unterhaltung zwischen Taubstummen. Keiner konnte den anderen überzeugen. Unter diesen Umständen noch viel weniger. Um keinen neuen Streit zu provozieren, wechselte ich das Thema.

»Würde es dir etwas ausmachen, mich wieder mit meinem Vornamen anzureden?«

»Wie nennt dich denn Jacqueline?«, stellte sie mit blitzenden Augen und einem den Speisesaal erhellenden Lächeln die Gegenfrage.

»Ali Baba. Sie sagt, ich sei durch und durch Rassist und zahle ihr zu wenig für ihre Dienste. Stimmt schon, einer ungezogenen Europäerin würde ich mehr zahlen ... zum Beispiel einen Blumenstrauß.«

Almudena musste mir verziehen haben, bevor sie nach Tanger gekommen war, denn eine halbe Stunde später, in Licht gebadet und mit Weißwein abgefüllt, nahm sie meinen Vorschlag an.

XIV

Das Haus am Meer

Imlahi tauchte um Punkt sechs in der Eingangshalle des Hotels auf. Diese Pünktlichkeit konnte sich nur so erklären, dass er die ganze Zeit da gewesen war, was er mir schelmisch bestätigte.

»Rachid lässt seine Freunde nie allein.«

Wir machten uns auf den Weg. Wie üblich lief Imlahi vorneweg und ich keuchend hinter ihm her. Vier Häuserblocks weiter erwartete uns ein Wagen im Parkverbot: ein glänzender metallicroter Wagen deutscher Marke mit Rachid am Steuer. Er hieß mich einsteigen und sagte etwas auf Arabisch zu Imlahi, der zu seinem Verdruss draußen bleiben musste, aber nicht zu protestieren wagte.

Rachid war nicht sehr gesprächig, was es mir ermöglichte, an meine letzten Stunden mit Almudena, ihre zärtlichen Umarmungen und ihre Natürlichkeit im Bett zu denken. Ich glaubte inzwischen zu wissen, warum mir diese junge Frau in so kurzer Zeit so nahe kommen konnte. Als ich aufstand und duschen wollte, um mich für das Treffen mit Rachid fertig zu machen, bereitete sie sich ebenfalls auf ein Treffen mit jemandem vor, dessen Namen sie mir nicht verraten wollte, um »Liebe und Arbeit zu trennen«. Sie küsste mich und verabschiedete sich mit einem ungewissen »Bis zum nächsten Mal, was hoffentlich bald sein wird«. Sie hatte Recht, denn auch ich wusste nicht, wie lange mein Ausflug mit Rachid dauern würde.

Bald hatten wir die Stadt hinter uns gelassen. Es waren

wenig Autos unterwegs und die Passanten drängten sich auf den schattigen Fußwegen, um sich vor der noch immer starken Sonne zu schützen. Wir fuhren westwärts, die blendende Sonne in den Augen, gegen die Rachid immun zu sein schien. Nach Überqueren des Cap Espartel konnte ich die prächtige Aussicht von dieser Seite des Atlantiks genießen. Ein großes Passagierschiff auf dem Weg nach Tanger, wie ich vermutete, furchte das Wasser wie in einer Kinderzeichnung. Mein Begleiter und Fahrer schwieg weiter und überließ mich der Selbstvergessenheit, die jeden überfällt, der sich solch unermesslicher Schönheit hingibt. Wir hielten an und rauchten schweigend und genussvoll eine Zigarette, die uns eine leichte Brise schnell beenden half.

Auf Rachids Aufforderung stiegen wir wieder in den Wagen und fuhren einen bizarren Weg mit vielen kleinen Aussichtsplätzen entlang, von denen aus man lang gestreckte, ungeschützte weiße Sandstrände bewundern konnte, die von mächtigen Wellen gegeißelt wurden. Dann kamen wir nach Asilah, einer kleinen Touristenstadt am Meer. Das sich auf den weißen Gebäuden reflektierende Licht, deren Türen in Indigo und anderen leuchtenden Farben gestrichen waren, blendete uns. Rachid hielt vor einem kleinen zweistöckigen Haus, das noch nicht fertig war. Ein paar Maurer räumten gerade ihr Werkzeug zusammen. Rachid wechselte einige Worte auf Arabisch mit ihnen, was mich auf den Gedanken brachte, dass er der Besitzer des Hauses sei. Dann verabschiedete er sich von ihnen und forderte mich auf, ihm ins Innere zu folgen, das wir zusammen mit dem Vorarbeiter kritisch begutachteten. Es musste tatsächlich sein Haus sein, denn er gab genaue Anweisungen, wie die Arbeit weitergehen sollte. Schließlich packte der Mann ebenfalls sein

Werkzeug zusammen, verabschiedete sich und folgte seinen Arbeitern. Rachid ging mit mir hinaus und warf einen so stolzen Blick auf das Meer, als hätte er es selbst erschaffen.

Er breitete seine Arme aus und sagte zu mir:

»Hast du schon mal so was Schönes gesehen, Reporter?«

»Es ist wunderschön, Rachid«, räumte ich ein, auch wenn ich nicht fand, dass es das Schönste war, das ich je gesehen hatte.

»Glaubst du, dass man hier eine Frau glücklich machen kann?«

»Ich denke schon«, antwortete ich grenzenlos verwirrt.

»Das ist mein Haus«, bestätigte er meinen Verdacht. »Und ich will es einer Frau schenken. Du musst mir dabei helfen. Ich finde Ahmid für dich und du tust, worum ich dich bitte.«

»Aber Rachid«, protestierte ich. »Wie soll ich jemanden überreden, mit dir zusammenzuleben? Das verstehe ich nicht. Das kann ich nicht. So was habe ich noch nie gemacht.«

Er beendete meinen Protest mit einer ganzen Reihe von Gesten. Und er bat mich, einen Augenblick zu warten. Er setzte sich auf einen der Steine, die das Haus vor den Wellen schützten, und forderte mich auf, es ihm gleichzutun. Dann zündete er sich eine Zigarette an und begann, den Blick auf den Horizont gerichtet, zu erzählen.

»Reporter, ich bin aus Spanien abgehauen, weil mich die Polizei gesucht hat. Ich kann nicht zurückkehren, denn wenn sie mich schnappen, werde ich mindestens sechs Jahre Gefängnis kriegen. Ich habe dort mit einer Spanierin zusammengelebt. Sie heißt Isabel und hat eine zweijährige Tochter. Sie ist nicht von mir, aber ich hätte es gerne. Isabel will nicht herkommen. Sie denkt, sie müsste dann wie eine Muslimin leben, verstehst du? Immer im Haus eingesperrt, wenn ich rausgehe. Und sie glaubt, ich hätte nichts, wovon wir leben könnten. Du musst ihr erklären, wie dieses Haus aussieht, du musst ihr sagen, was für ein Auto ich fahre und dass ich Geld habe. Auch, dass hier in Asilah viele Ausländer leben. Sie wird nicht wie eine Muslimin leben. Ich mache Geschäfte, ich kaufe alte Häuser, lasse sie renovieren und verkaufe sie an Europäer, die sich in Asilah niederlassen wollen. Ich muss nie wieder stehlen und kann ihr viel Geld bieten. Du musst zu Isabel gehen und mir helfen, sie davon zu überzeugen, dass sie zu mir kommt. Und wenn du über Tanger schreibst, musst du von Rachid berichten und wie gut es ihm als Geschäftsmann geht, denn das wird sie überzeugen. Weißt du, wer die Idee hatte? Ahmid, dein Freund, den du suchst. Weißt du, was es heißt, weit weg von der geliebten Frau zu leben, Reporter?«

Er sah mich kein einziges Mal an. Sicher wollte er vermeiden, dass ich die Rührung in seiner Stimme als Schwäche auslegte. In der Hoffnung, dass ich ihm helfen würde, hatte er seine dramatische Bitte ans Meer gerichtet. Aber ich war völlig durcheinander. Ich konnte ihm nicht antworten, und die Minuten zogen mit einer Zigarette nach der anderen dahin. Die Brise wurde stärker und die Härchen auf meine Armen stellten sich auf. Rachid brach mein Schweigen.

»Reporter, es gibt noch andere Leute, die nach Ahmid suchen.«

Ich begriff nicht gleich, weil ich immer noch unter dem Schock dieser unerhörten Bitte stand. Vielleicht reagierte ich deshalb mit einer Entschlossenheit, die keiner von uns beiden erwartet hatte.

»Das zieht bei mir nicht, Rachid. Ich will das trennen,

und wenn ich entscheide, dir zu helfen, dann tue ich es gratis. Sag mir: Warum ich?«

»Weil du einen sauberen Blick hast, Reporter. Ich kenne euch Spanier gut. Ich weiß auch, dass du mir dankbar sein wirst, wenn ich dir helfe, Ahmid zu finden. Deshalb habe ich dich gefragt, wie wichtig es dir ist, denn Isabel ist mir sehr wichtig. Das verstehst du doch, Reporter.«

Unsere Interessen waren nicht vergleichbar, aber nach Rachids Logik wusch eine Hand die andere. Eine Sympathiebekundung meinerseits musste ihm nicht unbedingt reichen, um mir zu vertrauen. Die Anspielung auf uns Spanier, so sehr sie mich auch stören mochte, war mehr als begründet. Der latente Rassismus in der spanischen Bevölkerung war überall zu spüren, wo Menschen aus dem Maghreb auftauchten, und Rachid hatte ihn oft genug am eigenen Leib erfahren müssen, nicht so sehr als Dieb, sondern als Marokkaner.

»Und was machen wir jetzt?«

»Jetzt fahren wir zu Ahmid. Bevor ihn die anderen finden«, sagte er übertrieben besorgt.

»Wer sucht denn Ahmid noch?«, fragte ich wirklich besorgt.

»Eine Frau, die du kennst. Sie hat wie du im Zoco Chico nach mir herumgefragt, Fonseca hat sie geschickt. Aber da gibt's noch zwei Männer, zwei Chinesen.«

Die Erwähnung Almudenas beunruhigte mich. Sie hatte mir nicht gesagt, dass sie Rachid suchte oder dass Fonseca ihr dieselbe Kontaktperson genannt hatte. Und Fonseca hatte mir auch nicht gesagt, dass Almudena nach Tanger kommen würde, aber er musste es gewusst haben, als wir uns das letzte Mal trafen. Der Besuch der Chinesen erschien mir lächerlich, wenig besorgniserregend. Wie wollten zwei Personen, die in Tanger derart auffielen und keine Kontakte hatten, einen Dieb aufspüren? Ich ließ Almudenas merkwürdiges Verhalten und ihre Heimlichtuerei erst einmal beiseite und wollte das mit den Chinesen klären.

»Wie wollen die zwei Chinesen Ahmid aufspüren?«

»Sie haben Geld, viel Geld, Reporter. Und es ist ganz einfach: Sie folgen dir. Du führst sie zu Rachid und Rachid führt dich zu Ahmid. Alles andere ist ganz einfach.«

»Das hätte ich gemerkt, Rachid. Mich hat kein Chinese verfolgt, seit ich in Tanger bin. Das würde sogar ich merken. Zwei Chinesen fallen hier mehr auf als eine ganzes Regiment Deutscher. Du übertreibst.«

»Es sind nicht die Chinesen, die dich verfolgen, Reporter. Sie haben Leute, die das für sie tun. Siehst du die drei Männer dort an der Mauer? Die folgen dir, seit ich erfahren habe, dass du mich suchst. Bevor wir uns mit Ahmid treffen, müssen wir sie abschütteln, damit wir keine Schwierigkeiten kriegen. Aber keine Sorge, Rachid ist sehr mächtig in seinem Revier. Jetzt bist du mein Partner, dir wird nichts passieren.«

Sein Gesicht hatte plötzlich einen wilden Ausdruck, der mich erschreckte. Seine Worte, weit davon entfernt, mich zu beruhigen, machten mich nur noch nervöser. Besessen von der Suche nach Ahmid hatte ich völlig außer Acht gelassen, dass die übrigen Interessenten in das Spiel eingreifen könnten. Wenn sie mich in Madrid gefunden hatten, warum sollten sie mich nicht auch in Tanger finden? Wieder einmal wurde ich mir meiner Grenzen bewusst, meiner Unfähigkeit, die Angelegenheit, auf die ich mich eingelassen hatte, in den Griff zu bekommen.

Rachid unterbrach meine Grübelei. Er hieß mich wieder einsteigen und fuhr Richtung Tanger zurück, wobei er ständig in den Rückspiegel sah und darauf wartete, dass uns die angeblich von den Chinesen angeheuerten Männer folgten. Ich drehte mich mehrmals um, aber Rachid meinte, ich solle das besser lassen. Als wir die letzten Häuser von Asilah hinter uns gelassen hatten, bog ein klappriger Wagen auf die einsame Landstraße in dieselbe Richtung ein. Rachid seufzte, was allerdings nicht beunruhigt, sondern vielmehr zufrieden klang, so als würde die Verfolgung ihm eine Last abnehmen.

»Da sind sie, Reporter. In dem grauen Wagen.«

»Dann gib Gas«, sagte ich. »Deren Schrottlaube fährt nicht so schnell.«

»Nein. Wir werden sie abhängen, wann wir es wollen. Lass den Fisch doch anbeißen. Sonst fängst du ihn nie.«

»Ich will überhaupt keinen Fisch fangen, Rachid«, insistierte ich, weil ich dachte, dass es besser wäre, sie abzuhängen, wenn wir keine Probleme haben wollten.

»Wenn wir diesen Fisch nicht fangen, wird er dich fangen, Reporter. Lass Rachid das auf seine Art erledigen.«

Wir fuhren lächerlich langsam für das Auto, in dem wir saßen. Der Wagen hinter uns hielt den Abstand, was Rachids Verdacht bestätigte: Sie folgten uns. Als wir in Tanger ankamen, bog Rachid in ein Elendsviertel ein, wo er drastisch die Geschwindigkeit drosseln musste. Beißender Gestank nach brennenden Autoreifen hieß uns willkommen und hing in meiner Nase, bis wir wieder draußen waren. Kinder und Hunde liefen neben uns her und begrüßten das Auftauchen eines so noblen Autos. Rachid lachte und grüßte zurück. Wir gerieten immer weiter in ein Labyrinth aus Gässchen, aus dem ich allein nie wieder herausgefunden hätte. Hier herrschte das Elend konkurrenzlos. Eine menschliche Landschaft, in der nichts darauf hinwies, dass sie überhaupt irgendwelche Lebensbedingungen bot, wo aber das Leben auf jedem Meter brodelte. Hunderte von Menschen, vor allem Kinder, bewegten sich in einem unüberschaubaren Chaos, das nichts mit den gängigen Klischees von arabischen Städten zu tun hatte. Hier verkaufte niemand etwas, was auch nur das geringste Interesse für andere haben könnte. Lediglich ein alter Mann bot in einem Karton Kaktusfeigen an, eine Frau bewachte einen Karton mit einem halben Dutzend Eiern und es gab leuchtende Tomaten, die sich mit Trockenfisch eine Kiste teilten. Viele bis auf die Augen verhüllte Frauen bewegten sich träge mit unverhältnismäßig großen Tüten für die wenigen Waren.

Das Elend nahm mit jedem Meter, den wir in diesen trostlosen Ort eindrangen, zu. Und unsere Verfolger kamen immer näher, zu dieser Kühnheit gezwungen, weil sie uns nicht aus den Augen verlieren durften.

»Rachid, sie sind uns auf den Fersen«, informierte ich ihn erschrocken.

»Wir sind gleich da, Reporter.«

Wir änderten ein paarmal die Richtung und bogen in ein einsames Gässchen ein. Die Metalltür eines Schuppens aus Hohlziegeln versperrte uns den Weg. Ich konnte beobachten, wie unsere Verfolger in das Gässchen einbogen. Als der Fahrer begriff, dass er in eine Sackgasse geraten war, wollte er schnell zurücksetzen. Aber da versperrte ein Kleintransporter ihm den Fluchtweg. Sie saßen in der Falle.

Dann stieg Rachid aus und befahl mir, im Wagen sitzen zu bleiben. Aus dem Kleintransporter stiegen vier mit Stöcken und Eisenstangen bewaffnete Männer. Ein paar weitere kamen aus dem Schuppen gelaufen. Es war kein einziger Schrei zu hören. Die Fenster des grauen Wagens zerbarsten und die drei Insassen stürzten heraus. Ich gehorchte Rachid nicht und stieg mit der vagen Absicht, das hier zu beenden, aus. Die Schläge klangen dumpf, anarchisch, grässlich. Ich sah, wie eine Stange auf einen Kopf niedersauste und hörte ein Geräusch, das wie ein Schlag auf einen Karton klang. Kein einziger Aufschrei, nur das dumpfe Krachen der Schläge auf die Karosserie und die Knochen derjenigen, die daringesessen hatten. Wenig später übertönte Rachids trockener Befehl die Geräusche, was der Prügelei abrupt ein Ende setzte.

Die Angreifer beseitigten die Spuren genauso effizient, wie sie aufgetaucht waren. Die Verprügelten wurden zu dem Kleintransporter geschleppt und hineingehievt. Zwei Männer, die ich als *die meinen* ansehen sollte, setzten sich in das kaputte Auto und fuhren dem Transporter hinterher. In seiner Rolle als Chef überwachte Rachid das Geschehen die ganze Zeit, ohne selbst einzugreifen. Als sie weg waren, setzte er sich ans Steuer und hieß mich einsteigen. Ich gehorchte ihm schweigend. Ich konnte vor Schreck nicht reden und vor Ungläubigkeit nicht denken.

Rachid lenkte den Wagen wieder aus dem Viertel. Wir schwiegen beide gute zwanzig Minuten lang. Die Sonne ging unter und der steinige Sandweg versank in der Dunkelheit. Um uns herum fiel nur vereinzelt schwaches Licht aus den kleinen Hütten. Wir verließen Tanger und fuhren landeinwärts.

»Haben sie sie umgebracht?«, fragte ich mit brüchiger Stimme. Ich war unfähig, ihr einen gelassenen Ton zu verleihen.

»Nein, Reporter. Wir haben ihnen nur ein paar Knochen gebrochen, damit sie uns in den nächsten Wochen nicht verfolgen können. Man wird sie morgen früh in der Nähe des Krankenhauses finden. Dort wird man ihre Wunden versorgen, aber niemand wird ihre Angst heilen können. Jetzt sind es schon drei weniger, die Ahmid und dich suchen. Bleibt noch das Mädchen.«

Ich konnte einen erstickten Aufschrei nicht unterdrücken, der keinem Wort, keiner Absicht, einen Satz zu formulieren, entsprach. Es war ein Anfall von Panik, instinktiv hob ich die Hand gegen Rachid, der keine Anstalten machte, sich zu schützen, sondern laut auflachte und wieder seine boshafte Seite wieder zeigte.

»War ein Scherz, Reporter. Ich weiß, dass sie deine Freundin ist.« Und er lachte noch lauter.

Ich sackte erschöpft in den Beifahrersitz zurück. Sein makabrer Sinn für Humor hatte meine letzten Adrenalinreserven verbraucht, nachdem ich schon als privilegierter Zuschauer die brutale Beseitigung von drei Verfolgern beobachten durfte.

»Du bist ein Arschloch, Rachid«, sagte ich frei von jeder Boshaftigkeit in sachlichem Ton.

»Ich bin ein Arschloch, Reporter, aber deswegen lebe ich noch. Und meinen Freunden gegenüber bin ich keines. Isabels Tochter werde ich ein guter Vater sein. Du wirst Isabel kein Wort hiervon erzählen, das geht sie nichts an. Isabel soll nur wissen, dass sie ein wunderschönes Haus haben wird, von dem aus man das Meer sieht, dass ihre Tochter auf eine gute Schule gehen wird, zusammen mit Mädchen aus Marokko und anderen europäischen Ländern. Ich werde alles bezahlen. Das soll Isabel erfahren, verstehst du, Reporter?«

Rachid verfügte über eine Tugend: Er stellte die Dinge genau klar. Und er glaubte felsenfest an seine eigenen Moralvorstellungen. Rachid war ein Produkt des Elendsviertels, in das er die drei Unglücksraben in den Hinterhalt gelockt hatte. Er war ein Überlebender der Scheiße. Und ich hatte vermutlich kein Recht, über ihn zu urteilen. Dennoch fühlte ich mich berechtigt dazu, aus dem einfachen Grund, weil er mich da hineingezogen und mir seine Art, die Dinge zu lösen, aufgezwungen hatte. Er hatte mir die Freiheit genommen, meine Probleme auf meine Weise zu lösen. Rachid hatte mit seiner rührenden Haltung gegenüber Isabel und ihrer Tochter ein Stückchen meines Herzens erobert. In diesem Augenblick jedoch hasste ich ihn, so sehr er mich auch aus einer ernsten Gefahr gerettet hatte.

»Rachid, machen wir so schnell wie möglich Schluss«, bat ich ihn.

Er antwortete nicht, bog an der nächsten Kreuzung ab und hielt vor einer Hütte, neben der ein Esel an einen Baum gebunden war. Ich fühlte mich wie dieses Tier, das sein Schicksal auch nicht selbst in der Hand hatte. Noch bevor Rachid klopfen konnte, ging die Tür auf. Im Türrahmen tauchte im schwachen Lichtschein eine Gestalt auf, die ich sofort erkannte. Es war Ahmid.

Die beiden umarmten und küssten sich drei Mal auf die Wangen. Dann redeten sie kurz auf Arabisch miteinander. Ich glaubte, sie stritten, wenn auch nicht ernsthaft. Dann winkte mich Rachid näher. Ahmid drückte mir herzlicher die Hand, als ich erwartet hätte. Ich sah, dass er noch immer dieselben Turnschuhe trug, die sein Identitätsmerkmal in Spanien waren. Seine Schirmmütze trug er nicht.

Im Innern der Hütte saß ein Greis in ein paar bunten Kissen gelehnt auf einem Teppich. Rachid fuhr ihn barsch an, er stand wortlos auf und ging hinaus.

Es wirkte, als wären Ahmid und Rachid sich einig geworden . Ahmid wandte sich schließlich an mich.

»Jetzt kommst du in mein Haus, Reporter, wie ich in deines gekommen bin, als ich Probleme hatte. Rauchst du einen Joint mit uns?«

Ich schüttelte den Kopf. Jetzt nur nicht in Gesellschaft dieser beiden den Verstand verlieren. Ahmid nahm sich Zeit und zündete den fertigen Joint an. Drei tiefe Züge und er reichte ihn Rachid weiter. Dann wandte er sich wieder an mich.

»Ich habe mit Rachid gesprochen. Ich gebe dir die Unterlagen, aber erst, wenn du seinen Auftrag erledigt hast.«

Er zog einen kleinen Schlüssel aus der Hosentasche und reichte ihn mir. Dann sah er wieder zu Rachid hinüber, der zustimmend nickte, und fuhr fort.

»Das ist der Schlüssel zu einem Schließfach, aber ich werde dir nicht sagen, wo es ist, bis Rachid mir bestätigt, dass du mit Isabel gesprochen hast. Rachid wird mir den Preis zahlen, den sie wert sind. Er macht dir ein großes Geschenk, Reporter. Du hast Glück, dass er so verliebt ist. Verliebte Männer verlieren ihre Macht, sie werden schwach und geben ihre Schätze dem Erstbesten, der sie darum bittet. Du bist heute der Erste.«

Beide lachten mit fast rührender Selbstgefälligkeit. Und Rachid gab Ahmid den Joint zurück. Zwischen den beiden musste eine solide Freundschaft bestehen, sicherlich basierend auf unzähligen Diebesabenteuern, alkoholreichen Nächten in Lokalen mit ethnischer Musik und vielen gemeinsam verbrachten Stunden in Madrider Zellen.

»Ahmid, du wirst wegen des Mordes an zwei Jungen gesucht, die immer mit dir in die Kneipe gingen. Jemand hat ihre Hütte angezündet. Fonseca glaubt, dass sie dich gesucht und die beiden ausgequetscht haben. Er glaubt, dass es die Chinesen waren. Wenn die Unterlagen was wert sind, dann sind sie es auch für dich, um zu beweisen, dass du es nicht gewesen sein kannst.«

»Das gehört auch zu deiner Arbeit, klar? Für dich ist es ein Leichtes, die Polizei zu überzeugen. Mir werden sie nie glauben. Du regelst das für mich und ich kann mit viel Geld als Tourist nach Spanien zurückkehren. Von jetzt an arbeite ich für Rachid, ich bin jetzt ein Mann, dem man vertrauen kann, verstehst du?«

Für Ahmid war alles einfach, egal unter welchen Umständen. Bei der Erwähnung seiner beiden toten Kumpels zuckte er nicht mit der Wimper, er fragte auch nicht nach ihren Namen. Ahmid lebte von Tag zu Tag, von Minute zu Minute, ohne sich um die Zukunft oder die Vergangenheit zu kümmern.

Mit einer Geste des Zuprostens hob er den Joint und schenkte mir einen tiefen Blick und das frische Lächeln, mit dem er seine Gesprächspartner immer einwickelte und von seiner Unschuld überzeugte.

Als ich den Schlüssel einsteckte, breitete sich große Leere in mir aus. Für einen Schließfachschlüssel war ich also hierher gereist. Alles wirkte so natürlich, dass es mir einen Schauer über den Rücken jagte. Aber es war noch nicht zu Ende.

»Ahmid, du musst mir sagen, wer dich beauftragt hat, diese Papiere zu stehlen, und wie es dazu gekommen ist.«

»Das ist ganz einfach, Amigo. Ein paar Chinesen haben mich rufen lassen, sie wussten, dass ich der beste Dieb bin, das hat mir Rachid beigebracht. Bei ihnen war ein Japaner, der kein Wort sagte, nur zuhörte. Sie sagten, ich solle dieser Frau die Tasche stehlen. Dann sollte ich die Tasche meinen Helfern weitergeben, die ins Hotel gehen und die Unterlagen holen sollten. Die haben mir viel Geld dafür bezahlt, also dachte ich, die müssten noch mehr wert sein. Deshalb hab ich sie ihnen nicht gegeben, sondern darauf gewartet, dass sie mir noch mehr bezahlen würden. Als ich abgehauen bin, habe ich ihnen eine Nachricht geschickt und mehr Geld verlangt, die Unterlagen genommen und bin zu dir geflüchtet, weil sie mich umlegen wollten. Ahmid lässt sich nicht einschüchtern.«

»Deine Helfer, waren das die Kinder aus der Hütte?«

»Ja. Deshalb will ich nicht, dass die Chinesen die Papiere kriegen. Ein Journalist kann ihnen damit wehtun. Das ist der erste Teil meiner Rache. Wenn ich wieder nach Spanien zurückkann, werde ich sie zu Ende führen.«

Die Geschichte verursachte mir Übelkeit, obwohl sie vieles klärte. Es war ein Japaner im Spiel, was gut zu der Sache mit Matador passte. Aber warum hatten die Chinesen die Arbeit nicht selbst gemacht? Die Antwort musste in einer Reihe von Hindernissen stecken. Die Japaner hatten in Spanien keine Infrastruktur und griffen auf die Chinesen zurück, und die auf die besten Diebe, die Jungs im Viertel. Aber sowohl die Japaner als auch die Chinesen hatten etwas übersehen: Zwischen Ahmid und seinen Kumpeln gab es keine Regeln. Und die Jungen hatten auch etwas übersehen, was tragische Folgen hatte: Die chinesische und die japanische Mafia wussten zu töten. Das hatte den beiden Jungs an der Puente de Segovia das Leben gekostet.

Es war alles brutal einfach. Das Leben, die Folter, der Tod. So brutal wie die Natürlichkeit, mit der Ahmid trotz seiner Rachegedanken den Tod seiner Freunde hingenommen hatte.

Ich drängte Rachid, mich ins Hotel zurückzubringen.

»Du bist sehr ungeduldig. In Marokko verlangt die Höflichkeit, dass wir mit Ahmid einen Tee trinken. Willst du nicht höflich mit uns sein?«

»Ist ja gut. Einen Tee und dann fahren wir.«

»Du hast Glück, ich trinke keinen Tee«, witzelte Ahmid. »Ich kann dir einen guten Whiskey anbieten.«

Mitten in dem reizlosen Raum stießen wir im Stehen

auf Isabel an. Dann fand Rachid zu meiner großen Erleichterung, dass es Zeit sei, nach Tanger zurückzufahren. Da unsere Verfolger ausgeschaltet waren, konnte Ahmid uns begleiten. Von jetzt an schien er ein freier Mann zu sein. Frei, nur nicht von sich selbst, dachte ich, denn bald würde er das nächste dicke Problem am Hals haben, das ist das Schicksal der Überlebenskünstler.

Sie setzten mich in der Nähe des Hotels ab, ohne sonderlich auf ihre Einladung, das Abkommen mit viel Alkohol und ein paar Frauen an einem speziellen Ort zu begießen, zu dringen. Ich lehnte dankend ab.

»Viel Glück, Reporter«, verabschiedeten mich beide gleichzeitig.

»Denk an unseren Handel«, erinnerte mich Rachid. »Willst du wirklich nicht mitkommen? Arabische Frauen sind sehr schön. Willst du nicht feiern?«

Ich hatte nichts zu feiern. Meine Arbeit bestand darin, einen Betrug aufzudecken, ich hatte nichts zu gewinnen, konnte nur verhindern, dass mir nicht dasselbe wie den Handlangern der Chinesen passierte. Außerdem musste ich dringend mit Almudena sprechen, um ihre dumme Geheimnistuerei mit Ahmid und Rachid zu beenden.

An der Rezeption erfuhr ich, dass Almudena mich im Hotelrestaurant erwartete, wo der Auftritt einer mexikanischen Sängerin angekündigt war. Ich ging direkt an ihren Tisch. Sie war wunderschön, trug ein kurzes rotes Kleid mit tiefem Ausschnitt und hatte sich sorgfältig geschminkt. Ihre Lippen war perfekt nachgezogen und ihre Augen hätten noch in der dunkelsten Nacht geleuchtet. Zur Begrüßung hob sie ihr Weinglas und zeigte auf den Stuhl ihr gegenüber.

»Gálvez, ich war mir nicht sicher, ob du kommen würdest, aber ich schwör dir, dass ich mich freue.«

Ich schenkte mir auch ein Glas ein und trank den ersten Schluck, aber dann ging ich sofort zur Klärung unserer wirren Berufsbeziehung über.

»Almudena, du hast im Zoco Chico nach Rachid und Ahmid gefragt und es mir verheimlicht. Was für ein Spiel spielst du eigentlich?«

»Das Spiel meiner Arbeit. Rachid ist der Beste für die Geschichte, die ich schreiben soll. Du hast mir doch auch nicht erzählt, was du spielst. Ich kenne nur Versatzstücke, wirre Fakten über Matador und die Chinesenbande. Meine Story ist klar: Es gibt einen Jungen, der des Mordes an zwei Kindern verdächtigt wird, angeblich wegen einer Drogengeschichte, und seine schreckliche Geschichte ist die Geschichte aller Madrider Kinderdiebe. Warum sollte ich Ahmid nicht suchen? Warum sollte ich es dir erzählen, wenn du mir auch nicht erzählst, was du tust? Gálvez, deine Sache ist undurchsichtig. Meine ist klar. Wie hast du erfahren, dass ich die beiden suche?«

Ihre Überheblichkeit verwandelte sich in Unruhe.

»Du bist eine junge, attraktive Spanierin. Ist dir nicht einmal in den Sinn gekommen, dass du im Zoco Chico überfallen werden könntest? Hier ist es nicht üblich, dass Frauen herumlaufen und nach jemandem fragen. Und ich habe meine Informanten ...«

»Dann hast du die Leute auf mich angesetzt? Gálvez, ich ertrage deinen Paternalismus nicht. Ich bin sehr wohl fähig, auf meine Weise zu arbeiten, ich brauche keinen Beschützer.«

»Woher weißt du, dass sie dir gefolgt sind?«, fragte ich alarmiert, obwohl meine Überraschung nach dem Jagderlebnis am Nachmittag absurd war.

»Weil sie sich nicht verstecken. Ich habe noch nie so was Unverschämtes erlebt. Als ich mit Rachid in einem

Café saß, setzten sie sich an den Nachbartisch und hörten uns ungeniert zu. Mir ist das egal. Ich habe nichts zu verbergen. Rachid ist ein guter Junge. Er hat mir gesagt, dass du nicht mit ihm reden wollest, dass du ihm Druck gemacht hättest, etwas Illegales zu tun, obwohl er mir nicht gesagt hat, was. Ich glaube, du irrst dich. Er ist repräsentativer für die marokkanische Jugend als Ahmid. Er ist zur Schule gegangen, er will arbeiten, nicht stehlen, er glaubt an seinen König, den politischen Fortschritt, das kollektive Bemühen, aus dem Elend rauszukommen. Rachid hat vor, nach Spanien zurückzukehren, um seine Ausbildung zu beenden und später seinem Land nützlich zu sein. Ahmid ist ein Gauner.«

Ich musste mich sehr zusammenreißen, um mir nichts anmerken zu lassen. Almudena war in derselben Schneiderei gewesen wie ich, und Mohamed hatte ihr den Jungen aufgeschwatzt.

»Und jetzt willst du ihm helfen, nach Spanien zurückzukehren ...«

»Wenn ich kann, tue ich es bestimmt. Er wird der Protagonist meiner Reportage. Ich will ein positives Bild der Migration zeichnen. Es gibt schon genug Geschichten über Prostituierte und Diebe. Es gibt andere, die eine Chance verdienen und die das Bild, das unsere rassistische Gesellschaft von ihrem Volk hat, verändern können.«

Rachids Vater hatte seine Lektion gelernt. Ihm gegenüber war er am Anfang aufrichtig gewesen. Bei Almudena hatte er sich erst über die Wünsche der Journalistin informiert, um ihr ein maßgeschneidertes Kleid anzufertigen. Mohamed war ein Genie.

Aber wie hatte er Rachids Vergangenheit mit der des echten Rachid verbunden? Ich fragte Almudena, ohne ihr Misstrauen zu erregen.

»Und dass er einen Japaner niedergestochen haben soll, wie verbindest du das mit gutem Benehmen?«

»Er war es nicht. Rachid hatte nichts mit der Diebesbande zu tun. Er war nicht mal mit Ahmid befreundet. Sie haben ihm den Mord angehängt, was in bestimmten Kreisen häufig vorkommt. Du hast dich geweigert, mit ihm zu reden, aber du hast seinen Vater getroffen, leugne es nicht, denn sie haben es mir erzählt und ich weiß, dass sie die Wahrheit sagen. Kannst du dir vorstellen, dass der Vater Rachid in ein Ghetto schickt, wenn er Mittel hat, ihm zu helfen? Kannst du dir vorstellen, dass Rachid einen Mann umbringt?«

Natürlich nicht. Allerdings konnte ich mir gut vorstellen, wie der Vater Almudena mit seinem Geschwätz über das Vertrauen eingewickelt hatte. Ich muss zugeben, dass ich Almudenas Beschreibung, wie sie in Mohameds Falle gegangen war, genoss. Und es war hart, nichts richtigstellen und ihr nichts von dem Mordauftrag erzählen zu können, mit dem ich mir den Vater vom Hals geschafft hatte.

Es war kein böser Wille, auch kein Mitleid. Es war viel schlimmer: Ich stellte Mohameds Geschichte nicht richtig, weil ich verhindern wollte, dass Almudena sich auf gefährliches Terrain begab. Solange sie die Geschichte mit dem falschen Rachid verfolgte, würde sich kein Killer der Chinesischer an ihr vergreifen. Ich handelte ekelhaft paternalistisch, nur zu Almudenas Sicherheit, die mir jetzt eifrig ihre Pläne darlegte.

»Rachid wird mir helfen, andere Jungs zu interviewen, die in Spanien ihre Ausbildung beenden wollen, um dann nach Marokko zurückzuehren und Reichtum zu säen.«

Ich segnete ihre Pläne ab in dem Gefühl, ein Schwein zu sein, und entspannte mich bei einem Weißwein, hörte mexikanische Lieder, die von entfesselter Leidenschaft und einem Schusswechsel aus Liebe handelten. Ein mexikanischer Freund hatte mir einmal erzählt, dass der Surrealismus in Mexiko keine künstlerische Strömung sei, sondern reine Milieuschilderung. Das war noch untertrieben beim Anblick dieser Frau in typischer Landestracht, die ihre musikalischen Klagen und Drohungen in der Begleitung eines Pianisten in rotem Fes ausstieß. Almudena und ich sangen mit den Weingläsern in Händen den Refrain von *Ella* mit. Lüge und Betrug hatten diesen Augenblick derartig eingelullt, dass ich einfach glücklich war.

XV

Uhren und Boote

Ich wachte wieder in Almudenas Armen auf. Wir weinten zwar nicht vor Freude, aber ich glaube, wir waren ziemlich zufrieden mit etwas, das wir zum Glück noch nicht zu analysieren versucht hatten.

Im Badezimmerspiegel sah ich einen verlebten Mann, dessen Augen unnatürlich leuchteten. Sein Blick blieb ein paar Sekunden an meinem hängen und dann sagte er zu mir: »Gálvez, es ist unanständig, was du tust. Sie ist zu jung.«

Das wollte ich jetzt nicht hören. Ich brauchte erst mal dringend meinen ersten Kaffee, eine Predigt hätte mir gerade noch gefehlt, so sehr meine Vorträge an mich selbst auch immer von übertriebener Toleranz untergraben wurden. Ich duschte und sagte Almudena, dass ich in die Cafeteria ginge. Sie bat mich, auf sie zu warten.

»Julio, ich will das Hotelzimmer nicht immer allein verlassen. Es dauert nur zehn Minuten, tu mir den Gefallen.«

Hätte ich nicht gewollt, dass das Aufwachen mit Almudena sich wiederholte, hätte ich es getan. Beziehungen einer Nacht erlauben verlogene Konzessionen. Aber zu erleben, wie morgendlicher Koffeinmangel bei mir Wirkungen auslöste, die destruktiver waren als Napalm, wäre viel traumatischer für sie gewesen. Und es war auch nicht der Augenblick, mich um die Komplexe einer Frau zu kümmern, die keine festen Beziehungen gehabt hatte, zumindest nicht in Hotels. Deshalb riskierte ich, dass sie es nicht verstand, und sagte: »Ich kann nicht.«

Die Zeit heilt alles, besonders wenn ein Kaffee das Abstinenzproblem löst. Bei einem Frühstück, das man unmöglich bewältigen konnte, zeigte sich Almudena voller Tatendrang und keineswegs beleidigt. Sie hatte einen aufregenden Tag vor sich: Der falsche Rachid hatte ein Treffen mit seinen Kumpels für sie arrangiert, die begierig darauf waren, etwas zu lernen und die in der Ersten Welt erworbenen Kenntnisse zu nutzen, um ihr eigenes Land aufzubauen.

Meine Arbeit in Tanger war erledigt. In meiner Hosentasche steckte der Schlüssel zu dem Schließfach, in dem Ahmid die Unterlagen über Matador hinterlegt hatte, und in meiner Brieftasche steckte der zerknitterte Zettel mit Isabels Adresse und Telefonnummer.

Ich hatte nichts von meiner Recherche erzählt. In unserer Situation schien es mir nicht ratsam, Almudena in meine Nachforschungen einzuweihen. Irgendetwas hinderte mich daran, auf ihre Diskretion zu vertrauen. Sie nahm mein Misstrauen klaglos hin.

Wir vereinbarten, dass ich noch einen Tag dranhängte und wir zusammen nach Madrid zurückflögen. Das war keine so gute Idee, aber ich konnte Almudena aus verschiedenen Gründen nicht allein lassen. Zum einen verlangte mein Körper danach, ihr nahe zu sein, und zum anderen war ich mir nicht ganz sicher, ob sich ihre Beschattung wirklich in Luft aufgelöst hatte. Selbst wenn die Chinesen nichts über den Verbleib der Pechvögel wissen sollten, die mit unserer Verfolgung ihr Schicksal herausgefordert hatten, mussten sie doch zumindest beunruhigt sein. Ich wusste nicht, wie sie vorgingen, ich wusste nicht, ob sie ein Nachrichten- oder Sicherheitssystem hatten, aber trotz der von Ahmid und Rachid wiederholten Beschwichtigungen fand ich es besser, ein paar

Vorsichtsmaßnahmen zu ergreifen. Ohne ihr etwas davon zu sagen, beschloss ich, Almudena und ihre möglichen Verfolger zu beschatten, sollten die sich nach der Feststellung, dass sie sich mit einem harmlosen Kerl wie Mohameds Sohn zufrieden gab, noch für sie interessieren. Jedenfalls hatte ich nichts Besseres zu tun.

Trotz der geringen Wahrscheinlichkeit, dass Almudenas Aktivitäten riskant sein könnten, begannen sich über unseren Köpfen dunkle Gewitterwolken zusammenzuziehen: Almudena wollte nach ihren Interviews in die Medina einkaufen gehen.

»Du weißt schon, Pantoffeln, Henna, Schmuck ...«

Ich gab Almudena ein paar Minuten Vorsprung, um herauszufinden, ob sie verfolgt wurde. Wie durch Zauberhand stand plötzlich Imlahi in der Hotelhalle. Ich konnte seine Dienste in Anspruch nehmen, denn ich argwöhnte, dass Rachid ihn entlassen hatte. Dem war nicht so. Als ich ihn rief, kam er wie ein Schoßhündchen, das ein Häppchen erbetteln will, zu mir. Ich machte ihm den Vorschlag, auf meine Kosten Almudena zu folgen, aber er lehnte ab.

»Ich muss bis zu deiner Abreise bei dir bleiben, Amigo. Befehl von Rachid. Ich bin einer von Rachids Soldaten.«

Er hatte sich in einen Soldaten verwandelt und war stolz darauf. Und das machte es unmöglich, seine Dienste für ein anderes Heer zu beanspruchen. Ich hatte eine Idee zur Lösung des Problems.

»Hör mal, Imlahi, ich mach dir einen Vorschlag, der auch Rachid gefallen wird: Du folgst mir vorweg.«

»Und wie weiß ich dann, wo du bist?«

»Ganz einfach, du gehst dieser Frau nach und ich folge dir. Wenn du siehst, dass ihr noch jemand folgt, gibst du mir Bescheid und wir zwei informieren Rachid.«

Er kratzte sich mit beiden Händen am Kopf und dachte über den Vorschlag nach.

»Ist gut, Amigo. Aber wenn es Probleme gibt, erklärst du es Rachid, einverstanden?«

Dass er sich der Verantwortung entziehen wollte, war logisch, wenn man seinen Chef kannte, also versprach ich es ihm, und Imlahi lief los, bevor Almudena einen zu großen Vorsprung hatte. Was dazu führte, dass ich wieder außer Atem geriet. Das war wohl mein Schicksal.

Almudena blieb an einer Strandbude stehen. Imlahi forderte mich in Zeichensprache auf, im Hotelcafé auf der anderen Straßenseite auf ihn zu warten. Ich bestellte eine Cola und beobachtete wieder die herumlungernden Jugendlichen, die fasziniert auf die spanische Küstenlinie starrten. Tanger, das einmal den Spitznamen Perle Marokkos erhalten hatte, war zu einem Zwischenstopp für diejenigen geworden, die das Land verlassen wollten.

Auf der Terrasse vor der Bude konnte ich Almudena und ihre gutherzigen Auswanderungskandidaten sehen. Sie redeten begeistert mit Händen und Füßen auf sie ein und tranken dabei Erfrischungsgetränke. Ich konnte keine verdächtigen Gestalten erkennen. In dem Glauben, die Chinesen hätten Almudenas Verfolgung aufgegeben, entspannte ich mich und freute mich auf ein paar ruhige Stunden vor der Abreise. Meine Gedanken wurden nur von der Aussicht, am Nachmittag im Zoco einkaufen zu gehen, getrübt.

Aber dann wurde es unruhig in der Gruppe. Der falsche Rachid stand auf und ging Richtung Straße. Die anderen drei standen plötzlich ebenfalls auf und zerrten Almudena ins Innere der Bude. Ein Geländewagen hielt vor der Tür, ein Mann stieg aus und öffnete die Hecktür. Ich stellte mein Glas ab und rannte auf die Straße. Hinter mir schrie der Kellner und verlangte sein Geld. Ich lief ohne mich umzuschauen über die Straße und wäre fast von einem Obstlaster überrollt worden, der empört hupte. Ein anderer Lastwagen versperrte mir für einen Moment den Blick auf die Szenerie gegenüber.

Als ich wieder etwas sehen konnte, stand schon Rachids Wagen da. Imlahi führte eine Gruppe Jugendlicher an, die so getan hatten, als warteten sie auf die Fähre. Und Ahmid rannte mit einer Eisenstange und seinem Klappmesser bewaffnet vor ihnen her. Rachids Leute bewiesen wieder einmal ihre Effizienz. Die drei verhinderten Entführer lagen in wenigen Sekunden auf dem Boden, und Almudena und ich fanden uns auf dem Rücksitz von Rachids Auto wieder.

In Tanger fiel es nicht sonderlich auf, dass wir und der Wagen hinter uns die wenigen funktionierenden Ampeln bei Rot überfuhren, denn das war hier üblich.

»Reporter«, sagte Rachid, als wir schon in einiger Entfernung waren und sich im Auto Ruhe ausgebreitet hatte, »du sitzt in einem ganz schönen Schlamassel. Die Chinesen haben eine Menge Leute angeheuert. Die meinen es ernst, wir müssen euch hier rausbringen. Rachid ist stark, aber nicht stark genug, um ein ganzes Heer zu besiegen. Ahmid und ich werden uns eine Zeit lang verstecken müssen. Aber vorher bringen wir euch auf den Weg nach Spanien.«

»Der nächste Flug geht erst morgen«, klärte ich ihn auf.

»Du kannst nicht fliegen, Reporter. Die sind überall. Sie haben das halbe Gesindel von Tanger bestochen. Wir müssen euch im Boot hier rausschaffen.«

Rachids Fähigkeit zum Mobilisieren von Hilfskräften nach zu urteilen, stand die andere Hälfte des Gesindels hinter ihm, aber ich sprach es nicht aus. Ich beruhigte mich langsam und konnte wieder denken.

»Rachid, wenn wir die Fähre nehmen, müssen wir ins Hotel zurück und unser Gepäck holen. Ich nehme doch an«, an diesem Punkt angekommen, gab ich meiner Stimme einen schlauen Unterton, um zu beweisen, dass ich die Situation im Griff hatte, »dass wir von Ceuta abfahren.«

Ahmid und Rachid lachten auf. Ahmid versetzte mich augenblicklich in die schlimmste Realität zurück.

»Wenn wir Boot sagen, meinen wir auch Boot, Reporter. Auch die Fähre ist nicht sicher. Die sind überall, glaub uns. Wir werden euch heute Nacht in ein Flüchtlingsboot nach Spanien setzen. Das ist am sichersten.«

»In ein Flüchtlingsboot?«, rief Almudena, die vor Schreck und Verwirrung über die Ereignisse die ganze Zeit geschwiegen hatte. »Kommt nicht in Frage, ich werde seekrank.«

Sie antworteten ihr erst gar nicht. Und ich konnte nur ihre Hand nehmen und ihr etwas menschliche Wärme vermitteln. Ich war selbst erschrocken über das, was uns bevorstand. Mit rasender Geschwindigkeit schossen mir Bilder von Ertrunkenen und meterhohen Wellen durch den Kopf, dazwischen die aus dem Flugzeug: lange Kielspuren von großen Transportschiffen, von riesigen Tankern, denen wir ausweichen müssten, um heil ans andere Ufer zu kommen. Als der Schock über den Entführungsversuch nachließ, fing Almudena zu schluchzen an. Ich nahm sie in den Arm. Ahmid und Rachid sahen aus Respekt vor unserer Privatsphäre geradeaus.

Eine Stunde später hatten wir die Schilder, die die Grenze nach Ceuta ankündigten, hinter uns gelassen. Wir fuhren noch ein paar Minuten weiter, bis wir zu einer

Schäferhütte kamen, die von riesigen Feigenkakteen vor Wind und Wetter sowie neugierigen Blicken geschützt wurde. Rachid befahl Ahmid, mit uns auszusteigen und parkte den Wagen hinter einem Feigenkaktus. Aus dem Auto hinter uns stiegen vier junge Männer, die sich in militärischer Disziplin an strategischen Punkten als Wache aufstellten.

Ahmid sagte, wir sollten vor der Hütte warten. Als Rachid zurückkam, gingen die beiden hinein. Sie kamen mit einem etwa fünfzigjährigen Mann in blauer Hose und Wollpullover mit grau meliertem Bart und sonnengegerbter Haut wieder heraus und begannen laut auf Arabisch zu verhandeln. Hin und wieder zeigte einer von ihnen auf uns. Die Diskussion war hitzig, und der Mann sagte ständig »Nein«. Rachid hob die Stimme und senkte sie wieder. Ich beobachtete sie und tätschelte dabei beruhigend Almudenas Rücken.

»Julio, ich lass mich lieber entführen«, sagte sie. »Sag Rachid, dass wir ihm sehr dankbar sind, aber ich will nicht im Boot übersetzen. Warum wollten mich diese Typen verschleppen? Ich habe doch nur eine Reportage über ihr Leben und ihren Wunsch, nach Spanien zu gehen, gemacht. Julio, bitte, ich mache sonst was, aber schick mich nicht auf dieses Boot.«

»Meine Liebe, es wird ein sicheres Boot sein. Du glaubst doch nicht, dass sie uns die Meerenge in irgendeiner schwimmenden Schüssel überqueren lassen. Wir sind keine illegalen Einwanderer, wir sind Spanier, die nach Hause wollen. Privilegierte Bürger der Ersten Welt.«

Wir glaubten beide nicht, was ich sagte, aber ich konnte den Impuls, die Gespenster zu verscheuchen, die sich in meiner Fantasie eingenistet hatten, nicht unterdrücken. Na schön, es spielte auch ein Fünkchen Ritterlichkeit eine Rolle: Ich wollte die sich an mich klammernde Almudena beruhigen. Durch die Kleidung hindurch spürte ich ihr Zittern, ihren Herzschlag, ihre Atmung. Es war ein so intensiver Körperkontakt, wie ich ihn noch nie erlebt hatte. Wir waren tatsächlich ein Körper, dafür brauchte es keinen Funken literarisches Gespür.

Die Verhandlungen zwischen Rachid und dem Mann waren abgeschlossen und sie gingen zum Händeschütteln über. Rachid kam zu uns herüber.

»Wie viel Geld habt ihr dabei? Ihr werdet es brauchen.«

Almudena überwand sich und suchte ihre Taschen ab, ich tat es ihr gleich. Zusammen hatten wir etwas über dreitausend Dirham. Rachid nahm sie und zeigte sie dem Mann, der den Kopf schüttelte. Es folgte eine weitere Verhandlungsrunde. Almudena wuchs über sich hinaus, stand auf und bot ihm ihre Goldkette sowie unsere Uhren an. Der Mann nahm die Kette, ihre Uhr lehnte er ab. Meine Uhr betrachtete er geringschätzig und nahm sie schließlich an. Almudena fühlte sich in ihrem Stolz verletzt und reagierte so empört, wie es eher dem Hersteller zugestanden hätte.

»Das ist eine Designeruhr! Sie hat mich ein Vermögen gekostet.«

Rachid brach in schallendes Gelächter aus, das darauf hinwies, dass alles gut lief, und vermittelte.

»Mohamed interessiert nicht das Design, sondern das Gold. Gib sie mir, ich tausche sie gegen eine andere.«

Er nahm seine goldene Armbanduhr ab, reichte sie dem Mann mit dem unvermeidlichen Namen Mohamed und steckte Almudenas Uhr in die Hosentasche. Mohamed sagte endlich »Ja«, obwohl er unmissverständlich durchblicken ließ, dass er uns einen Gefallen tat.

Die auf ihren Auftritt stolze Almudena kehrte in meine

Arme zurück und flüsterte mir ins Ohr: »Der hat keine Ahnung. Sie ist teurer als die von Rachid.« Mit diesem absurden Kommentar versuchte sie ihre Angst zu bekämpfen.

Rachid und Ahmid umarmten Mohamed ein letztes Mal und kamen zu uns herüber, um sich zu verabschieden.

»Reporter«, sagte Rachid zu mir, »ich hoffe, du hast eine gute Reise und denkst an unsere Abmachung. Hier hast du ab jetzt immer Freunde, aber komm nicht so bald wieder. Du hast uns ein paar Probleme gemacht.«

Ahmid umarmte mich und sah mir spöttisch in die Augen. Dann verkündete er: »Jetzt kehrst du in dein Land zurück wie ich damals in meines. Findest du das nicht auch witzig, Reporter?«

Das fand ich nicht, obwohl ich wusste, dass ich es eines Tages auch so sehen würde, vorausgesetzt, die Überfahrt ginge gut. Ich konnte einen Anflug von Sympathie für diesen Jungen, der immer am Rande des Abgrunds entlangtaumelte, nicht unterdrücken. Also wünschte ich ihm auch alles Gute. Von Almudena verabschiedeten sie sich mit einem Kopfnicken. Ahmid zog sein Sweatshirt aus und hielt es ihr wortlos hin. Sie nahm es ebenso wortlos entgegen. Sie war so klug, in diesem Moment nicht auf Gleichbehandlung zu pochen.

Wir sahen sie in einer Staubwolke abfahren, die sich hinter ihnen in nichts auflöste. Ich wusste damals nicht, ob etwas von mir in Marokko zurückbleiben würde.

Mohamed winkte uns in die Hütte. Drinnen war es fast dunkel, nur durch eine Luke fiel ein schwacher Lichtstrahl. Noch bevor sich unsere Augen an die Dunkelheit gewöhnt hatten, konnten wir erkennen, dass noch andere Menschen da waren. Eine unmöglich zu bestimmende Zahl drängte sich in dem Raum, ohne ein anderes Geräusch als die verlangsamte Atmung derjenigen, die schon lange warten. Mohamed klopfte uns auf die Schultern und erklärte in Zeichensprache, dass wir uns setzen sollten. Tastend suchten wir einen Platz zwischen den warmen Körpern, die nach Angst und Ungewissheit rochen.

Almudena schlang ihre Arme um mich und ich streichelte ihr übers Haar. Ich glaubte ein Schluchzen in ihrer Brust aufsteigen zu hören, aber sie nahm sich zusammen, obwohl sie sich noch fester an mich drückte. Ich weiß nicht, wie viel Zeit verging, bis Mohamed uns aufstehen ließ, aber es waren mehrere Stunden. Es war schon lange dunkel und der zunehmende Sichelmond spendete kaum Licht. Ich unterstellte, dass dies die idealen Bedingungen waren, um nachts in einem Flüchtlingsboot überzusetzen.

Mohamed gab uns fast tonlose Befehle auf Arabisch. Er ließ uns in einer Reihe aufstellen und stellte sich dann an die Spitze. Am Ende der Schlange leuchtete sein Mitarbeiter mit einer Taschenlampe auf den Boden. Mohamed tat dasselbe und so marschierten wir über einen steinigen Abhang zur Küste hinunter. Es war schwer, das Gleichgewicht zu halten. Instinktiv ergriffen wir alle die Schulter der Person vor uns. Ich ging vor Almudena, ihre Hand auf meiner rechten Schulter, und verspürte ein intensives Gefühl der Verbrüderung, als ich die knochige Schulter meines Vordermannes berührte. Sonst war nichts weiter nötig, kein einziges Wort, um zu wissen, dass wir uns unter diesen Bedingungen alle gegenseitig brauchten. Es war eine unausgesprochene, schrecklich physische Solidarität.

Der Zug bestand aus zwölf Männern und vier Frauen, eine von ihnen trug ein Baby, das genauso still war wie die Erwachsenen. Ich konnte in der Dunkelheit das Leuchten seiner offenen, neugierigen Augen ausmachen. Sie waren das einzige Lebenszeichen dieses winzigen Körpers. Wir kamen nur langsam voran und waren erleichtert, als wir an dem steinigen Strand anlangten, denn hier ließ es sich leichter gehen. Trotzdem ließ niemand die Schulter vor sich los. In dieser Nacht mit der frischen Meeresbrise brauchten wir alle ein Zeichen menschlicher Wärme. Das Geräusch unserer Schritte auf den Steinen, vermischt mit dem Plätschern der Wellen, machte es unmöglich, Mohameds Anweisungen zu verstehen. Wir gaben sie uns per Zeichensprache weiter.

Das Holzboot war knapp drei Meter lang und hatte einen Außenbordmotor. Wir mussten uns nach Gewicht auf die wenigen Bänke verteilen. Mohamed ließ zuerst die Frauen einsteigen, nur Almudena weigerte sich energisch, irgendeinen Vorzug zu genießen. Dann waren die Männer an der Reihe. Mohamed und sein Helfer zogen sich Schwimmwesten über und wiesen uns Restlichen am Strand an, das Boot abzustoßen. Die Wellen widersetzten sich unseren Bemühungen nicht, aber das Boot drehte Steuerbord und neigte sich so stark zur Seite, dass wir Laien erschraken. Aber Mohamed und der andere brachten es wieder in die Ausgangsposition.

Danach stiegen auch wir Übrigen ins Boot. Das Wasser reichte mir bis zu den Knien, als ich Almudena hineinhob, und bis zur Hüfte, bevor ich dran war. Wie Stückgut plumpste ich auf die anderen, aber niemand beklagte sich. Nach mir blieben nur noch Mohameds Helfer und zwei junge Männer, die geschickt aufsprangen, als der Motor aufheulte. Mohamed steuerte das Boot. Ich klopfte meine Kleidung ab und zog den Reisepass zum Trocknen heraus. Ich kontrollierte auch, ob der Schlüssel noch da war. Unter diesen Bedingungen verringert sich das, was man unter Lebensminimum versteht, beträchtlich. Als sich das Boot in Bewegung setzte, wusste ich, dass ich mit dem größten Vergnügen meine Klimaanlage gegen einen Wollpullover eingetauscht hätte. Almudena hatte sich Ahmids Sweatshirt übergezogen und trocknete ebenfalls ihre Habseligkeiten: Reisepass, Kreditkarten, es war absurd.

In den ersten Minuten, bis wir die Wellen überwunden hatten, schaukelte das Boot beträchtlich. Dann nahm uns die Weite des Meeres auf. Die Nacht war ruhig, und deshalb glaubte ich, dass wir die glücklichsten Seefahrer der Welt seien.

Es herrschte weiter Schweigen an Bord. Keine Stimme ließ sich vernehmen, kein Flüstern; unsere Sprache in diesem kleinen Universum war der Tastsinn. Die Frau wiegte das Baby und ihr Mann legte ihr schützend und wärmend den Arm um die Schulter. Die in der Mehrzahl einzelnen Männer ließen sich von den Wellen schaukeln und scheuten keinen Körperkontakt. Almudena und ich rückten eng zusammen und ich nahm sie in den Arm.

Die Überfahrt verlief eine Zeit lang, völlig ungestört. Aus der Ferne wiesen die Lichter der spanischen Küste den Weg. Aber sie schienen immer weiter wegzurücken, obwohl der gleichmäßig schnarrende Motor das langsame, aber unaufhaltsame Vorwärtskommen verkündete.

Schließlich meldete sich das Baby. Es begann, wie ich fand, herzzerreißend zu weinen. Die Mutter knöpfte ihr Kleid auf und gab dem Baby die Brust. Ich beneidete es. Es hatte kein Bewusstsein von dem, was geschah, und in diesem Augenblick bestand sein Glück aus dem, was sie ihm gab. Dieses Wesen hatte absolut alles, was es brauchte: die Mutterwärme und ihre nährende Milch. Almudena kuschelte sich gerührt an mich.

Langsam kroch uns allen die Kälte in die Knochen, außer dem gut ausgerüsteten Kapitän und seinem Gehilfen, die dicke Pullover und Schwimmwesten trugen. Das allgemeine Zittern war zu spüren, es wirkte ansteckend und nahm zu, bis klar wurde, dass das Schaukeln des Bootes unserem Bibbern und nicht den Wellen zu verdanken war. Langsam spürte ich meine Beine unter den triefenden Hosenbeinen nicht mehr.

Der Mann am Bug rief dem Kapitän etwas zu und zeigte auf die Lichter, die von Backbord kamen. Hohe Lichter, die zu einem großen Schiff gehören mussten, das in hoher Geschwindigkeit auf uns zusteuerte, obwohl es nicht schwierig zu sein schien, ihm auszuweichen. Der Kapitän änderte den Kurs nicht, auch das Motorengeräusch ließ keine Veränderung der Geschwindigkeit erkennen. Instinktiv streckte ich die Hand über Bord und stellte fest, dass das Wasser schon bis an die Oberkante reichte. Ich begriff, was uns drohte. Eine Kollision mussten wir nicht fürchten, denn das Boot war leicht und wendig, die Gefahr bestand in dem Wellengang aus der Kielspur des Schiffes.

Wir sahen den Schiffsbug in ziemlich sicherer Entfernung vorüberziehen, und der Kapitän beschleunigte, um der künstlichen Wellenfront, die das Lastschiff aufwirbelte, entgegenzuwirken. Aber er rief erst zum Klarmachen, als uns schon die ersten Wellen erreichten. Plötzlich tauchten mehrere Eimer auf, die sofort zum Einsatz kamen: Das Boot begann zu schaukeln und das Wasser schoss über Bord. Die Eimer reichten nicht aus. Die Passagiere begannen, mit ihren zu Schaufeln geformten Händen das Wasser auszuschöpfen. Panik machte sich breit. Und zum ersten Mal waren verzweifelte Aufschreie zu hören. Je mehr Wasser hereinschwappte, desto schneller schöpften wir. Nur der Kapitän und die junge Mutter mit ihrem Baby blieben auf ihren Plätzen. Wir anderen bewegten uns auf engstem Raum und kippten Wasser aus, das das Meer uns zigfach zurückgab. Einen Augenblick lang hatte ich den Eindruck, das Boot sei schon unterhalb des normalen Wasserspiegels und dachte mit erstaunlicher Gelassenheit, dass wir am Ende unserer Reise angekommen seien. Aber in diesem lächerlichen Floß der Medusa voller Menschen, zu deren Alltag die Verzweiflung gehören musste, hielt niemand in seiner frenetischen Arbeit inne.

Nach und nach schienen wir den Kampf gegen das Meer zu gewinnen. Der Wasserpegel sank und das Boot hob sich wieder aus dem dunklen Meer. Die Schreie verstummten und es war wieder das beruhigende Motorengeräusch, begleitet vom Plätschern der Eimer und Hände, zu hören. Ein paar Passagiere erbrachen sich ins Bootsinnere, aber niemand beschwerte sich und verlangte mehr Hygiene. Die Anforderungen an die Gemeinschaft nahmen ab. Ohne dass jemand uns dazu aufforderte, hörten wir mit dem Wasserabschöpfen auf, als nur noch eine Handbreit auf dem Boden zurückblieb. Einer nach dem anderen sanken wir an die Holzplanken, und im Boot breitete sich wieder Stille aus.

Das Baby schlief friedlich in den Armen seiner Mutter, die es noch immer wiegte und dabei etwas murmelte, wahrscheinlich ein Wiegenlied.

Irgendwer schaffte es, zwei Zigaretten anzuzünden, die von Hand zu Hand gingen. Almudena rauchte nicht, aber sie sog ihre Ration ebenso genussvoll ein wie die restlichen Passagiere. Ich rauchte zwei Züge der besten Zigarette meines Lebens.

Die Kälte in unseren Körpern hatte während des Kampfes gegen das Meer nachgelassen und bohrte sich jetzt langsam und heimtückisch wieder in sie hinein. Kaum war die Gefahr gebannt, war auch das Zähneklappern und das Zittern von Armen und Beinen wieder da. An Bord herrschte wieder Normalzustand.

Im Morgengrauen, das den Strand orange färbte, kam die spanische Küste immer näher. Ich sah, wie die Gesichter meiner Begleiter, deren zusammengekniffene Augen auf sie gerichtet waren, zu leuchten begannen.

Almudena griff nach meiner Hand und wir pressten uns bewegt aneinander.

Als das Boot auf den Strand auflief, begriffen wir, wofür die Grenzpolizei da war. Aus dem Kiefernwäldchen am hinteren Rand des Strandes tauchten plötzlich mehrere Wagen der Guardia Civil auf, aus denen etwa zwanzig Polizisten ausstiegen und sich zu unserem Empfang in einer Reihe aufstellten.

Die Passagiere sprangen im Besitz unglaublicher Energien aus dem Boot. Die letzten waren Almudena und ich, wir halfen dem Paar mit dem Baby auszusteigen. Alle anderen liefen in dem verzweifelten Versuch, den Polizisten zu entwischen, auf das Wäldchen zu. Es wirkte wie eine Sequenz aus einem Rugbyspiel, in dem ein paar trainierte Spieler in Uniform erbarmungslos die anarchistischen Mitglieder eines Schulteams festzuhalten versuchten. Einer nach dem anderen fiel den Polizisten in die Hände. Ich wusste nicht, ob es einer geschafft hatte, den Ring zu sprengen und in seinen Traum zu fliehen.

Hinter uns kündigte ein lautes Motorengeräusch das Eintreffen eines Polizeibootes an. Der Kapitän und sein Gehilfe begriffen, dass ihnen der Fluchtweg versperrt war, und kamen mit erhobenen Händen an Land. Die Schwimmwesten verrieten sie.

Almudena und ich standen bibbernd vor Kälte am Strand und schützten das Paar mit dem Baby, während wir darauf warteten, an die Reihe zu kommen. Ich wagte es nicht, dem Blick der Frau oder ihres Mannes zu begegnen. Mir reichte, was ich sah: die unermessliche Verzweiflung dieser Menschen, die an die Küste des Paradieses gelangt waren und vielleicht schon wussten, dass ihnen der Zugang wieder verwehrt würde.

Vier Polizisten mit einem Unteroffizier an der Spitze kamen auf uns zu. Zwei von ihnen legten der Bootsbesatzung Handschellen an. Der Unteroffizier konnte seine Überraschung nicht verbergen, als er uns als spanische Staatsbürger identifizierte. Er hob zum militärischen Gruß die Hand an die Mütze, was mir reichlich unangebracht erschien.

»Was tun Sie hier?«, fragte er wirklich verblüfft.

»Wir sind Journalisten«, erwiderte Almudena schlagfertig. »Und diese Herrschaften hier brauchen dringend ärztliche Hilfe, sie sind unterkühlt«, sagte sie bestimmt und zeigte auf das Paar mit dem Baby.

Ihre Standhaftigkeit überraschte mich. Und die Reaktion der Polizisten überraschte mich ebenfalls. Almudenas Anordnungen wären gar nicht nötig gewesen. Äußerst höflich und sogar mit Zartgefühl führten sie die Familie zu einem der Wagen, um sie vermutlich in ein Krankenhaus zu bringen.

Der Unteroffizier blieb bei uns. Wir zeigten ihm unsere Reisepässe und Presseausweise. Er wusste nicht, was er tun sollte.

»Und Sie sind in dem Flüchtlingsboot mitgekommen?«

»Natürlich. Wir arbeiten an einer Reportage über illegale Einwanderer.«

»Na schön, Sie müssen trotzdem mit zum Richter kommen, mal hören, was er sagt. Aber wenn Sie Spanier sind, kann man Sie nicht der illegalen Einreise anklagen. Würden Sie mich bitte begleiten?«

»Nur wenn Sie einen Kaffee für uns haben ...«

Wir warteten, bis das Auto mit dem Paar und dem Baby abgefahren war. Inzwischen hatten die Polizisten am Strand alle anderen zusammengetrieben. Sie wirkten niedergeschlagen, hockten sich in den Sand und ergaben sich ihrem Schicksal. Möglicherweise hatten sie im spanischen Fernsehen die Gesichter tausender Landsleute gesehen, die ebenfalls bei ihrem Versuch gescheitert waren.

Die Polizisten legten den Menschen, an denen wir uns festgehalten und die uns Wärme gespendet hatten, Decken über die Schultern.

Niemand, der so etwas gesehen und erlebt hat, kann je wieder Grenzen gutheißen.

XVI

Eine Frau im Alleingang

Der Unteroffizier der Guardia Civil lud uns zu einem Kaffee ein und führte uns zu einem Hotel, in dem Almudenas Kreditkarte akzeptiert wurde. Dort erfuhren wir, dass wir in Algeciras gelandet waren. Wir bekamen etwas zum Anziehen und gönnten uns eine kurze Ruhepause. Danach fuhren wir in die Kaserne, um unser Versprechen einzulösen.

Almudena bat darum, die Frau sehen zu dürfen, aber sie war mit ihrem Baby im Krankenhaus. Ich durfte den Vater sprechen. Ich gab ihm die fünfzigtausend Peseten, die wir von Almudenas Konto abgehoben hatten. Der Mann vermisste seine Familie und wusste nicht, was er mit dem Geld machen sollte. Ich erklärte ihm mittels Zeichensprache, dass er es auf keinen Fall den Polizisten anbieten sollte.

Der Richter lud uns ein paar Stunden später vor. Trotz seiner Erfahrung war er mit den fast täglich eintreffenden Flüchtlingsbooten völlig überfordert. Als wir ihm sagten, dass wir Journalisten seien, schaffte er sich das Problem unbürokratisch vom Hals. Er ordnete unsere sofortige Freilassung an.

Ein Taxi bis Sevilla und ein Hochgeschwindigkeitszug nach Madrid brachten uns am Nachmittag nach Hause. Almudena und ich verabschiedeten uns voneinander und fuhren in unsere jeweiligen Wohnungen, um uns auszuruhen.

»Du bist der erste Mann, mit dem ich die Straße von

Gibraltar im Flüchtlingsboot überquert habe«, gestand sie mir im Taxi so treuherzig wie eine Jungfrau, die sich ihrem Geliebten offenbart.

»Trotz meines fortgeschrittenen Alters und meiner grenzenlosen Erfahrung muss ich dir gestehen, dass auch du die erste Frau bist, mit der ich dieses Abenteuer bestanden habe.«

Wegen des herzlichen Hupkonzerts hinter uns verabschiedeten wir uns nur mit einem hastigen Kuss.

»Wir telefonieren.«

Ich war nicht in der Gemütsverfassung, darauf zu achten, ob irgendwo ein Chinese mit Killervisage herumlungerte. Ich war endlich wieder zu Hause und fühlte mich sicher, denn ich konnte mir nicht vorstellen, dass die Söldner in Tanger darauf gekommen waren, dass wir das Land in einem Flüchtlingsboot verlassen hatten.

Ich kaufte die Tagszeitungen und rief Maribel an, um ihr zu verkünden, dass ich mich bester Gesundheit erfreute. Zu dem Gefühl, ein Zuhause zu haben, gehört auch eine Bezugsperson, jemanden, den man anrufen kann, um zu sagen, dass man verreist oder zurück ist. Maribel war diese unentbehrliche Bezugsperson für mich. Sie hatte wohl gerade einen Freund, denn sie reagierte nicht sehr interessiert. Sie fragte mich nicht einmal, wann ich ihr das Geld zurückzahlen würde. Ich war ihr dankbar, dass sie keine Fragen stellte, denn ich war erschöpft und unfähig, vernünftig von meinem Abenteuer zu berichten. Außerdem verbot mir mein uraltes Schamgefühl, ihr von Almudena zu erzählen. Maribel störte sich immer an anderen Frau. Obwohl sie nicht mehr in mich verliebt war, betrachtete sie mich weiterhin als ihr Eigentum.

Ich zog mich aus und legte mich ins Bett. Bevor ich einschlief, konnte ich gerade noch die sinkenden Börsenwerte lesen. In einer Zusammenfassung wurde auf die Tragödie hingewiesen, die das für die Kleinaktionäre bedeutete. Mein Gehirn gab ihnen die Gesichter meiner anonymen Begleiter aus dem Boot. Ich schlief tief und ohne Unterbrechungen, widerlich frei von jeglichen Schuldgefühlen wegen der schrecklichen Lage der Männer und Frauen, die am Strand eingefangen worden waren, Männer und Frauen, mit denen ich einige endlose Stunden verbracht hatte.

Am Sonntagmorgen weckte mich das anhaltende, unerträgliche Klingeln des Telefons. Ein Blick auf die Küchenuhr bestätigte mir, dass ich fünfzehn Stunden durchgeschlafen hatte.

In einer sadistischen Anwandlung mir selbst gegenüber verschob ich den Morgenkaffee und kaufte zuerst die Zeitungen. Am Kiosk war kein Chinese zu sehen. Ich kehrte mit den gewohnten Papierkilos und einer Tüte Ensaimadas zurück, denn ich hatte einen Bärenhunger. Dann setzte ich mich mit einem frisch gekochten Kaffee und den Zeitungen in meinen Sonntagssessel. Ich fühlte mich wie ein Mann, der zu Unrecht glücklich ist. Das genoss ich ein paar Stunden lang, bevor ich mich wieder an meine Herkulesaufgabe machte. Der Zettel mit Adresse und Telefonnummer von Rachids Freundin war aufgeweicht, aber ich hatte sie auswendig gelernt.

Nach der Zeitungslektüre und dem üppigen Frühstück hatte ich wieder in mein Leben zurückgefunden. Die Überquerung der Straße von Gibraltar beschäftigte mich noch sehr und das würde noch eine Weile so bleiben, aber es kam mir vor, als läge sie schon Monate zurück. Die Erinnerung daran war irreal.

Ich rief Almudena nicht an, um sie nicht aus dem verdienten Schlaf zu reißen. Ich sah in ihr eine Heldin, eine

Frau, die nicht nur die großen Schwierigkeiten überwunden hatte, die das Schicksal uns beschert hatte, sondern die vor allem ihre eigene Angst besiegt hatte. Was sah sie wohl in mir? Ich stellte mir diese Frage zur Unzeit und konnte keine Antwort darauf finden. Also machte ich mich an die Arbeit.

Aus meiner Jugend war mir eine undefinierbare Abneigung geblieben, heikle Angelegenheiten am Telefon zu besprechen. Ich hatte zu keiner kämpferischen Avantgarde gegen Franco gehört, aber ich hatte denselben Verfolgungswahn an mir wie diejenigen, die dazugehört hatten. Und eine Verhaltensregel jener Zeit lautete, nie das Telefon zu benutzen, um dem angeblich omnipräsenten Feind keine Spuren zu liefern. Aufgrund dieser eigenartigen Aversion rief ich Isabel nicht an, sondern fuhr einfach zu ihr, auch auf das Risiko hin, sie nicht anzutreffen.

Isabel wohnte in Moratalaz, einem Stadtteil, der in den Sechzigerjahren erstaunlich gewachsen war, eine dieser Vororte, die damals verschlafen genannt wurden, als hätte dies Attribut etwas Positives, etwas von Zivilisation.

Hunderte von Gebäuden erstreckten sich gleichförmig in ihrer Architektur und beherbergten tausende von Menschen der unteren Mittelschicht. Viele Kinder und wattierte Morgenmäntel. Nach so vielen Jahren sah ich jetzt die Straßen voller Rentner, die im Schatten der Bäume spazieren gingen. Das gestiegene Lebensniveau war an Kleinigkeiten abzulesen wie Notarkanzleien und Zahnkliniken. Trotzdem gab es viel weniger Kneipen als in anderen Stadtteilen.

Isabel wohnte in einem unscheinbaren Block, der sicherlich vor mehr als fünfundzwanzig Jahren gebaut worden war. Der Hauseingang war eine Hommage an Linoleum und Pressspan. Ein riesiges Bild mit chinesischen Motiven aus einer mir unbekannten Dynastie gab dem Ganzen einen irritierenden künstlerischen Touch.

Ich klingelte mehrmals und hörte Kinderschritte näher kommen, dann vernahm ich »Wer ist da?«, was mich zugleich rührte und ungeduldig machte.

»Ich bin ein Freund von Mama«, log ich.

Aber die Lüge war nicht von Bedeutung. Dann hörte ich energische Schritte und eine Frauenstimme, die das Mädchen maßregelte. Die Frau öffnete die Tür ohne jede Vorsichtsmaßnahme. Wortlos sah sie mich an.

Isabels Durchschnittsgesicht war vom Leben gezeichnet, sie hatte einen bitteren Zug um den Mund und einen traurigen Blick. Und sie war extrem dünn, fast wie ein Junkie, aber ihr Blick war klar, was ausschloss, dass sie zu diesem respektablen Club gehörte. Sie musste um die dreißig sein, war ungeschminkt, wirkte aber gepflegt. Sie trug einen schlichten dunklen Hosenanzug, an dem ein paar Fäden hingen, und braun karierte Hausschuhe von der Sorte, die die Libido in wenigen Sekunden töten kann.

»Ich bin ein Freund von Rachid. Kann ich einen Augenblick mit Ihnen sprechen? Ich habe ihn in Tanger getroffen und soll Ihnen etwas von ihm ausrichten.«

Sie zögerte einen Augenblick, aber nicht aus Angst. Dann trat sie einen Schritt zurück und ließ mich eintreten. Sie nahm das Mädchen auf den Arm und führte mich ins Wohnzimmer, in das zwei Kunstledersofas mit einem Glastisch dazwischen und ein paar spanische Möbelstücke mit schwarz gestrichenen Beschlägen gequetscht waren. Weiche Lederdeckchen schützten die Möbel vor unerwünschten Spuren wie Glasrändern. Eine Nähmaschine und übereinander gestapelte Stoffballen verrieten, womit sich Isabel ihren Lebensunterhalt verdiente.

Wir setzten uns einander gegenüber. Sie hatte noch immer das Mädchen im Arm, das mich so frech anstarrte, wie es nur Kinder können.

»Erzählen Sie«, sagte sie kühl.

»Ich war in Tanger bei Rachid«, fing ich ohne Umschweife an, »und er hat mich gebeten, Ihnen zu erzählen, was ich gesehen habe. Rachid hat mir bei einem Problem geholfen und ich schätze ihn sehr.«

Isabel musste irgendein Diplom in Selbstbeherrschung haben. Kein Gesichtsmuskel regte sich und sie sagte kein Wort. Ich musste meinen Monolog offensichtlich fortsetzen.

»Rachid ist jetzt Geschäftsmann. Er baut ein Haus für Sie und das Kind in Asilah, einer hübschen Stadt nahe bei Tanger. Dort leben Ausländer und das Leben ist westlicher als im übrigen Marokko. Rachid fährt einen guten Wagen und bewegt viel Geld. Er möchte, dass Sie zu ihm ziehen. Er möchte, dass Sie ihm Gelegenheit geben, mit ihm zu sprechen, damit er Sie überzeugen kann.«

»Stiehlt er nicht mehr?«, fragte sie unverblümt.

»Ich habe nicht gesehen, dass er jemanden bestohlen hat. In gewissen Kreisen wird er sehr geschätzt«, sagte ich und fühlte mich wie ein erbärmlicher Heuchler. Aber wie sollte ich sonst Rachid gegenüber loyal bleiben, ohne die Frau zu täuschen.

»Ist das alles?«

»Ich denke schon. Werden Sie ihn anrufen?« Ich konnte nicht verhehlen, dass diese Frage sehr wichtig für mich war.

»Kann sein. Ich bringe Sie zur Tür.«

Ich gab ihr meine Telefonnummer, falls sie noch etwas wissen wollte. Sie legte sie auf das nächstbeste Möbelstück. Es sah nicht so aus, als würde sie sie nutzen.

Als ich im Fahrstuhl hinunterfuhr, beschloss ich, mich bei einer dieser Zeitarbeitsfirmen zu bewerben, die Vertreter mit eigenem Wagen und großer Überzeugungskraft suchen. Ich war der geeignete Mann, um jeder Hausfrau etwas aufzuschwatzen, von meterlangen Lexika bis hin zu einem Buch über Selbstverteidigung oder einem Kursus als Aerobictrainerin, Fertigkeiten, die im Haushalt einer Frau, die ihre Zukunft in der Gesellschaft der New Economy sah, nicht fehlen durften, wollte sie denn die Botschaften der Radiowerbung bedienen.

Ich sah mir im Fahrstuhlspiegel in die Augen, bereit, mein Selbstwertgefühl zu steigern. Ich konnte mich nicht gut sehen, denn es war einer dieser verzierten Spiegel, die blinde Flecken kaschierten. Dennoch sagte ich mit fester Stimme zu mir selbst: »Niemand hätte es angesichts dieser inquisitorischen, feindseligen Augen besser gemacht, Gálvez.«

Ein runder Satz, perfekt konstruiert, der mir mein Vertrauen in das mangelnde Selbstvertrauen als Motor meiner persönlichen Geschichte wiedergab.

Die Würfel waren gefallen. Ich hatte den Rubikon von Isabels Blick überwunden und jetzt hing alles von ihrer Entscheidung ab, sie lag nicht in meiner Macht, die Entscheidung einer Frau, deren intime Beweggründe ich nicht kannte. Wenn Rachid anrief, würde sie bestimmt neben dem Anrufbeantworter stehen und abnehmen oder nicht, je nach den Umständen, die von keinerlei Logik beherrscht wurden. Es hing von Rachids Überzeugungsfähigkeit und der momentanen Stimmung dieser Frau und des Mädchens ab, ob Takakos Papiere in meine Hände gelangten oder nicht.

Ich kehrte mit dem Kopf voller wilder Spekulationen nach Hause zurück und rief Almudena an, die nicht abnahm. Dann hörte ich meinen Anrufbeantworter ab, ob sie mir eine Nachricht hinterlassen hatte, und so war es. Ich erstarrte. Sie war nach Algeciras gefahren, um die Frau und ihr Baby zu besuchen. Sie wollte mich nach ihrer Rückkehr anrufen und erwähnte auch, dass sie erfolglos versucht hatte, Manuel Fonseca zu erreichen.

Die Nachricht beunruhigte mich. Die Reise vermutlich wegen des Gefühls, verlassen worden zu sein. Ich hatte kein Recht, verärgert zu sein, denn ich hatte sie auch nicht in alle meine Informationen über Rachid und die Unterlagen eingeweiht. Trotzdem stieg Ärger in mir auf. Schlimmer noch war der zweite Grund. Mein Eindruck von Fonseca hatte sich negativ verändert. Sein doppeltes Spiel mit Almudena und mir war noch das Geringste, denn ich konnte verstehen, dass er ihr in einem schwachen Moment dieselben Informationen gegeben hatte wie mir, aber es war zu viel des Zufalls, dass die Chinesen uns beiden nach Tanger gefolgt waren. Nur er hatte gewusst, dass wir mit Rachid Kontakt aufnehmen wollten, um Ahmid zu finden. Obwohl mein Verdacht schwer zu beweisen war, wollte ich keine Karte verspielen, bevor ich nicht sicher war, dass wir nicht den falschen Schritt machten. Fonseca war bestimmt in Quarantäne. Wenn er die Ursache unserer Probleme war, würde Almudenas Anruf sofort eine Reaktion der Chinesen provozieren, und ich zweifelte nicht daran, dass uns bis jetzt nur eine ordentliche Portion Glück vor größerem Schaden bewahrt hatte.

Hatte Almudena Fonseca eine Nachricht hinterlassen? Solange ich das nicht wusste, konnte ich mich nicht sicher bewegen. Die Situation war heikel, denn ich konnte das Haus nicht verlassen, ohne mit Ahmid gesprochen zu haben. Wenn die Antwort meines Diebesfreundes nicht positiv ausfiel, wäre ich der Gnade der Chinesen ausgeliefert. Aber das wäre ich auch, wenn die Antwort lange auf sich warten ließe. Ich musste bei Erhalt der Nachricht sofort handeln. Jetzt zählte die Zeit und meine Fähigkeit, die Ereignisse zu beschleunigen, eine Kleinigkeit. Es gab eine dritte schreckliche Möglichkeit: dass mir die Papiere nicht halfen, den Zusammenhang von Matador mit den Geschehnissen aufzudecken, dass sie nichts hergaben, um eine ernste Verletzung der Marktregeln zu beweisen, dass in ihnen nichts stehen könnte, das einen ausführlichen Zeitungsartikel rechtfertigte. Aber das ging zu weit ... Ich versuchte, diesen Gedanken aus meinem Kopf zu verbannen. Trotzdem, Takakos Abreise, die Gewalt, der sie ausgesetzt gewesen war, ihr ängstliches Schweigen, die Mittel der Chinesen .... Was hatten die Chinesen damit zu tun? Für wen arbeiteten sie? Genügend offene Fragen, damit ein paar simple Papiere einem Kopfzerbrechen bereiten konnten.

Zumal der Verantwortliche ich war, schlecht qualifiziert für Finanzanalysen, ohne Unterstützung, ohne Kontakte zur Welt der Großunternehmen, ohne Freunde bei der Polizei, ohne Glaubwürdigkeit beim eigenen Blatt ...

Und Almudena ohne Handy verreist. Gab es auf der Welt heute noch jemanden, der die Existenz von Mobiltelefonen beklagte? Was machte es schon, wenn sie in Konzerten klingelten oder bei Versammlungen störten? Wenn Almudena ein Handy gehabt hätte, hätte das meine Probleme drastisch reduziert.

Aber ich konnte etwas tun, wenn auch nichts Entscheidendes.

Ich konnte Fonseca ablenken, indem ich ihn anrief und so tat, als sei ich außer Landes. Das war nicht schwierig.

Ich musste nur verhindern, dass meine Nummer auf seinem Display auftauchte.

Ich wählte die Auslandsvorwahl und die spanische Zugangsnummer. Dann die Handynummer. Keine Antwort. Ich hinterließ ihm eine Nachricht.

»Fonseca, hier ist Gálvez. Ich bin in Tanger und stecke in der Klemme. Ich habe Rachid gefunden, aber die Sache ist kompliziert geworden und ich weiß nicht, ob ich an die Unterlagen rankomme. Also, ich wollte dir nur sagen, dass es mir trotz allem gut geht.«

Wenn Fonseca unschuldig war, würde dieser Anruf lediglich Überraschung über meine Höflichkeit auslösen. Wenn er in dem Morast von Matador drinsteckte, konnte er nichts daraus schließen, außer dass ich mich nicht in Spanien aufhielt. Ich hatte ihn beobachtet, wie er sein Handy benutzte, und wusste, dass er die Angewohnheit hatte, immer erst auf die Nummer im Display zu schauen. Das gab mir einen kleinen Sicherheitsvorsprung. Zumindest hatte ich für ein paar Stunden meine Spur verwischt, genau so lange, bis mir Almudena, wie ich hoffte, ihr unkluges Vorgehen erklärt hätte.

An diesem Nachmittag spielte Real Madrid wieder miserabel. So schlecht, dass ich mir wünschte, eine Frau in der Nähe zu haben, die mich nötigte, den Fernseher abzuschalten und stattdessen irgendwas zu handwerkeln. Da das nicht der Fall war, sah ich meine Bücher durch und stieß auf *Das nackte Brot* von Mohamed Choukri. Ich verschlang es in einem Zug. Er erzählte die erste Etappe einer Reise, die ewig zu dauern schien: die Reise eines unglücklichen Jungen aus dem Rifgebirge, der sich in Tanger durchschlägt. Ich hatte die nächste Folge gesehen, die nächste Generation, die es nach Spanien schaffte. Wie war es wohl der davor ergangen?

Almudena rief nicht an. Ahmid rief nicht an. Maribel rief nicht an.

Leere und bedrückende Stunden, ein weiterer Tag ging vorüber. Und die Informationen, die ich über Matador und die ganze Verstrickung seiner Manager zusammengetragen hatte, ergaben keinen Sinn, so sehr ich mich auch bemühte.

Ich beendete den Tag auf der Plaza del Dos de Mayo, im Herzen von Malasaña, mit einem kühlen Bier in Gesellschaft jovialer Mittfünfziger und trauriger Zwanzigjähriger, die eine Vorliebe für Joints und Bier verband. Ich sah eine Gruppe Marokkaner beim Schachern und wunderte mich über ihre Kunst, nicht wahrgenommen zu werden. Jemand tippte mir auf die Schulter. Es war eine Chinesin.

»Wollen Sie Rosen?«

Ich hatte viele Stunden mit niemandem gesprochen. Vielleicht geriet meine Antwort deshalb so ausschweifend: »Nein, verdammt.«

Total überflüssig, das ›verdammt‹.

XVII

Die Reportage des Jahres

Josep Martínez begrüßte mich enthusiastisch, was nichts Gutes verhieß. Ich hatte versucht, so unauffällig wie möglich zu meinem Schreibtisch zu gelangen, aber das war bei diesem Menschen ein aussichtsloses Unterfangen. Kaum hatte er meinen Schatten erspäht, drehte er sich um und sagte übertrieben laut, damit alle Anwesenden es hören konnten: »Unser Don Juan ist zurück, der Mann, der vor den Mauern Tangers siegte, wo Könige und Generäle gescheitert sind!«

Ich hob die Hand zum Zeichen, dass ich Schläge wegstecken konnte, und wollte nichts anderes, als mich mit meinem Artikel über Gewerkschaften und neue Technologien beschäftigen.

Auf meinem Tisch lag ein Umschlag von Miguel Díaz, dem Mann mit der Feder aus Blei. Zum Glück war es eine sehr einfache Nachricht, was mir ersparte, Adjektive zweifelhafter Herkunft einfügen zu müssen. Er informierte mich darüber, dass sich mein Verdacht über Javier Paramio bestätigt hatte: Die Beilage über Osaka wurde in seiner Agentur, der *JLB Comunicación,* gemacht. Es gab keinen Zweifel, dieses Detail bewies: Matador spielte mit der Korruption.

Ich wühlte in meinen Schreibtischschubladen und zog das Material heraus. Aber Martínez konnte nicht aufhören. Er kam an meinen Tisch und sagte in heuchlerisch vertraulichem Tonfall, aber laut genug, damit alle seinen nächsten genialen Kommentar hören konnten: »Hör mal,

Gálvez, sprechen Französinnen auch Französisch oder machen sie es nur französisch?«

Es gab ein paar Lacher, aber es interessierte mich nicht, ob sie auch noch von kumpelhaften Rippenstößen begleitet wurden. Martínez hatte noch immer nicht genug. Er brauchte seinen Triumph, natürlich wie üblich auf Kosten der Erniedrigung anderer.

»Weißt du, was Almudena in Tanger gemacht hat, während du dich an Jacqueline, oder wie diese Tusse heißt, schadlos gehalten hast?«

Sämtliche Alarmglocken im Kopf schlugen gleichzeitig an. Ich hatte keine Ahnung, ob Martínez etwas von unserer Beziehung wusste oder zumindest mutmaßte. Das wäre eine Katastrophe für Almudena. Sie riskierte sogar ihren Job bei einer Zeitung, deren vermeintliche Werte von Bigotterie und Vulgarität inspiriert wurden. Das Schlimmste befürchtend sah ich Martínez an und flötete: »Nein.«

»Na, dann werde ich dir was Sensationelles mitteilen, das kannst du dann morgen in allen Einzelheiten in unserer Zeitung nachlesen: Almudena hat die Straße von Gibraltar in einem Flüchtlingsboot überquert, sie hat die beste Reportage dieses Blatts seit einem Jahr geschrieben. Und du vögelst inzwischen im Hotel eine Französin. Das nennt man Vollblutjournalisten, Gálvez.«

Ich war sprachlos. Almudena hatte eine Reportage über die Überfahrt geschrieben und mir nichts davon gesagt. Ich konnte es nicht glauben, überwand aber meinen Schock und sank fast so tief, wie Martínez es sich wünschte.

»Willst du damit sagen, dass Almudena an diesem Wochenende eine Reportage über das Überqueren der Meerenge geschrieben hat?«

»Ich will noch mehr damit sagen. Sie hat sie nicht nur geschrieben, sondern sie hat sie auch gemacht, mit anderen Worten, sie hat sich nichts ausgedacht. Ist alles dokumentiert. Und sie hat uns genügend Material geliefert, um eine Serie daraus zu machen: die Geschichte einer Frau mit ihrem Baby, der geholfen werden muss, damit sie nicht wieder ausgewiesen wird. Sie ist in Algeciras mit dem Fotografen aus der Redaktion in Sevilla. Wir haben mehr als eine wunderbare Story, wir haben für eine Sache einzutreten. Unsere Zeitung wird ein Opfer vor dem Verhungern bewahren. Eine Reportage, über die wir im Editorial unsere Meinung äußern können und die womöglich den nationalen Journalistenpreis bekommt. Und eine täglich um zehntausend steigende Auflage. Das ist der feine Unterschied zwischen einem wirklichen Reporter und einem Pfuscher, Gálvez. Bist du nie auf die Idee gekommen, die Meerenge im Flüchtlingsboot zu überqueren?«

»Natürlich nicht, Josep. Das hätte ich nie gewagt. Das ist was für die Jungen. Und, na ja, für Chefredakteure.«

Er überging die kleine Spitze und gab sich mit der Wirkung seiner kleinen Lektion zufrieden. Er war hocherfreut darüber, mich niedergemacht zu haben, und glaubte, dass meine Reaktion darauf zurückzuführen sei, dass ich meine Unterlegenheit gegenüber der angeblichen Konkurrentin Almudena anerkannte.

Martínez wäre noch viel zufriedener gewesen, wenn er die Wahrheit erfahren hätte: Die Geschichte hatte mir das Herz gebrochen und erneut meine Angst aufsteigen lassen, die ich in den letzten Stunden nur mühsam hatte unterdrücken können. Die Veröffentlichung von Almudenas Reportage würde ihre Verfolger alarmieren. Mir blieb keine Zeit. Mir blieb keine Zeit, mein Leben zu retten. So dramatisch erschien mir die Situation, in der ich mich gefangen sah.

Zumindest konnte ich mein Herzklopfen bekämpfen, denn das passierte mir nicht zum ersten Mal. Eine Frage der Erfahrung. Aber die Vorstellung, dass es Leute gab, die mich gerne aus dem Weg geräumt hätten, als wäre ich ein Huhn aus der Legebatterie, gehörte nicht zu meinen früheren Erfahrungen.

Ich saß regungslos vor dem dunklen Bildschirm, als würde ich darauf warten, dass mir eine dieser Jungfrauen erschien, die Unschuldigen in ähnlichen Situationen weiterhelfen. Martínez war fertig mit mir, was bedeutete, dass sich ein anderes Opfer für seine Predigten finden würde. Mit einem Rest Stolz ging ich zu meinem Folterer und fragte ihn, wo Almudena zu finden sei. Meine Niederlage war so offensichtlich, dass er mir die Angaben ganz selbstverständlich gab. Ich kehrte zu meinem Tisch zurück und wählte die Hotelnummer.

Diesmal traf ich sie an. Ihre Stimme klang heiter, sie war voller Enthusiasmus, typisch für Sieger. Ich brauchte einen Moment, um mich zu erkennen zu geben, sie wollte schon auflegen.

»Almudena, hier ist Gálvez«, ich meldete mich ohne nachzudenken mit meinem Familiennamen. »In der Redaktion hat man mir gesagt, dass du eine Serie über die Fahrt durch die Meerenge und das Paar mit dem Baby schreibst ...«

»Julio, gut, dass du anrufst. Ich habe dich nicht erreicht, um dir zu berichten, was passiert ist. Für diese Menschen geht es um Leben und Tod. Man muss den Abschiebungsprozess aussetzen. Und es gab keine andere Möglichkeit, als alles sofort publik zu machen. Da hat Martínez Recht ...«

»Almudena«, unterbrach ich ihren Wortschwall energielos. »Du hättest mich fragen müssen. Ich begreife nicht, dass du es nicht getan hast, nach allem, was wir zusammen durchgemacht haben.«

»So nicht, Julio, so nicht. Du hast deine Waffen. Aber diese armen Leute sind hilflos. Das eine hat nichts mit dem anderen zu tun. Außerdem habe ich dich in der Story nicht erwähnt. Du brauchst also keine Repressalien seitens der Zeitung zu fürchten. Denn du willst doch nicht darin auftauchen, oder?«

Wie konnte ich Almudena erklären, dass mich das am wenigsten interessierte? Ich brauchte kein berufliches Erfolgserlebnis und fürchtete auch nicht Martínez' Repressalien. Meine Sicherheit stand auf dem Spiel, aber auch unsere Beziehung. Ich hätte sie nicht mal darum gebeten, die Veröffentlichung zu verschieben, wenn sie mich vorab darüber informiert hätte, dass sie so die Ausweisung dieser armen Familie verhindern konnte. Almudenas Verteidigungshaltung hatte etwas furchtbar Unfaires, sie wirkte aggressiv. Es vermischte sich alles: Exklusivreportage verbunden mit humanitärer Hilfe war ein zu kräftiger Cocktail, weit kräftiger als ein Dry Martini, eine unwiderstehliche Versuchung für fast jeden unserer Profession. Ich weiß nicht, ob ich ihr vor Jahren widerstanden hätte, aber ich konnte einfach nicht begreifen, dass sie in die Fänge des Erfolgsrausches geraten war, ohne irgendeinen Ausgleich im Persönlichen zu suchen.

Man brauchte kein Luchs zu sein, um zu begreifen, dass dieses Gespräch sinnlos war. Wir hatten uns nichts mehr zu sagen. Ich konnte auflegen und die Geschichte mit Almudena ad acta legen. Ich brauchte mir auch keine Sorgen mehr um sie zu machen, denn sie wäre nach der Veröffentlichung ihrer Reportage nicht mehr in Gefahr.

Es wäre klar, dass ihr Interesse ausschließlich dem Leben der Immigranten galt.

»Almudena«, verabschiedete ich mich, »wenn du den nächsten Martini trinkst, dann trink ihn nicht auf mich.«

Ich legte auf und verließ die Redaktion ohne Erklärung, wohin ich gehen und was ich tun wollte. Das ging niemanden etwas an, und in dem Moment interessierte es mich herzlich wenig, ob Martínez mir irgendeine Sanktion auferlegen würde, vom Rausschmiss bis zu zehn Minuten Suspendierung von Arbeit und Lohn. Es war mir egal.

Verwirrt ging ich die Straße entlang. Ich erinnere mich nicht, wie ich zum Prado gelangte, den Ort, wo die ganze Geschichte ihren Anfang genommen hatte. Es roch nach Sommer, der kurze Madrider Frühling war vorbei. Trockene Hitze lastete auf den Touristenströmen in der prallen Sonne, die unfähig waren, von den Einheimischen zu lernen, dass man sich der Sommersonne nicht direkt aussetzen oder auf die grüne Fußgängerampel warten sollte. Es schien offensichtlich Generationen zu brauchen, diese Weisheit zu erlangen.

Ich setzte mich auf eine Bank im Schatten einer mächtigen Rosskastanie. In meinem Kopf wirbelten ungeordnet und mit unkontrollierbarer Geschwindigkeit Bilder und Vorstellungen durcheinander. Almudenas Umarmung, ihr Blick, das ins Boot schwappende Wasser, Rachids Freunde, wie sie die Verfolger zusammenschlugen, Martínez spöttisches Gesicht, Takako, die Unterlagen über Matador, Fonsecas Worte ... ein unglaubliches Durcheinander, das zu ordnen mir vielleicht keine Zeit blieb.

Aber auf dieser Bank wendete sich das Blatt. Die reale Angst vor den Chinesen verflüchtigte sich, während die

Enttäuschung über Almudenas Verhalten zunahm. Ich stumpfte so weit ab, dass ich mich am Rande einer plötzlichen Depression befand, wenn es so was in der Psychologie überhaupt gab.

Ein Zeit lang beobachtete ich die vorbeiziehenden Touristen, bis die wandernde Sonne mich zwang, aufzustehen. Ich dachte, dass zumindest mein physisches Reaktionsvermögen noch funktionierte: Ich ertrug die Mittagshitze nicht.

Fast mechanisch stieg ich in ein Taxi, ohne zu wissen, wohin ich wollte. Als mich der Fahrer zum dritten Mal danach fragte, bat ich ihn, umzudrehen und den Paseo de la Castellana hinaufzufahren. Ich spürte nicht, wie die Minuten verstrichen, obwohl der Taxameter laut meinen Ruin verkündete. Als wir auf der Plaza de Castilla ankamen, bat ich ihn, zum Atocha-Bahnhof zurückzufahren. Der Mann stutzte, spielte aber mit. Wir fuhren noch einmal zur Plaza de Castilla, und ich bat ihn, wieder umzudrehen.

»Haben Sie Geld?«, fragte er mich besorgt.

Ich zog einen Fünftausendpesetenschein aus der Hosentasche, warf ihn ihm über die Schulter und sagte, er solle weiterfahren, bis sie aufgebraucht waren. Er zuckte die Achseln und steckte den Schein ein. Immer derselbe Weg schien ihn zu langweilen, denn jetzt kutschierte er mich die Calle Bravo Murillo und die Calle San Bernardo hinunter zur Gran Vía. Dort überlegte er es sich anders, wendete und fuhr zur Plaza de la Opera, wo er sich ziellos durch die kleinen Gassen schlängelte. Eine ganze Weile später kamen wir an der Puerta del Sol heraus und er hielt hinter einem Streifenwagen. Mit einem Geldschein in der Hand drehte er sich zu mir um.

»Sie müssen schon entschuldigen, aber was wir hier

tun, ist recht merkwürdig. Ich bin Familienvater und will keine Schwierigkeiten. Nehmen Sie die restlichen zweitausend Peseten und steigen Sie bitte aus.«

»Darf man hier rauchen?«, fragte ich trotz der zahlreichen Verbotsaufkleber.

»Nein, Señor, hier ist Rauchverbot. Sie steigen sofort aus oder ich werde den Polizisten Bescheid sagen.«

Er hatte die Stimme gehoben und war unverhohlen aggressiv. Ich zuckte die Achseln, holte meine Zigaretten heraus und steckte mir eine an. Diese offene Provokation ertrug der gute Mann nicht, er stieg aus und sprach die Polizisten an. Ich sah ihn wütend und wild wie ein Affe gestikulieren.

Einer der Polizisten kam zum Taxi, öffnete die Tür und sagte großspurig: »Steigst du jetzt aus?«

Ich antwortete nicht, und er rief seinen Kollegen herbei, der die andere Tür öffnete und die Bitte wiederholte. Ich schwieg hartnäckig. Er versuchte es noch einmal.

»Sollen wir dich mit Gewalt herausholen? Was ist los mit dir?«

»Meine Mutter ist gestorben«, sagte ich, es war das Erstbeste, was mir in dieser Situation, die niemand beherrschte, in den Sinn kam.

Sie änderten ihren Ton. Der eine setzte sich neben mich und legte mir die Hand auf die Schulter. Ich warf ihm einen wütenden Blick zu und er zog sie zurück, aber sein Beruf verlangte, Entscheidungen zu treffen, zu handeln.

»Hören Sie«, sagte er freundlich, »ich verstehe ja, dass Sie sich unter diesen Umständen schlecht fühlen. Ich habe meine Mutter vor zwei Jahren verloren ...«

»Bei mir ist es schlimmer. Meine ist vor zehn Jahren gestorben.«

»Hör mal, du Spinner«, sein Ton änderte sich wieder,

was große Unbeständigkeit in seinem Umgang mit Bürgern bewies. »Entweder steigst du jetzt sofort aus oder wir prügeln dich raus.«

Ich löschte die Zigarette mit der übertriebenen Sorgfalt eines Neurotikers und stieg aus. Ich konnte ihnen die Sinnlosigkeit von all dem nicht erklären. Ich hatte nicht beabsichtigt, einen Taxifahrer zu provozieren oder einen Aufstand auf der Straße zu machen. Ich hatte einfach eine angemessene Zeitspanne lang einen Aussetzer gehabt, nichts Überirdisches. Das wollte ich ihnen wenigstens noch mitteilen.

»Es gibt Spinner, die sind immer Spinner und werden nicht aus dem Taxi geschmissen.«

Sie ignorierten mich. Und ich setzte meine absurde Stadttour zu Fuß fort. Ohne darüber nachzudenken lief ich zur Plaza del Progreso und blieb an der Mündung der Calle Mesón de Paredes stehen, dem Eingang zum Paradies des multikulturellen Miteinanders. Dort fand ich meinen Verstand und die Kontrolle über mein Handeln wieder. Ich atmete mehrfach tief durch und ging die Straße hinunter. Niemand schien mich zu beachten. Ich konnte auch keine Schlüsselfigur meines Verhängnisses identifizieren, ob nun Chinesen oder Marokkaner. Ich kam an dem Café, in dem sich die Kinderdiebe trafen, vorbei und entdeckte Fonseca. Er schien mein Eintreten nicht bemerkt zu haben, denn er war in die Lektüre irgendwelcher Gerichtsunterlagen vertieft, bis ich vor ihm stand und ihn grüßte.

»Ich dachte, du bist in Tanger, was ist passiert? Du hast eine Besorgnis erregende Nachricht hinterlassen. Ich konnte dich nicht zurückrufen, weil mein Handy nicht alle Zahlen angezeigt hat. Vielleicht kann ich es nicht richtig bedienen.«

»Hör mal, Fonseca«, unterbrach ich ihn, »ich will nicht drum herum reden. Hast du was mit den Chinesen zu tun? Nur du konntest sie über Almudenas und meine Reise informiert haben. Sie haben uns fast umgebracht, du Scheißkerl.«

»Gálvez, mach mich nicht an. Was sollte ich denn davon haben?« Sein verletzter Stolz wirkte aufrichtig, das musste ich anerkennen.

»Ich weiß es nicht, ich verstehe es einfach nicht. Vielleicht haben sie dich gekauft. Wenn das stimmt, werde ich dich fertig machen, obwohl ich noch nicht weiß, wie.«

Jetzt war Fonseca wütend. Erst wurde er blass und einen Augenblick lang wirkte es so, als wollte er mir an die Gurgel springen, aber er beherrschte sich.

»Ich werde mich nicht lang damit aufhalten. Ich habe nichts mit denen zu tun und Punkt. Droh mir nicht. Weißt du was? Wenn das alles ist, was du mir zu sagen hast, kannst du schleunigst verschwinden. Mich interessiert an dieser Sache nur, dass Ahmid am Leben bleibt. Wenn er lebt, wenn er in Sicherheit ist, interessiert es mich einen Scheiß, was einem Reporter mit Verfolgungswahn passiert.«

Er konzentrierte sich wieder auf seine Papiere. Und ich musste ein paar Unklarheiten ordnen. Fonseca wusste jetzt, dass ich in Madrid war und ihn verdächtigte. Das musste irgendeine Reaktion hervorrufen, denn wenn er in etwas Illegales verwickelt war, musste er fürchten, dass ich etwas gegen ihn unternehmen würde. Den Besuch in seinem Revier konnte er so deuten, dass ich mich nicht mehr verteidigen musste und mich damit in ein Risiko für ihn verwandelt hatte.

Außerdem konnte Fonseca nicht wissen, ob ich die Unterlagen über Matador nun hatte oder nicht. Sollte er wirklich mit der Mafia kooperieren, müsste er das schnellstens herausfinden.

Ich verließ das Viertel ohne Eile, damit meine Angst mich nicht beim Feind verriet. Vorsicht war angesagt, denn es heißt ja, dass Hunde die Angst riechen und man sich in ihrer Gegenwart beherrschen muss. Ich nahm ein Taxi und ließ mich nach Hause bringen, diesmal auf direktem Weg. Ein Zeichen, dass ich wieder bei Verstand war.

Keine Nachricht von Ahmid. Aber eine von Maribel, die schluchzend erzählte, dass ihr Freund sich mit den Worten »Für mich ist dein Kopf zu gut möbliert« verabschiedet hatte.

Maribel war mein einziger Halt auf der Welt. Und möglicherweise war ich Maribels einziger Halt. An solch unsicheren Fäden hielten wir uns beide fest und teilten dabei liebevolle Kränkungen aus. Egoistisch wie ich war, rief ich sie an und hoffte, dass mich ihr pubertäres Verhalten von meinen eigenen Enttäuschungen ablenkte. Ich sagte ihr, dass ich die Wohnung aus Arbeitsgründen nicht verlassen könnte, und schlug ihr vor, wann immer sie wollte vorbeizukommen, beispielsweise zu einem Abendessen exotischer Fantasien aus Gemüse. Im Kühlschrank lagen immer noch Almudenas Einkäufe.

Um die Zeit zu nutzen und für den Fall, dass die Papiere auftauchten, begann ich, mein Material zu ordnen. Ich sprach mit Dugan Porter, der sich wie üblich für ein Abendessen erbot, mir einen Bericht über das Verhalten der Nasdaq und anderer Technologiebörsen des letzten Monats zu schicken. Dann rief ich Miguel Díaz an, um ihm für die Info über *JLB Comunicación* zu danken, und bat ihn herauszufinden, welche Werbeagentur für Matador arbeitete. Eine Information, die ebenfalls wertvoll sein konnte. Bei einem geplanten Börsengang trägt die Werbeagentur maßgeblich zum Erfolg des Unterfangens bei und arbeitet deshalb eng mit dem Kunden zusammen, der wiederum verpflichtet ist, der Agentur noch die kleinste Information zukommen zu lassen, um sie auf dem Wertpapiermarkt angemessen zu präsentieren.

Er tat es für ein Synonym.

»Sag mir einen Begriff, der ausdrückt, dass ein Wert extrem flüchtig ist.«

»Schreib, er sei ätherisch.«

»Verarsch mich nicht, Gálvez.«

»Aber alkoholisch klingt doch etwas übertrieben, du kannst es ja mit irgendwas Geistigem versuchen. Offensichtlich sprithaltig. Das bezieht sich auf beides: auf die Unbeständigkeit von Alkohol, der immer zwischen Flüssigkeit und Gas hin- und herschwankt, und auf die Flüchtigkeit des Wertes.«

Er war nicht sehr überzeugt. Wenn das Martínez in die Hände bekam, würde sich das Adjektiv in der hitzigen Redaktionsatmosphäre natürlich in wenigen Sekunden verflüchtigen. Mir fiel noch etwas ein.

»Schnüffel in Rilkes Texten. Der hat eine ganze Theorie über Engel und wie sie auftauchen entwickelt …«

»Dieser Rilke, wer ist das?«, fragte er misstrauisch.

»Ein Tscheche, der Deutscher wurde.«

»Ist das der von der Bundesbank?«

»Das ist nicht so wichtig, Miguel. Ich schicke dir ein paar Zitate und du setzt sie ein. Du solltest aber keine biografischen Daten einbauen. Wenn du den Unmut der Aktionäre über den schlagartigen und unerwarteten Fall ihrer Aktien beschreiben willst, nimm Rilkes abgegriffensten Satz: *Ein Jeder Engel ist schrecklich.* Niemand wird ihn infrage stellen, auch wenn nicht alle Welt ihn gleich interpretiert. Das ist ein Zitat, das die Flüchtigkeit schon in sich trägt. Erwähn seinen Beruf nicht, sonst machst du dich lächerlich. Wenn Martínez ihn nicht kennt, sagst du es ihm und aus.«

Er ließ mich den Satz wiederholen und schrieb mit. Das war keine Gemeinheit, ich brauchte mich nicht zu sorgen. Denn ich war mir sicher, dass Martínez keine zwei Sekunden am Zitat einer solchen Autorität einer europäischen Bank hängen bleiben würde. Wenn Díaz meinen Rat befolgte und so viel Zartgefühl besaß, Rilkes Beruf nicht zu erwähnen, würde er etliche Punkte in den illustren Finanzkreisen des Landes dazugewinnen.

Bei Internetrecherchen und der Lektüre von Artikeln über das internationale Börsenverhalten ging der Nachmittag im Nu vorüber. Die Ängste und der Liebeskummer hatten sich diskret in den Winkel meines Kopfes zurückgezogen, wo eines Tages mein Alzheimer ausbrechen würde.

Als sich Maribels Schlüssel, den sie mir nicht zurückgab, im Schloss drehte, schreckte ich auf. Sie hatte sich offenbar ausgeheult, denn sie war wieder die dynamische Frau, die das Leben genießen will. Wir hatten uns beide auf unsere Weise erholt.

Ich schaltete den Computer aus und wir machten uns an die Essenszubereitung. Wir arbeiteten völlig konzentriert wie zwei Chirurgen, reichten uns gegenseitig Gewürze, Küchengerätschaften und exotische Zutaten. Das versprach einen ruhigen, häuslichen Abend zweier Menschen, die sich trafen, um ihre Einsamkeit zu lindern und vielleicht noch etwas weiter zu gehen.

In dieser Gemütsverfassung kündigte ich an, mir einen Dry Martini zuzubereiten, und Maribel wollte auch einen.

»Aber du trinkst doch nicht mehr …«

»Bis heute nicht. Und ab morgen auch nicht mehr. Aber gut möglich, dass ich mir heute Abend einen antrinke, was ein Vorher und Nachher markiert. Julio, ich garantiere dir, dass sich mein Leben ändern wird. Ich bin eine erwachsene Frau.«

Ich beeilte mich, die Drinks fertig zu machen. Solch eine Gelegenheit, dass Maribel sich von den niederen Instinkten hinreißen ließ, gab's nicht alle Tage. Und ich erinnerte mich sehr gut daran, spürte es sogar noch auf meiner Haut, wie es früher gewesen war, wenn Maribel sich gehen ließ.

Wir tranken, wir aßen, wir tanzten eng umschlungen.

Maribel war euphorisch und sinnlich, sie forderte mich auf, mich zu setzen, und legte eine alte Platte auf, Elvis' Version von *Fever.* Sie begann zu tanzen und sich im Rhythmus der Musik auszuziehen. Bald war sie in Unterwäsche und ich konnte die Spuren der Jahre an ihrem Körper sehen. Schenkel, Bauch, Hüften und Brüste hatten ihre frühere Üppigkeit verloren. Ich sah es, aber ich sah auch die harmonischen Bewegungen ihres erregten Körpers, der die außergewöhnliche Sinnlichkeit einer in der Liebe erfahrenen Frau besaß. Maribel zeigte mir alle ihre körperlichen Mängel und erreichte gleichzeitig, dass ihr Körper das einzige Objekt meiner Begierde war.

Als mit dem letzten Akkord das letzte Wäschestück gefallen war, konnte ich mich nicht zurückhalten und applaudierte begeistert. Zum Dank machte sie eine komische Verbeugung und fiel über mich her. Wir schenkten uns eine ausgedehnte Liebesnacht.

Kurz vorm Einschlafen sah ich ihr mit einer Zigarette in der Hand tief in die Augen und machte ihr ein Kompliment.

»Ich weiß zwar nicht, wie dein Kopf möbliert ist, Maribel, aber ich weiß, dass dein Körper noch immer der begehrenswerteste ist, wenn du es willst.«

»Es gibt so verkorkste Männer, die Frauen nur wegen ihres Verstandes lieben. Du bist da anders, mein Schatz«, erklärte sie mir und schlief ein.

Um sieben Uhr morgens kaufte ich die Zeitung. Die Titelstory war aufgemacht mit einem großen Foto von der Mutter mit dem Baby im Arm, ihr Blick auf das Kind gerichtet, und der Vater sah in die Kamera, als stünde er kurz vor der Hinrichtung. Die Schlagzeile fiel nicht gerade bescheiden aus: *Lassen wir sie sterben?* Im Untertitel war von der Anwendung der Einwanderungsgesetze die Rede und in der fett gedruckten Zusammenfassung wurde Almudenas Abenteuer bei der Überfahrt hervorgehoben. Alle anderen Immigranten waren schon wieder abgeschoben. Die Eltern hießen Fatima und Said und wollten den Kindsnamen in Moisés ändern, wenn sie in Spanien bleiben konnten. Eine geschmacklose Initiative, unpassend für Almudena, von der ich mehr erwartet hätte, zumindest auf diesem Gebiet. Ich schloss nicht aus, dass die Idee von Martínez stammte.

Ich las den Artikel auf dem Heimweg und stolperte dabei über fast jeden hochstehenden Pflasterstein. Er war sehr gut, sehr engagiert, das musste ich einräumen, wenn auch nicht frei von paternalistischem Getue und Gefühlsduselei, was mir unangenehm aufstieß. Almudena log erstaunlich unverfroren über die Art und Weise, wie sie auf das Flüchtlingsboot gelangt war. Ich wusste, dass sie nicht schreiben konnte, wie es wirklich gewesen war, doch sie hätte das einfach weglassen und sich auf die Schilderung der Überfahrt und die Interviews der Passagiere beschränken können.

Ich dachte, ich sollte Almudena anrufen und sie an eine

goldene Grundregel unseres Berufs erinnern, die besagt, dass die Wahrheit aufregender ist als alle Adjektive eines Wörterbuchs, aber ich verwarf die Idee. Almudena war in diesem Moment die Letzte, der man Ratschläge geben konnte. Es fiel mir schwer, das zu akzeptieren, aber ihr Tonfall beim letzten Gespräch war eindeutig gewesen. Almudena hatte die nächste Stufe der Leiter erklommen, was sie mit etwas Glück für lange Zeit prägen würde. Die Reportage endete mit der Ankündigung eines zweiten Teils am nächsten Tag und wurde abgerundet von einem Kurzbericht und zwei Spalten Meinungsäußerungen zur Ausländergesetzgebung. Als Krönung des Triumphs berichtete eine Kolumne von dreißig Zeilen über die Heldentat und betonte den sozialen Nutzen dieser Art von Journalismus.

Ich ging zum Frühstücken in die Wohnung zurück. Maribel hatte das Bett gemacht, einen dampfenden Kaffee zubereitet und eine Nachricht hinterlassen: »Das ist nicht die einzige Choreografie meines Repertoires, aber die nächste musst du dir verdienen.«

Jetzt hieß es, in die Realität zurückzukehren. Die Zeit war abgelaufen, auch wenn Fonseca nichts mit den Interessen von Matador zu tun hatte. Jede Sekunde, die seit Erscheinen des Artikels verging, führte zum Countdown. In meiner Nervosität rief ich Isabel an. Sie war so ausdruckslos wie bei meinem Besuch, aber ihre Nachrichten gaben mir Aufwind.

»Ja, Rachid hat gestern Abend um elf angerufen. Ich habe mit ihm gesprochen.«

»Hat er Ihnen gesagt, ob er mich anrufen wird?«, hakte ich unruhig nach.

»Nein, er hat nur gesagt, dass Sie sich anständig verhalten und Ihr Wort gehalten haben.«

»Verzeihen Sie, Isabel, ich weiß, es klingt indiskret, aber werden Sie zu ihm nach Marokko gehen?«

»Ich weiß es noch nicht. Ich weiß nur, dass ich keine Alternative habe. Und die Kleine braucht Dinge, die ich ihr allein nicht bieten kann.«

»Das ist hart ...«

»Danke, Señor Gálvez, ich weiß.«

Wir verabschiedeten uns. Ich wünschte ihr viel Glück in dem goldenen Käfig, den Rachid ihnen in Asilah gebaut hatte. Das Pingpong-Spiel war nicht frei von Ironie: Isabel und ihre Tochter nach Marokko und Almudenas Schützlinge nach Spanien. Die Zukunft beider Familien hing vom Überqueren derselben Grenze ab, ohne dass einer der Beteiligten an Glück denken konnte, höchstens an Sicherheit.

Ich klebte am Telefon und las Zeitung, ohne irgendetwas aufzunehmen. Ich musste jeden Artikel zwei- oder dreimal lesen. Unter dem Wenigen, das mich interessierte, war ein Plan zur Kriminalitätsprävention in der Madrider Innenstadt. Die Polizisten sollten Millionen in Form von Extrazahlungen erhalten.

Weder Aznar noch Bush und Gore mit ihren Wahlkämpfen konnten meine Aufmerksamkeit fesseln. Aber nichts brachte mich von hier weg. Wenn Ahmid Wort hielt, war sein Anruf überfällig. Das Telefon klingelte. Es war Martínez, der mir auftrug, die Meinung berühmter Persönlichkeiten über das Schicksal von Fatima, Said und den zukünftigen Moisés einzuholen. Ich versprach sie ihm für den Nachmittag. Es reichte, ein paar Schauspieler, einen Schriftsteller und einen Regisseur anzurufen. Gut meinende VIPs zur Verteidigung der Menschenrechte ließen sich problemlos mit meinem Routineauftrag vereinbaren. Ein Kinderspiel. Und ich musste nicht mal das Haus verlassen. Vermutlich war diese Arbeit Teil seiner systematischen Erniedrigung, aber das war mir egal. Eine Umfrage zur Unterstützung von Almudenas Siegeszug. Na und? Als ich meinen Militärdienst leistete, musste ich die lächerliche Hymne der Artillerie lernen. Das war viel schlimmer.

Ahmids Anruf kam um halb zwölf, als meine Nerven schon so gespannt waren, dass ich die Kurse der Technologieaktien fast auswendig konnte. Er rief auf meine Kosten an, und ich meldete mich mit einem so enthusiastischen Ja, dass die Telefonistin gedacht haben muss, zwischen uns bestünde etwas mehr als eine gute Freundschaft. Ahmid klang heiter.

»Reporter, bist du immer noch scharf auf die Papiere?«

»Natürlich Ahmid, sag mir, wo sie sind. Ich brauche sie dringend.«

»Du musst ein Stück dafür gehen.«

»Macht nichts, Ahmid, sag es mir.«

»Weißt du etwa nicht, wo der Arsch der Welt ist?«, sagte er und lachte, als wäre er im Zirkus.

Dieser Kindskopf, der unfähig war, die Konsequenzen seiner Handlungen und die Wichtigkeit, die manche Dinge für andere hatten, einzuschätzen, brachte mich an den Rand der Verzweiflung. Seine Maßstäbe waren so wirr wie seine Moralvorstellungen.

»Ahmid, ich weiß nicht, wo der Arsch der Welt ist, aber wenn nötig, finde ich ihn«, sagte ich so geduldig, dass es für einen Erwachsenen eine Beleidigung gewesen wäre, ihm aber noch zusätzliches Vergnügen bereitete. »Sagst du mir endlich, wo ich sie finde?«

»Schau in deinen Arsch«, sagte er und lachte wieder schallend auf.

Ich hörte ganz genau, dass hinter ihm noch jemand

lachte. Das machte mich argwöhnisch. Dann gab Ahmid den Hörer an Rachid weiter, damit mir dieser erklären konnte: »Unter deinem Arsch, nicht in deinen Arsch, Reporter. Zieh den Finger wieder raus.«

Ich lachte verschwörerisch, wie mit Martínez in seinen besten Momenten, und appellierte an ihren Edelmut: »Rachid, Ahmid, dieses Gespräch ist teuer. Wo sind die Papiere?«

»Unter deinem Arsch. Ehrlich, Reporter, dort sind sie. Setz dich auf dein Bett und du hast sie unter deinem Arsch.«

Ich traute meinen Ohren nicht. Ahmid erzählte mir gerade, dass er die Unterlagen in meiner Wohnung gelassen hatte, und ich hatte mein Leben in der Meerenge für nichts aufs Spiel gesetzt. Ich bat die beiden, einen Moment zu warten, und ging die paar Schritte zu meinem Bett. Ich hob die Matratze an und fand einen brauen Umschlag mit ein paar Blättern. Es war ein englischer Text mit fett gedruckter Überschrift, der von dem strategischen Vorgehen beim Börsengang handelte. Er trug den Stempel *Vertraulich*, was bezeugte, dass es sich um das Original der Geschäftsdirektion handelte, und er war auf Japanisch und Englisch abgefasst. Mein Japanisch war damals noch eher bescheiden.

Ich griff wieder zum Telefonhörer: »Ahmid, du Scheißkerl, ich habe sie. Warum hast du sie dort versteckt?«

»Weil ich wusste, dass du der Einzige bist, der mich dafür bezahlen würde, ohne mich hinterher umzubringen, Reporter.«

»Und der Schlüssel, wozu hast du mir den gegeben?«

»Aus Spaß. Ich reich dir noch mal Rachid.«

»Jetzt sind wir quitt«, sagte die Stimme des Geschäftsmannes. »Isabel hat mich angehört. Obwohl ich dir nichts schulde, bist du herzlich willkommen in Asilah. Gefällt dir mein Haus, Reporter?«

»Ja, es gefällt mir, Rachid. Aber ich muss dir sagen, dass du ein Arschloch bist. Ich wurde wegen dieses Streiches fast umgebracht.«

»Ich habe dir das Leben gerettet, hast du das schon vergessen?«

»Nein, aber du hast mich auch in diesen Schlamassel gebracht. Was das Lebenretten anbelangt, sind wir auch quitt, Rachid.«

»Einverstanden, Reporter. Ich werde dir nicht mehr das Leben retten und du mir auch nicht, ist das in Ordnung?«

»Das klingt schon besser. Du kannst dir nicht vorstellen, wie sicher ich mich fühle, wenn ich weiß, dass du mich nicht mehr beschützt. Pass auf Ahmid auf. Lass ihn nicht nach Spanien zurückkehren. Die denken, er hat die zwei Jungs umgebracht …«

Ich weiß, es ist absurd, aber als ich auflegte, hatte ich eine Art Verlustgefühl beim Abschied von diesen beiden jungen Männern, die ein Spiel spielten, das weit über ihre Kräfte ging. Sie waren Kanonenfutter, so sehr sie auch fähig sein mochten, Schlechtes zu tun und sich außergewöhnlich gut aus schwierigen Situationen zu ziehen. Die verlorenen Jungen aus *Peter Pan,* wenn sie heranwachsen, werden sie zum echten Problem. Und die Gesellschaft übernimmt es dann, sie zu zermalmen.

Aber ich verbannte sie aus meinen Gedanken. Endlich hatte ich die so lange gesuchten Unterlagen und die Möglichkeit, mein Problem zu lösen. Ich nahm das Englischwörterbuch und einen Kugelschreiber zur Hand und begann den Bericht zu lesen.

XVIII

Krisenkabinett

Das Gutachten in meinen Händen umfasste zehn Seiten. Es war ein internes Memorandum über bestimmte strategische Aspekte des Unternehmens und datierte vom Oktober 1999, kurz vor Masushitas Selbstmord. Es war an ihn gerichtet und von einem mir unbekannten Filialleiter unterzeichnet.

In sachlichem Stil handelte der Text von internen Problemen der Gesellschaft, die mir unverständlich blieben.

Es wurde Kritik geübt an der Firmenpolitik, internationale Verbindungen im Netz aufzubauen, was sich gegen die Direktion von Ishiguro Masushita, den Sohn des Magnaten, richtete. Was wirklich vorgefallen war, stand nicht drin, weswegen schwer zu verstehen war, warum dieses Gutachten solche Bedeutung hatte. Dennoch konnte ich der Lektüre etwas entnehmen, das mir wichtig erschien: Matador war an der Gründung der Firmen beteiligt gewesen, die sie später aufkaufte. Es war von den Gesellschaftern der *Lokalseiten,* von *Che* und anderen Unternehmen die Rede, deren Namen mir nichts sagten, vermutlich weil sie mit ausländischen Marktstrategien zu tun hatten.

Das Gutachten schloss mit einer Bemerkung, die im Vergleich zu dem gemäßigten Ton des Textes fast skandalös klang: Das spanische Unternehmen wurde als »schwaches Kettenglied« eingestuft. Das musste die Bombe sein, die das ganze Durcheinander, in das ich mich seit der Begegnung mit Takako verwickelt sah, ausgelöst hatte. Ich war aufgeregt. Ein paar Zeilen weiter vorne glaubte ich den Schlüssel gefunden zu haben. Es hieß dort, dass die stillen Teilhaber der spanischen Gesellschaft nicht kompetent genug seien, weil sie den persönlichen Freunden des leitenden Vizepräsidenten zu viel Macht einräumten.

Mehr war nicht rauszuholen. Die Sachlichkeit der Darstellung war beeindruckend, wenn man bedachte, zu welchem Ergebnis das Gutachten kam. Man musste zwischen den Zeilen lesen, um das explosive Wesen dieser kühlen Zeilen richtig zu interpretieren. Angesichts dieser Aufgabe fühlte ich mich wieder einmal wie ein lächerlicher Zwerg. Ich las die Seiten und las sie wieder, aber ich konnte nicht mehr herausfiltern. Nur das Gefühl, etwas vor mir zu haben, das stank, dessen Verständnis uns Sterblichen aber verborgen blieb.

Einen Moment lang war ich verzweifelt. Wenn es mir nicht gelang, das Gutachten zu entschlüsseln, waren alle meine Bemühungen umsonst gewesen und mein Leben würde für lange Zeit in Gefahr sein.

Ich hatte eine verrückte Idee: ein Krisenkabinett mit fähigen Leuten einzuberufen, die mir helfen würden, das Rätsel zu lösen. Das war leichter gesagt als getan. Ich nahm mein Adressbuch und brauchte nicht lange, bis ich wusste, wer mir helfen konnte. Am vertrauenswürdigsten erschienen mir Dugan Porter und Miguel Díaz. Damit musste ich mich zufrieden geben. Was konnte ich ihnen anbieten, damit sie sich auf ein so kolossales Unterfangen einließen? Porter ein Essen, von dem er annehmen würde, dass es aus den unterschiedlichsten Gründen nicht stattfinden würde, Miguel Díaz ein Synonymenwörterbuch.

Díaz sagte sofort zu. Seit dem Rilkezitat war unsere Beziehung eindeutig herzlicher geworden; am selben

Morgen hatte ihn ein ehemaliger Direktor der *Banco España* persönlich angerufen und ihn zu dem Einfall beglückwünscht. Díaz glaubte, sich mit meiner Hilfe in einen Starreporter verwandelt zu haben.

Ich rief Porter an und hatte wieder Glück. Es war ein beispielloses Ringen. Wie in guten Drehbüchern hatte ich in beiden die berufliche Leidenschaft für die Sache Matador geweckt. Zu ihrer Neugier gesellte sich, dass sie mir glaubten, als ich sagte, wir könnten eine Bombe in der Hand haben. Mein sonst typischer Pessimismus machte meinen Enthusiasmus glaubwürdig. Beide waren aufgrund Fügung und Neigung der Vorsehung bereit, eine Stunde später bewaffnet mit Laptops und Mobiltelefonen zu mir nach Hause zu kommen.

Als mit dem ersten Klingeln Porter eintraf, hatte ich schon ein Schaubild über die zu Matador gehörenden Unternehmen, ihre Kapitalquellen sowie deren wichtigste Persönlichkeiten angefertigt und an die Wand gepinnt. Vorteile eines allein stehenden Mannes: Das hätte ich in einem Haushalt mit einer ordentlichen Frau keinesfalls bewerkstelligen können. Jedenfalls entsprach das meiner Erfahrung mit allen Frauen, die ich in meinem Leben kennen gelernt hatte, wenn es sich um meine Dinge und Angewohnheiten handelte.

Porter übersetzte das Gutachten über Matador laut, und ich fasste so gut ich konnte alles zusammen, was ich wusste. Sie machten kommentarlos Notizen. Nach einer kurzen Pause warf ich ein »Ja und?« in den Raum.

Díaz äußerte sich zuerst.

»Der Zusammenhang ist klar und weist deutliche Unregelmäßigkeiten auf. Es fehlen uns nur Beweise, und wir müssen Material zusammentragen. Ich habe den Eindruck, dass Vater oder Sohn, eher der Sohn, wenn man dem

Gutachten glaubt, künstlich ein multinationales Imperium geschaffen hat, das sich der Marketingchef ausgedacht hatte: Sie gründen die Unternehmen mit Gesellschaftern aus verschiedenen Ländern, aber mit Eigenkapital. Diese Unternehmen sind nicht viel wert, aber sie machen viel Lärm um sich. Später kaufen sie sie zu einem astronomischen Preis auf. Aber das ist nicht so signifikant, weil das Geld wieder zurückfließt. Mithilfe der Werbung gewinnt Matador auf dem Markt Wert. Mit ein paar stichhaltigen Fakten wie diesen könnte ihnen die Kommission des Wertpapiermarktes wegen Mangel an Transparenz einen Strich durch die Rechnung machen. Wie sagt Rilke, in diesem Fall wird der Engel schrecklich.«

Porter wollte protestieren, als er den Namen des Dichters hörte, aber ich brachte ihn mit einem Zwinkern und einem Zeichen, es ihm später zu erklären, zum Verstummen. Er gehorchte, aber aus seinen Augen sprang die Neugier.

Mir wurde zum ersten Mal bewusst, dass Díaz Talent hatte. Seine Probleme beim Schreiben hatten mich an seiner Kompetenz zweifeln lassen. In drei Minuten hatte er mir die Strategie der Japaner erklärt. Ich hatte Fakten angehäuft, und er hatte sie im Handstreich interpretiert.

Díaz fuhr mit seiner Einschätzung fort: »Wenn wir beweisen können, dass die Sache so läuft, wie du sagst, und alles gut zusammenpasst, machen wir sie fertig. Wir haben ein paar Monate Zeit, bis sie an die Börse gehen. Pejcovic, der Korrespondent in Buenos Aires, ist gut. Er kann sich um *Che* kümmern. Das mit Matador finde ich schwieriger. Aber, wie gesagt, wir haben Zeit«, insistierte er.

»Ich habe den Eindruck, dass Julio es etwas eiliger hat, oder täusche ich mich?«, mischte sich Porter ein.

»Na ja, schon. Ich würde gerne schon morgen was bringen. Spätestens übermorgen«, sagte ich zu Díaz.

»Aber alles, was wir haben, sind Vermutungen. Das würde niemand veröffentlichen. Und ich würde das nie unterzeichnen. Ich hänge sehr an meinen Beruf.«

Ich musste Díaz' Berufsgewissen beschwichtigen, damit er nicht gleich wieder ging. Sein Aussteigen wäre in dieser Situation katastrophal gewesen.

»Werd nicht ungeduldig, Miguel, ich bin ja nicht blöd«, Porter schüttelte zum Zeichen seines Zweifels an meiner Selbsteinschätzung den Kopf. »Aber stell dir mal vor, es ginge nicht darum, einen Betrug aufzudecken, auch wenn er legal ist, um an die Börse zu kommen. Stell dir vor, es handle sich darum, ein Unternehmen zu demaskieren, das mit der japanischen Mafia, der Yakuza, zu tun hat. Verstehst du? Schau, Miguel, es gibt im Augenblick jemand, der mich umbringen will.«

»Dann gehen wir zur Polizei, erfinden aber keinen Skandal.« Er wollte schon aufstehen.

»Díaz, warte doch mal«, hielt ich ihn zurück. »Es kann in wenigen Stunden deftige Fakten geben. Aber nur, wenn du uns hilfst, sie zu interpretieren. Deine Vision von der Strategie war hervorragend. Mir hat sie sehr geholfen. Aber da gibt's noch andere Dinge ...«

Eigentlich wusste ich nicht, wie ich meinen Kopf aus der Schlinge ziehen sollte. Díaz hatte ja Recht. Was wir in der Hand hatten, reichte nicht, um das Risiko auszuschließen, dass es aus journalistischem Blickwinkel Selbstmord gewesen wäre, uns in diesen Sumpf zu begeben. Ich wollte weitersprechen, als mir Porter aus der Patsche half.

»Takako kann uns den Schlüssel liefern.«

»Takako will nichts mehr von mir wissen, Dugan. Sie

ist verängstigt abgereist, weil sie von den Chinesen verprügelt wurde.«

»Nicht wegen einer Liebesgeschichte?«, warf Díaz ein, aber wir übergingen seine Frage.

»Lass mich mit Takako reden«, insistierte Dugan. »Wenn wir ihr die spanische Variante der Geschichte anbieten, enthüllt sie uns vielleicht den wirklichen Inhalt des Gutachtens.«

Ich willigte ein. Das war der einzig vernünftige Weg. Ich suchte Takakos Visitenkarte und gab sie ihm. Um Díaz von seinem überstürzten Abgang abzuhalten, schlug ich ihm vor, aufzuschreiben, was wir aus den bisher zusammengetragenen Informationen abgeleitet hatten. Missmutig gab er nach. Er installierte seinen Computer auf dem Küchentisch und tippte erbarmungslos auf ihn ein. Porter flüchtete mit dem Gutachten ins Schlafzimmer.

Ich hatte inzwischen was Wichtigeres zu tun: Kopf oder Zahl auf Javier Paramio und sein Unternehmen zu wetten. Díaz' Interpretationen lieferten mir Argumente für ein interessantes Gespräch mit dem korrupten Präsidenten von *JLB Comunicación.* Ich versuchte es telefonisch, aber mir wurde gesagt, dass er noch nicht in der Firma sei. Also sagte ich geheimnisvoll zu seiner Sekretärin, dass es sich um eine Angelegenheit »in seinem eigenen Interesse« handle, und gab ihr meine Telefonnummer. Wenn Paramio tatsächlich mit den Machenschaften zu tun hatte, von denen das Gutachten berichtete, würde er begreifen, was ich mit der ganzen Geschichte zu tun hatte, und sich in Bewegung setzen.

Ich rief Pejcovic in Buenos Aires an. Er hatte geschlafen und war sauer, weil ich ihn geweckt hatte.

»Hör mal, Gálvez, es ist eine Sache, dass uns ein gemeinsames Interesse an der Mafia verbindet, und eine ganz andere, dass wir uns gegenseitig anmachen, als wären wir verheiratet.«

»Pejcovic, tut mir Leid, aber es ist eine Sache auf Leben und Tod. Kannst du eine halbe Seite über die Verbindungen von *Che* nach Japan, angefangen mit dem peruanischen Kapital, für mich schreiben?«

»Kann ich, aber ich kann dir das nicht als Satzfahne schicken. Dazu müsste ich nach Lima fliegen, und das gibt mein Budget nicht her, verstehst du?«

Ich bat ihn, es trotzdem zu tun und alle Quellen anzuführen, die er in der Presse finden konnte, irgendwelche Referenzen, die den Mangel an Unterlagen kaschierten. Wenn die Medien sich untereinander absprechen, kann eine schwache Quelle manchmal zur Festung werden. Das ist ein tückisches publizistisches Gesetz, aber es ist ein Gesetz. Und in dem Augenblick hatte ich wenig moralische Skrupel. Zumindest könnte ich mit diesen Fakten Díaz' Dickköpfigkeit untergraben, auch wenn wir sie nicht als Beweise nutzen würden. Pejcovic versprach, mir eine E-Mail zu schicken. Ihm gefiel, dass wir endlich mal zusammenarbeiteten, er stellte aber klar, dass er nur abzeichnete, was er selbst schrieb. Ich fand das in Ordnung. Martínez hatte zu verhindern gewusst, dass sich zwischen uns ein größeres Vertrauen aufbauen konnte, indem er uns beide bewusst von Matadors Spur fern hielt. Pejcovic hatte das nicht vergessen.

»Wenn wir es Martínez so richtig zeigen, dann lade ich dich zu einem Grillabend nach Buenos Aires ein. Aber das Flugticket zahlst du selbst, versteht sich.«

Díaz hatte bei der Rekonstruktion von Matadors Aktivitäten wieder Aufwind bekommen. Was auch immer wir mit dem Material machten, es lohnte sich, es aufzuschlüsseln. Was bei dieser Zusammenkunft herauskam, wäre ihm auch ein paar Monate später noch nützlich und hätte den Vorteil, dass er meine Fakten als Hintergrund im Gedächtnis hätte. Das Tippen klang, als schriebe er auf einer alten Olivetti. Die Master hatten Díaz keinen angemessenen Umgang mit den neuen Technologien lernen lassen.

Ich ging ins Schlafzimmer. Porter diskutierte hitzig mit jemandem, ich unterstellte, mit Takako, und las Abschnitte aus dem Gutachten vor. Hin und wieder schrieb er etwas in sein Notizbuch. Das schien mir ein gutes Zeichen. Die Sache kam voran. Blieb nur die Frage, wo sie hinführte, aber sie kam voran.

Irgendwie schien ich der Chef zu sein. Doch während meine Kollegen auf beiden Seiten des Atlantiks arbeiteten, hatte ich nichts zu tun. Ich war diese Rolle nicht gewöhnt, sodass ich Díaz zurief, ich würde kurz runtergehen und ein paar Bocadillos und Bier holen.

Als ich das Haus verließ, entdeckte ich den ersten Chinesen. Er stand auf dem Bürgersteig gegenüber und tat so, als repariere er sein kleines Moped. Ich maß dem nicht mehr Bedeutung als nötig bei, obwohl ich für das Auftauchen jeglichen Vertreters seiner Hautfarbe extrem sensibilisiert war. Ich kaufte die Bocadillos und das Bier in einem dieser Läden, die vierundzwanzig Stunden am Tag geöffnet haben, und auf dem Rückweg entdeckte ich den zweiten, der sich zu dem mit dem Moped gesellt hatte. Ein dritter machte die beiden auf mich aufmerksam und kam über die Straße auf mich zu. Ich lief so schnell ich konnte und schaffte es zum Hauseingang, bevor er mich eingeholt hatte. Ich wartete nicht auf den Fahrstuhl, sondern rannte in großen Sätzen die Treppen hinauf und hörte sie hinter mir miteinander reden. Unfähig, meinen Schlüssel zu benutzen, hämmerte ich an die Tür. Ich stellte die Tüte mit den Einkäufen auf dem boden ab und schaffte es schließlich doch, aufzuschließen. Dann schnappte ich die Tasche und schlug die Tür hinter mir zu.

»Die Chinesen«, sagte ich keuchend und hustend. »Ich meine, die Chinesen sind da. Sie sind hinter mir her. Im Treppenhaus sind mindestens drei. Sie wissen, dass ich wieder in Madrid bin.«

»Dann ruf die Polizei, ich bin beschäftigt«, sagte Díaz und achtete nicht weiter auf mich.

»Und was sage ich der Polizei? Dass in einem Telefonnummernunternehmen Kapital aus Malaysia steckt?« Ich schrie fast, unfähig, ihm meine Ohnmacht rüberzubringen.

Nach einem letzten Schlag auf eine Taste, die einem neuen Absatz entsprechen musste, stand er endlich auf. Wortlos öffnete er die Tür und schrie in den Hausflur hinaus: »Idioten, wir sind sechs Rambos. Haut bloß ab, wenn ihr keine Tracht Prügel haben wollt!«

Ich hörte hektische Schritte abwärts. Díaz kehrte ohne mich eines Blickes zu würdigen an seinen Platz zurück. Er war so konzentriert bei der Arbeit, dass er mir keine einzige Frage stellte. Und mir wurde klar, dass ich ihm nichts erzählt hatte, weder von den Angriffen der Chinesen noch von meinen Abenteuern in Tanger. Aber das war jetzt nicht der richtige Augenblick. Es war sinnvoller, ihn in der Küche schreiben und durch den Hausflur Prügel androhen zu lassen. Und es war auch nicht der geeignete Zeitpunkt, meine Kollegen mit der Nachricht zu beunruhigen, dass wir in der Falle saßen.

Ich stellte Essen und Getränke auf ein Tablett. Porter kam schweißgebadet aus dem Schlafzimmer. Er kündigte seinen Auftritt mit einem Hüsteln an und Díaz und ich schenkten ihm die erbetene Aufmerksamkeit.

»Wir haben was Wichtiges. Ich habe mit Takako eine

Abmachung getroffen: Beide Artikel werden in beiden Ländern gleichzeitig veröffentlicht, was bedeutet, dass sie ihren aus Gründen der Zeitverschiebung ein paar Stunden früher bringt. Aber sie wird uns erwähnen. Ist das in Ordnung?«

»Das ist in Ordnung, aber nur, wenn es was zu veröffentlichen gibt«, fügte Díaz hinzu.

Porter wurde sachlich.

»Also hört zu: Takako will mit den Unterlagen beweisen, dass Masushita sich aus Schande umgebracht hat, nicht aus persönlicher Beschämung, sondern aus Scham über das Verhalten seines Sohnes Isidoro«, er machte wieder den Scherz mit dem Namen, aber Díaz merkte es gar nicht. »Denn der hat, wie sie sagt, mit der Mafia zu tun. In dem Gutachten wird es erwähnt, aber ihr fehlte noch ein Mosaiksteinchen: die Bestätigung, dass auch in der spanischen Filiale Geld von der Yakuza steckt, getarnt durch *JLB Comunicación.* Takako kann uns Beweise dafür schicken, dass das Kapital der *Lokalseiten* aus einer in Malaysia ansässigen Firma stammt, die ebenfalls zum Imperium von Masushita gehört. Aber sie wird es nur tun, wenn wir ihr vorher bestätigen können, dass Javier Paramio da drinhängt.«

Díaz' Augen wurden immer größer. Wir hatten eine echte Gräuelstory in Händen, eine internationale Geschichte. Wenn Takakos Material echt war und Pejcovic uns etwas einigermaßen Brauchbares schicken konnte, hätten wir einen *scoop,* der ihn in die Stratosphäre der nationalen Wirtschaftspublizistik befördern würde.

»Ich rufe Martínez an«, flüsterte er.

»Warte noch, Miguel. Wir haben das über *JLB* noch nicht. Wir müssen noch etliche Lücken schließen«, sagte ich zu ihm, überrascht über seinen Prinzipienbruch.

»Nein, es geht nicht um die Veröffentlichung. Martínez kennt Javier Paramio gut. Ihm wird es ein Leichtes sein, eine Lücke zu finden, durch die wir schlüpfen können. Alles passt zusammen. Das mit der Beilage über Osaka …«

Porter wollte klarstellen, was ich schon längst begriffen hatte.

»Willst du damit sagen, dass Martínez mit Javier Paramio befreundet ist? Er hat Pejcovics Recherchen gestoppt, er hat Gálvez untersagt, mit Takako weiterzumachen, dir hat er gesagt, du sollst das erst mal auf Eis legen, bis sie an die Börse gehen …«

»Und er hat die Chinesen nach Tanger geschickt, damit sie mich köpfen, mich und Almudena«, schlussfolgerte ich überrascht darüber, dass mir das nicht früher eingefallen war.

»Glaubt ihr im Ernst, dass Martínez da drinsteckt?«, fragte Díaz erstaunt, aber er erwartete keine Antwort. »Dann rufe ich Paramio an.«

Er ließ keinen Einwand gelten. Ich informierte ihn darüber, dass ich das schon versucht hätte und auf seinen Rückruf wartete. Aber er sah mich etwas überheblich an.

»Das ist mein Ressort. Ich werde sofort mit ihm verbunden. Mich verarscht weder ein Martínez noch dieser Paramio.«

Er griff zum Hörer und wählte. Dann drückte er den Knopf der Mithörfunktion und stellte das Diktafon zum Aufzeichnen an. Das Klicken des Apparats erinnerte mich an Carmen Saladrigas, die Direktionsassistentin von Matador.

In Díaz' Gesicht stand ein entschlossener, fast beängstigender Ausdruck. Nach dreimaliger Weitervermittlung erklang Paramios säuselnde Stimme.

»Guten Tag, Miguel, was gibt's?«

»Javier, beantworte mir ein paar kurze Fragen. Ich habe ein paar Zweifel, die du sicher auflösen kannst.«

»Was auch immer du brauchst, Miguel. Du weißt ja, dass ich ausgezeichnete Beziehungen zu deiner Zeitung habe«, erwiderte Paramio übertrieben höflich und dienstbeflissen.

»Weißt du, wer Julio Gálvez ist?«

»Ja, ein Nichtsnutz, der keine Ahnung von Wirtschaft hat«, antwortete Paramio, was bei Porter heftiges Kopfnicken auslöste. Er konnte es einfach nicht lassen, den Clown zu spielen, nicht mal in einer so delikaten Angelegenheit.

»Warum?«

»Nun ja, Gálvez hat zusammen mit einer japanischen Kollegin, die du bestimmt kennst, herausgefunden und Beweise dafür zusammengetragen, dass an deinem Unternehmen ein paar japanische Aktionäre beteiligt sind und dass diese japanischen Aktionäre Kontakt zur Yakuza haben. Kannst du mir folgen, Paramio?«

»Kann ich und auch wieder nicht. Bist du bekifft? Ich werde deine Zeitung anrufen und euch aus dem Verkehr ziehen lassen.«

»Vorher will ich mit dir reden. Ich bin in der Nähe deines Büros, in zehn Minuten bin ich bei dir. Ich will, dass du mir auch was über deine Verbindung zu den Chinesenbanden erzählst, die für deine Freunde die Drecksarbeit machen. Die Polizei ist bereits auf dem Laufenden.«

»Ich bin auf dem Sprung ins Ausland. Ich werde einen Monat lang nicht in Spanien sein. Wenn ich zurück bin, ruf ich dich an … versprochen. Und Gálvez und du, ihr werdet euch vor einem Richter zu rechtfertigen haben.«

Paramio war nicht zum Betrüger geschaffen. Er war unter Díaz' Druck in zwei Minuten eingeknickt. Und ich konnte nicht glauben, was ich gehört hatte. Besonders verblüfft war ich über Díaz' geschicktes Vorgehen. Der Mann mit den Skrupeln hatte sich in einen Fallensteller verwandelt und bluffte, um den Widerstand dieses Mafioso zu brechen, der beim leisesten Druck wie ein Zuckerstückchen zerbröselt war. Aber die Falle hatte die Wahrheit ans Licht geholt.

»Wo hast du denn das gelernt, in Harvard?«, fragte Porter genauso platt wie ich.

»In meinem Dorf. In Nava. Ich bin Asturier, und wenn ein Asturier ...«

»Nein, Díaz, hör auf«, flehte ich ihn mit ausgestreckten Händen an. »Ich halte für eine Zeit lang keine weiteren Darbietungen ethnischer Überlegenheit mehr aus.«

Jetzt spielte er die erste Geige, logisch. Nur mit ihm hatten wir eine Chance, den Artikel in die Zeitung zu bekommen. Genauso energisch, wie er die Tastatur malträtierte, plante er jetzt unsere nächsten Schritte. Er rief im Mutterhaus in Barcelona an und schaffte es, den Verlagsleiter aus einer Sitzung holen zu lassen.

»Chef, hier spricht Díaz aus der Madrider Radaktion. Wir haben einen Aufmacher für morgen und vielleicht die ganze Woche ... Ja, ich weiß das mit den Marokkanern und ihrem Baby, aber das wird dich umhauen. Das ist international. Ich schicke dir eine E-Mail. Es darf aber niemand erfahren, in der Redaktion sitzt ein Spitzel. Ich erkläre dir später alles genauer.«

Er legte auf und verkündete seine Absicht, Martínez aufzusuchen. Ich übernahm wieder das Ruder.

»Miguel, du überstürzt alles. Wir haben keinerlei Beweise dafür, dass *JLB* mit der japanischen Mafia verbandelt ist ... Wie sollen wir Takako die Beweise liefern, die sie braucht, um Bildchen mit uns auszutauschen?«

»Willst du noch mehr Beweise? Takako transkribieren wir das Gespräch und schicken es ihr. Paramio ist auf dem Weg zum Flughafen. Wenn Takako das nicht begreift, ist es ihr Problem. Ich bin absolut davon überzeugt, dass Paramio uns die Kavallerie auf den Hals hetzen würde, wenn er etwas zu seiner Verteidigung in der Hand hätte. Und bei der bloßen Erwähnung der Polizei verlässt er das Land. Eigentlich der Polizei und Gálvez«, er konnte es sich nicht verkneifen, angesteckt von Porter, über mich und mein Talent zur Einschüchterung Scherze zu machen. Dann erläuterte er seine Idee.

»Jetzt ist Martínez dran. Wenn er ähnlich reagiert, haben wir Recht mit unserer Vermutung. Wir müssen nur aufschreiben, was passiert ist. Wir werden mit einem Handstreich aufräumen.«

»Martínez überlässt du mir«, widersprach ich in dem Versuch, meinen Teil der Beute einzufordern. »Du verabredest dich mit ihm und wir gehen beide hin, aber alles andere überlässt du mir, einverstanden?«

»Wir gewinnen die Weltmeisterschaft, das ist Spitze«, fasste er in einem Satz seine Begeisterung zusammen.

Ich ging auf den Balkon, um die Lage einzuschätzen, während Díaz versuchte, Martínez zu erreichen. Der Asturier hatte vergessen, dass man Martínez nicht einfach so anrufen und sich mit ihm verabreden konnte. Wir mussten das Haus verlassen und dort hinfahren, wo er sich gerade aufhielt. In der näheren Umgebung meiner Haustür lauerte ein halbes Dutzend Chinesen. So laut Díaz auch getönt hatte, die Situation war kompliziert, und meine Abneigung, die Polizei einzuschalten, noch immer groß. Ich wünschte mir nichts weniger, als den Nachmittag auf einer Wache oder in einem Gericht zu verbringen und anonyme Mitbürger aus anderen Ländern wegen angeblicher Bedrohung anzuzeigen. Und das alles, damit die Dinge so blieben, wie sie waren.

Es gab eine andere Lösung: Fonseca. Aber der Anwalt war nach der ungerechten Szene, die ich ihm gemacht hatte, bestimmt nicht gut auf mich zu sprechen. Das mit Fonseca war zudem schwierig, denn ich unterstellte, dass er nicht nur keine Lust hatte, sondern auch fähig war, eine Infanterie Muselmanen zu mobilisieren.

Die Lösung ergab sich von selbst: Maribel klingelte und fragte, ob sie raufkommen könnte. Ich sagte ihr, das ginge im Augenblick nicht, ich würde sie am Abend anrufen. Sie verlangte keine Erklärungen, aber ich hatte eine ausgezeichnete Idee. Ich griff zum Handy und rief die Policia Municipal an, wobei ich das System der internationalen Vorwahl nutzte. Ich informierte sie lediglich darüber, dass eine verdächtige Gruppe von Chinesen vor der Haustür Nummer 69 der Calle San Bernardo Frauen belästigte. Sie könnten den Anruf nicht wie ein Ortsgespräch zurückverfolgen.

Díaz kam triumphierend zurück. Er wusste, wo Josep Martínez zu finden war, in einem Nobelrestaurant ein paar Häuserblocks von meiner Wohnung entfernt. Wir liefen die Treppe hinunter und ließen einen irritierten Porter mit der Leitung der internationalen Beziehungen zurück.

»Dugan, sag Takako, dass wir ihr in drei Stunden eine Info schicken, die sie wörtlich zitieren kann. Und mach Pejcovic Druck. Guter kalifornischer Boy, ich schulde dir ein Essen«, und ich streichelte ihm zu Abschied über den Kopf.

Als wir auf die Straße traten, fuhr gerade der Streifenwagen der Policia Municipal vor, um nicht vorhandene Frauen zu suchen, die von einer Horde Chinesen belästigt wurden. Das reichte, damit wir uns in Ruhe bewegen konnten. Wir hielten ein Taxi an und ließen uns zum Restaurant fahren.

»Martínez gehört mir«, erinnerte ich Díaz. »Dafür zeichnest du die Reportage.«

Das war ein guter Handel.

XIX

Der letzte Toast

Als wir im Restaurant eintrafen, hob Martínez gerade sein Glas zu einem Trinkspruch. Neben ihm saß Almudena mit ebenfalls erhobenem Glas. Ihr gegenüber tat Fonseca es ihr gleich.

Ein rührendes Treffen dreier Personen, die einen humanitären und publizistischen Erfolg feierten. Josep entdeckte uns als Erster, er erstarrte und brachte kein Wort heraus. Es war deutlich, dass Paramio sich nicht die Mühe gemacht hatte, ihn zu warnen. Martínez fasste sich gleich wieder und forderte uns übertrieben herzlich auf, uns zu ihnen zu setzen.

»Kommt, kommt her. Ihr könnt mit uns anstoßen. Ihr kennt euch alle, nicht wahr?«

Díaz schüttelte Fonseca trocken die Hand und küsste Almudena auf beide Wangen. Ich beschränkte mich auf einen Gruß mit der Hand. Zu mehr war ich nicht im Stande, als ich Almudena sah, deren strahlender Gesichtsausdruck bei meinem Anblick in Verwirrung übergegangen war.

Martínez wollte das Zeremoniell nicht länger aufschieben. Es interessierte ihn nicht im Geringsten, warum wir aufgetaucht waren, er schien es für einen mehr oder weniger unangenehmen Zufall zu halten. Er bat den Kellner, noch zwei Gläser zu bringen. Währenddessen breitete sich lastendes Schweigen aus, das niemand zu brechen wagte. Almudena wich meinem Blick aus, und Díaz suchte den meinen, wie jemand, der in einer Kneipe auf das

Zeichen wartet, um dem Nächstbesten den Schädel einzuschlagen.

Als wir unsere Gläser hatten, schenkte uns Martínez einen *Cava Crut* ein. Er hob erneut sein Glas und erklärte: »Ich möchte auf die beste Reportage unserer neuen ›rasenden Reporterin‹ Almudena und auf einen noblen Anwalt anstoßen, der für die Verteidigung von Menschen eintritt, die auf der Suche nach ein wenig Brot in unser Land kommen.«

Nach dem schulmeisterlichen Trinkspruch tranken wir alle einen Schluck. Und wieder machte sich unerträgliches Schweigen breit. Ich wusste nicht, wie ich in Almudenas Anwesenheit ansetzen sollte. Díaz warf mir drohende Blicke zu. Martínez musste aufgrund unseres seltsamen Verhaltens etwas gerochen haben, wusste aber nicht, was es sein könnte. Er war gespannt wie ein Flitzebogen und rief erneut den Kellner.

»Bringen Sie mir bitte Zahnstocher«, sagte er und zeigte auf seinen Mund, damit seine Absichten nicht missverstanden wurden.

Das weckte mich. Ich rief den Kellner zurück.

»Und mir bringen Sie bitte Wattestäbchen.«

»Wie meinen Sie, Señor?«

»Na, Wattestäbchen zum Säubern meiner Ohren.«

»Señor, tut mir Leid, aber das kann ich nicht.«

»Spiel nicht das Schwein, Gálvez!«, herrschte mich Martínez an. »Was soll das? Lass den Kellner in Ruhe«, und zu dem sagte er: »Hören Sie nicht auf ihn.«

»Wenn Sie dem Señor hier Zahnstocher bringen, damit er sich damit vor uns allen in den Zähnen herumstochert, dann will ich Wattestäbchen, um in meinen Ohren herumzustochern, haben Sie verstanden?«

Der Kellner deutete eine gequälte Verbeugung an und

verzog sich schnellstens. Das roch nach Dynamit. Díaz machte ein zustimmendes Gesicht. Martínez war stinksauer auf mich.

»Warum bist du hergekommen, Gálvez, um mich zu verarschen? Bestimmt bedauerst du dich dafür, dass du nicht genug Schneid gehabt hast, um wie Almudena in ein Flüchtlingsboot zu steigen und diese Reportage zu machen. Keine Sorge, stell dir vor, ich bin dein beschützender Chefredakteur und gewähre dir einen Wunsch, zum Beispiel, heil hier rauszukommen.«

»Ich habe einen anderen, Josep. Ich wünsche, dass du verschwindest. Dass du telefonisch deine Kündigung aussprichst und dich Javier Paramio anschließt, der inzwischen in Tombouctou sein müsste.«

»Wir wissen alles«, unterbrach mich Díaz. »Das wird dich deinen Kopf kosten.«

»Was wisst ihr denn, verdammt?«, sagte er mit dünner Stimme im Aufstehen.

»Alles«, insistierte Díaz und stahl mir wieder meine Rolle. »Wir wissen, dass du von Paramio und Matador gekauft bist. Wir wissen, dass du den Chinesen gesteckt hast, dass Gálvez und Almudena nach Tanger geflogen sind. Wenn wir dir noch mehr erzählen sollen, wird dir nicht genug Zeit zum Abhauen bleiben.«

Martínez zögerte, sah mich an und stieß »Arschloch!« hervor, was mich in einem anderen Fall hätte umhauen können. Er warf seine Serviette auf den Tisch und verließ mit großen Schritten das Lokal. Die Beleidigung fand ich höchst amüsant, denn sie zeigte, dass ich auf der Werteskala gestiegen war: Er machte mich für seinen Sturz verantwortlich.

Díaz und ich hatten an jenem Tag noch viel zu tun. Auf uns warteten Tippereien und stundenlange Telefongespräche mit Porter, Pejcovic und Takako. Wir standen auf und entschuldigten uns für den Auftritt.

Ich nahm Fonseca beiseite: »Ich bin dir ein paar Erklärungen schuldig. Aber wenn du erlaubst, ein andermal.«

»Ich glaube, ich schulde dir auch eine. Ich habe dir ein paar Dinge verschwiegen.«

»Ja, du hast gedacht, dass Almudena etwas schreiben würde, das deinem Interesse viel näher kommt ...«

»Ja, ich gebe es zu.«

Wir gaben uns, noch kühl, die Hand. Almudena war sitzen geblieben und trank mit verlorenem Blick ihr Glas aus. Das machte alles viel einfacher.

Díaz und ich verließen das Restaurant und fuhren mit dem Taxi in meine Wohnung zurück.

»Was machen diese Leute von Matador jetzt?«, fragte ich ihn, ohne meine Ahnungslosigkeit über die Gesetzgebung in der Finanzwelt zu verhehlen.

»Na ja, an die Börse können sie jetzt nicht mehr gehen. Das ist nicht der richtige Zeitpunkt für Informations- oder Technologieunternehmen, und noch viel weniger mit dem Aufstand, den wir machen werden. Aber sie können die Firma auch nicht verkaufen, denn nach der Veröffentlichung der Geschichte wird niemand das Unternehmen haben wollen. Sie sind am Ende.«

Dann erging er sich in einem ausschweifenden Monolog zum Thema Firmenschließungen, dem ich nicht folgen konnte.

»Wir haben einen Knaller«, schloss er. »Wir müssen uns eine gute Schlagzeile ausdenken. Wir könnten einen weiteren deutschen Satz suchen. Hör mal, du wirst das vielleicht für übertrieben halten, aber ich finde, dieser Rilke ist ein richtiger Dichter.«

Ich konnte ihm auf seinem Höhenflug nicht folgen. Ich

war mit meinem Kopf woanders und dachte daran, Maribel vorzuschlagen, gemeinsam zu Abend zu essen oder vielleicht ein Wochenende zusammen zu verbringen, und sie zu bitten, mir ein paar ihrer Choreografien vorzuführen, die sie mit ihrem unvollkommenen erfahrenen Körper einstudiert hatte.

Ein Jugendlicher, der mir Rumäne zu sein schien, einer von denen, die gegen den Willen der Fahrer Windschutzscheiben putzen, kam zum Taxi und bat in Zeichensprache um eine Zigarette. In Sekundenbruchteilen wog ich Solidarität mit ihm gegen mein Bedürfnis nach ein wenig Ruhe in meinem Leben ab. Ich bat den Taxifahrer, sobald die Ampel auf Grün umschaltete, loszufahren.

Glossar

Moro: Bezeichnung für Marokkaner und Algerier; früher Maure, Bezeichnung für Muselmanen im VIII. und XV. Jahrhundert *(moros y cristianos)*. Das Wort *moro* hat immer etwas Verächtliches

Matador: Mörder; im Stierkampf Chef der Mannschaft, der am Ende den Stier mit dem Degen tötet

Tuna: Studentenkapelle in der Tracht aus dem XVI. und XVII. Jahrhundert

Churros: Schmalzgebäck, das in Spanien in den *Churrerías* hergestellt und zusammen mit eine Tasse Schokolade angeboten wird

Ensaimadas: Blätterteiggebäck in Spiralform, stammt aus Mallorca

Krimis von Fabian Lenk

Brandaktuell
ISBN 3-89425-064-X
Der erste Krimi mit Boulevard-Reporter Bachmann
»Im Spannungsfeld von brennenden Asylbewerberheimen, Sensationspresse, Fascho-Szene und kommunalem Filz liegt der Reiz von Fabian Lenks ›Brandaktuell‹.« (Mainpresse)
»Neben der Krimi-Handlung bringt der Band sehr gut den alltäglichen Zynismus rüber, den wohl Menschen entwickeln, die im Boulevard-Journalismus voyeuristische Leser mit Stoff versorgen.« (Die Wage)

Schlaf, Kindlein, schlaf
ISBN 3-89425-075-5
Der zweite Krimi mit Boulevard-Reporter Bachmann
Lenk erzählt packend von Menschen zwischen Profilierungsssucht, der Jagd nach der heißen Story und dem Bemühen, einen Rest von Anstand zu bewahren.
»Hochspannung bis zum furiosen Schluß!« (Radio 8)

Mitgefangen, mitgehangen
ISBN 3-89425-209-X
Der dritte Krimi mit Boulevard-Reporter Bachmann
Im Urlaubsparadies geht die Angst um: Erst wird der Hotelmanager Richard Bergen in einer Scheune erhängt gefunden, dann der Richter Friedrich Seeger an einem Obstbaum aufgeknüpft. Wer wird das nächste Opfer des »Henkers«?

Der Gott der Gosse
ISBN 3-89425-223-5
Der vierte Krimi mit Boulevard-Reporter Bachmann
»Fabian Lenk ist ... ein herausragendes Stück Spannungsliteratur gelungen.« (Gießener Anzeiger)

Schattenland
ISBN 3-89425-241-3
Der fünfte Krimi mit Boulevard-Reporter Bachmann
Eine unheimliche Mordserie beunruhigt die Nürnberger Polizei: Den Opfern fehlen Organe. Tat eines Psychopathen oder Werk der chinesischen Organmafia?

Paparazzi-Poker
ISBN 3-89425-258-8
Paparazzo Milo Lose fotografiert Fernsehstar Ted von Then beim Seitensprung. Doch dann wird der Prominente ermordet – der Fotograf hat von Thens letzte Sekunden im Bild festgehalten und wittert ein profitables Geschäft.

grafit

Krimis von Gabriella Wollenhaupt

Grappas Versuchung
Der erste Krimi mit Maria Grappa ISBN 3-89425-034-8
Reporterin umkreist charmanten Bösewicht.

Grappas Treibjagd
Der zweite Krimi mit Maria Grappa ISBN 3-89425-038-0
Wer ist der angesehene »Onkel Herbert«?

Grappa macht Theater
Der dritte Krimi mit Maria Grappa ISBN 3-89425-042-9
Geheimbund kontrolliert Kulturleben in Bierstadt.

Grappa dreht durch
Der vierte Krimi mit Maria Grappa ISBN 3-89425-046-1
Nackte Tatsachen in Bierstädter Filmstudio.

Grappa fängt Feuer
Der fünfte Krimi mit Maria Grappa ISBN 3-89425-050-X
Griechische Mythen werden Wirklichkeit.

Grappa und der Wolf
Der sechste Krimi mit Maria Grappa ISBN 3-89425-061-5
Spannendes Duell im Umfeld eines Plutoniumschmuggels

Killt Grappa!
Der siebte Krimi mit Maria Grappa ISBN 3-89425-066-6
Schönheitschirurgie und Satanismus

Grappa und die fantastischen Fünf
Der achte Krimi mit Maria Grappa ISBN 3-89425-076-3
Toter Teppichhändler und Erpresserbande

Grappa-Baby
Der neunte Krimi mit Maria Grappa ISBN 3-89425-207-3
Die menschliche Reproduktion zwischen Himmel und Hölle

Zu bunt für Grappa
Der zehnte Krimi mit Maria Grappa ISBN 3-89425-224-3
Provence: Ein Toter im Melonenfeld und ein unbekannter van Gogh

Grappa und das große Rennen
Der elfte Krimi mit Maria Grappa ISBN 3-89425-232-4
Wer meuchelte die drei prominenten Sozis im Bierstädter Wahlkampf?

Flieg, Grappa, flieg!
Der zwölfte Krimi mit Maria Grappa ISBN 3-89425-256-1
Wilde Tiere, tote Callboys und aggressive Neonazis

Grappa und die acht Todsünden
Der 13. Krimi mit Maria Grappa ISBN 3-89425-267-7
Tödliches Festmahl für sieben Männer und Frauen